Papas kleiner Liebling

JULIA
LATCHEM-SMITH

Papas kleiner Liebling

Deutsch von Barbara Steckhan
und Katharina Förs

Weltbild

Originaltitel: *Daddy's little Girl*
Originalverlag: Headline Review,
an imprint of Headline Publishing Group

Besuchen Sie uns im Internet:
www.weltbild.de

Weltbild Buchverlag
–Originalausgaben–

Projektleitung: Bettina Spangler
Redaktion: Boris Heczko
Umschlaggestaltung: zeichenpool, München
Umschlagabbildung: Mauritius Images, Paula Ludwig
Satz: Andrea Göttler
Gesetzt aus der Bembo 11,5/15,5 pt
Druck und Bindung: Bagel Roto-Offset GmbH
& Co. KG, Schleinitz

Gedruckt auf chlorfrei gebleichtem Papier

Printed in the EU

ISBN 978-3-89897-824-8

Inhalt

Für Jonathan, meinen Mann, der mir mit seiner Liebe, seiner Hilfsbereitschaft und seiner Entschlossenheit die Kraft gegeben hat, dies alles in mir zu finden.

Dies ist eine wahre Geschichte. Allerdings wurden bei einigen Personen die Namen und typische Merkmale geändert, um ihre Privatsphäre zu schützen.

Vorwort

Kinder lernen schon sehr früh, zwischen Richtig und Falsch, zwischen Gut und Böse zu unterscheiden. Jedes Wort, jede Handlung der Eltern beeinflusst die Entwicklung ihrer Persönlichkeit. Wenn die Eltern aber falsche Botschaften aussenden, kann das bei dem Heranwachsenden natürlich Schaden anrichten.

Meine Kindheit hat einen innerlich zerrissenen Menschen aus mir gemacht. Die sexuellen und emotionalen Übergriffe, denen ich jahrelang ausgesetzt war, prägten mich derart, dass mir jedes Verständnis von Richtig und Falsch, von Gut und Böse abhanden kam. Ich kannte nur die Realität, in der ich lebte, mit ihrer verzerrten Moral und ihren fragwürdigen Werten, und das machte es mir schwer, meinen Platz in der Welt zu finden.

Als ich klein war, wurde ich von Außenstehenden wie Lehrern oder Freunden meiner Eltern oft als »sonderbar« bezeichnet. Man empfand mein Verhalten als »seltsam«. Aufgrund des Doppellebens, das zu führen ich gezwungen war, fand ich mich im Alltag außerhalb des Elternhauses nur sehr mühsam zurecht. Meine Versuche, aus meiner verzerrten Weltsicht herauszukommen, äußerten sich in destruktivem Verhalten, das sich gegen mich selbst, aber auch gegen die Menschen in meiner Umgebung richtete. Nach Jahren der Verleugnung begann ich, die Erfahrungen meiner Kindheit als »normal« anzusehen - der

Wahrheit über meine Eltern konnte ich mich nicht stellen. Doch irgendwann wurde es unmöglich, davor davonzulaufen, und so begab ich mich auf eine Reise, auf der ich gezwungen war, meine eigenen moralischen Werte zu entwickeln und jeden Tag aufs Neue für das einzustehen, was ich als »richtig« empfand, obwohl es leichter gewesen wäre, mit dem »Falschen« zu leben. In einer Welt, die mit der Realität des Kindesmissbrauchs noch nicht umgehen kann, suchte ich Gerechtigkeit und kämpfte gegen jene, die es vorzogen, die Augen zu verschließen. Ich kam zu dem Entschluss, die Wahrheit ans Licht zu bringen – über den Missbrauch und über den Preis, den ich als Opfer zahlen musste. Erst jetzt, Jahre später, begreife ich in vollem Ausmaß, wie sich die Kindheit in einer sozial gestörten Familie auf mich ausgewirkt hat. Langsam lerne ich, mein Leben selbst in die Hand zu nehmen. Aber noch immer muss ich mühsam das Geflecht der Täuschung entwirren, das in meiner Kindheit geknüpft wurde. Ich musste meine Gedanken, Überzeugungen und Werte überprüfen, um in einer Welt bestehen zu können, in der die Werte meiner Eltern, wie ich schließlich feststellte, alles andere als normal sind.

Die Menschen fragen mich, wie es mir gelang, mich zu heilen. Dazu kann ich nur sagen, dass ich gelernt habe, wie ich mit mir umgehen muss. Meine Augen haben sich einer Welt geöffnet, deren Existenz mir bis vor Kurzem kaum bewusst war. Als Erwachsene musste ich mich entscheiden, welchen Weg ich einschlagen wollte. Ich musste dafür sorgen, dass die Negativität in meinem Leben keine Rolle mehr spielt, auch wenn ich mit Menschen aufgewachsen bin, die sie verkörpern. Auf meiner Reise zu Selbsterkenntnis und Bewusstheit habe ich erkannt, dass uns die Wahrheit tatsächlich frei macht.

Und dies ist meine Geschichte …

1

Die Ruhe vor dem Sturm

Suzanne saß still auf ihrem Stuhl, während ich ihr Tee einschenkte. Großer Stolz erfüllte mich, als ich mit meinem Gast plauderte. Ich fühlte mich angenommen; ohne Vorbehalte hörte sie mir zu und erwiderte meinen Blick.

Ich strich eine Falte in Suzannes Kleid glatt und empfand dabei eine solche Liebe, dass es mir in der Brust wehtat. Schöner konnte ein Augenblick nicht sein. Und während ich diesen Moment genoss, fiel mir ein, dass sich diese Teeparty eigentlich gut mit einem Stück Kuchen oder ein paar Schokoladenkeksen abrunden ließe. Das nächste Mal würde ich dafür sorgen.

Ein Plätschern riss mich aus meinen Gedanken. Ich hatte nicht bemerkt, dass die Teetasse schon voll war. Das Wasser lief über den Tisch.

»Julia! Es ist Zeit, dass ich Teeservice und Puppen aufräume!«, drang die Stimme meiner Mutter aus der Küche. Der Augenblick war vorüber.

Ich war sieben Jahre alt und glücklich, dass sie mir erlaubt hatte, mit richtigem Wasser zu spielen. Solche Freiheiten waren selten in unserem Haus. Ich würde Mami gehorchen, weil ich Angst hatte, dass es sonst nie wieder eine solche Ausnahme geben würde. Und so half ich ihr beim Aufräumen, ohne zu murren. Mami achtete darauf, dass es bei uns stets sauber und ordentlich war. In meinem Kinderzimmer gab es viele Dinge, die ich noch nie angerührt hatte. Abends im Bett betrachtete ich manchmal die Teddys, die, noch originalverpackt, in meinem Regal saßen. Oft überlegte ich, ob ich es wagen sollte, aufzustehen und sie anzufassen. Doch ich blieb liegen, denn ich fürchtete die Folgen, wenn ich dabei erwischt würde. Mami hasste es, wenn ich Sachen in die Hand nahm, weil ich dabei womöglich etwas kaputt machen würde. Wenn sie mich dabei ertappte, wie ich an Sachen »herumfummelte«, würde es ein großes Theater geben, und das war das Risiko nicht wert. Manche Spielsachen schienen lediglich zum Anschauen da zu sein. Andere waren aus unerklärlichen Gründen »gestattet«, und nur mit ganz wenigen durfte richtig gespielt werden. Und diese liebte ich heiß und innig. Wie eben Suzanne.

Suzanne war meine Lieblingspuppe. Dass ihr Arm schon unzählige Male wieder angenäht worden war, störte mich nicht. Sie gehörte mir, und ich liebte sie so bedingungslos, wie eine Mutter meiner Meinung nach ihr Kind lieben sollte.

Jeden Penny, alles Geld, das ich zum Geburtstag und zu Weihnachten bekam, gab ich für sie aus. Ich weiß noch, wie ich – ohne mich um die erstaunten Blicke der Angestellten zu kümmern – im Babygeschäft an der Kasse stand, nachdem ich sorgfältig ein Kleidchen ausgesucht hatte, das ihr stehen würde. Die Puppenkleider aus dem Spielzeugladen waren nicht gut genug für Suzanne, für sie kamen nur »richtige« Anziehsachen infrage.

All die Jahre, die ich mit Suzanne spielte, sehnte ich den Tag herbei, an dem ich ein eigenes Kind haben würde. Welche Freude musste es sein, jemanden zu haben, den man verwöhnen, lieben und umsorgen konnte.

Entsprechend fiel meine Antwort auf die wiederholten Fragen meiner Tanten und Onkel aus.

»Was willst du denn mal werden, wenn du groß bist, Julia?«

»Eine Mami ...«

Dann lachten sie, amüsiert über mein kindliches Gemüt. Ich hatte keine Ahnung, was Muttersein wirklich bedeutete.

Wenn ich für einen Tag zu meiner Oma fuhr, nahm ich Suzanne oft mit. Ich verbrachte viel Zeit bei der Mutter meiner Mutter. Manchmal, wenn sie Suzanne nur aus dem Augenwinkel sah, schnappte sie erschrocken nach Luft, weil sie glaubte, ein echtes Kind würde auf dem Fußboden liegen. Zwar amüsierte es mich, dass Oma die Puppe für lebendig hielt, aber gleichzeitig war ich wütend, dass jemand die Echtheit meines armen Babys anzweifeln konnte.

Damals lebten wir in der Church End Lane in Runwell, einem kleinen Dorf in Essex. Oma wohnte nur wenige Kilometer von uns entfernt, und meine Eltern brachten mich oft zu ihr. Ich fühlte mich dort sehr geborgen, und sie empfing mich stets mit offenen Armen. Ich liebte den Geruch von Minzsoße, der aus ihrer Küche drang, wenn sie das Sonntagsessen kochte. Bei ihr fühlte ich mich mehr zu Hause als bei meinen Eltern.

Meine Eltern hatten 1970 geheiratet, als meine Mutter gerade 18 war. Paul, mein älterer Bruder, wurde 1979 geboren, und 16 Monate später kam ich auf die Welt.

Mami war also 36 Jahre alt, als ich sieben war. Und zu dieser Zeit beginnt meine Geschichte. Sie war eine nervöse Frau, die sich leicht aus der Ruhe bringen ließ. Nachdem sie meinen Vater auf dem College kennengelernt hatte, ging sie nur noch kurze Zeit arbeiten, und gleich nach der Hochzeit wurde sie Hausfrau.

Paul und mich behandelte sie ziemlich distanziert. Sie war nicht der Typ, der sich zu uns auf den Boden hockte, mit uns Fangen spielte oder mit uns herumalberte wie Papi. Doch als ich klein war, nahm ich sie so, wie sie war. Umso mehr genoss ich die grenzenlose Begeisterung, die mein Vater für mich an den Tag legte.

Papi war 40, als ich sieben war. Damals arbeitete er bereits bei einem Finanzdienstleister und beriet seine Kunden in Fragen von Geldanlagen und Investitionen.

Anders als Mami war er leicht beleibt. Und im Unterschied zu ihr ging er mit uns Kindern völlig unbefangen um. Am Wochenende kam er zum Spielen in Pauls Zimmer. Außerhalb von Mamis Reichweite hatten wir viel Spaß miteinander. Während meine Mutter kaum Zärtlichkeit zeigte, war er sehr liebevoll. Papi hatte keine Hemmungen, uns zu küssen und mit uns zu schmusen. Er war mein Held. Kein anderer Vater konnte sich mit ihm messen. Ich hatte den besten Papi der Welt.

Auch meinen großen Bruder bewunderte und vergötterte ich. Paul wollte später einmal Astronaut werden, und ich weiß noch, wie Papi dazu aus dem Stegreif ein Lied komponierte, bei dem wir uns alle vor Lachen bogen.

»Ich hab´ einen Jungen, Paul heißt mein Sohn, und eines Tages fliegt er in den Weltraum davon. Er steigt in die Rakete und düst zu den Sternen. Er kommt nicht zurück und winkt nur aus den Fernen!«

Das war typisch für ihn. Er hatte das Talent, mühelos Verse zu verfassen, die uns immer wieder zum Lachen brachten.

Ich selbst war ein glückliches kleines Mädchen, das gern zur Schule ging und viele Freunde hatte.

Als ich sieben war, starb mein Opa, der Vater meiner Mutter.

An ihn selbst habe ich kaum Erinnerungen, doch ich weiß noch, dass meine Mutter sehr unter dem Verlust litt.

Das war meine erste Begegnung mit dem Tod, eine Erfahrung, die mich sehr verstörte. Aus dem Fernsehen wusste ich, dass Menschen, die gestorben sind, in Särgen begraben werden. Also spielte ich Beerdigung mit einer Barbie-Puppe, die ich in eine Plastikschachtel legte. Als meine Mutter fragte, was ich da mache, antwortete ich ganz unschuldig, dass ich die Puppe in den Sarg legte, weil sie gestorben sei. Meine Mutter gab mir eine Ohrfeige und verbot mir, so etwas jemals wieder zu erwähnen. Selbst für meine Mutter erschien mir diese Reaktion ungewöhnlich, und lange Zeit zerbrach ich mir den Kopf darüber, was ich denn eigentlich falsch gemacht hatte.

In der Schule war ich hauptsächlich mit meinen drei besten Freundinnen Diane, Laura und Heather zusammen. Oft besuchte ich Heather nach Schulschluss, und wir sausten auf ihrem Roller die Straße vor ihrem Haus hinauf und hinunter. Ihr Vater hatte einen einarmigen Banditen im Wohnzimmer stehen, was ich äußerst »cool« fand. Ich wusste, dass es solche Automaten sonst lediglich in Kneipen und Clubs gab, und nur Erwachsene durften daran spielen. Heather wuchs ganz anders auf als ich. Bei ihr zu Hause ging es stets lustig zu, Freunde waren immer willkommen. Und genau das wäre bei uns völlig unmöglich gewesen.

Auf mein beharrliches Drängen hin erlaubte meine Mutter ein einziges Mal, dass mich eine Freundin besuchen durfte. Ich lud Laura ein. Sie wollte sich unbedingt mit mir in meinem Zimmer die Kassetten der Glücksbärchis anhören. Davon war ich allerdings nicht begeistert. Eine der Figuren, Professor Steinherz, sang darin ein Lied, bei dem es mir stets kalt den

Rücken herunterlief. Es handelte davon, dass die Glücksbärchis allein eingesperrt waren. Bei diesem Lied bekam ich solche Angst und fühlte mich so allein, dass mich grenzenloses Mitleid mit den Bärchis überkam, die niemanden hatten, der sie liebte. Doch meine Mutter zwang mich, Laura die Kassette vorzuspielen. Heulend rannte ich aus dem Zimmer. Natürlich kam Laura nie wieder zu uns. Mami lud sie nicht mehr ein, und Laura bat auch nicht darum.

Außerdem spielte ich mit Kay und Nicola, die gleich um die Ecke wohnten. Ich erinnere mich noch sehr gut, wie wir uns bei Kay die Hochzeit von Prince Andrew und Sarah Ferguson im Fernsehen ansahen. Mit großen Augen betrachtete ich Sarah auf dem Bildschirm, die in ihrem Hochzeitskleid traumhaft aussah. Kays Mutter fing meinen Blick auf und lud mich ein, mich zu ihr aufs Sofa zu setzen, während Kay und Nicola weiterspielten. Ich kuschelte mich so eng wie möglich an sie und genoss die körperliche Nähe und den Duft einer Mami. Es war ein Gefühl, das ich mit meiner eigenen Mutter nie erlebt hatte, und ich wünschte, die Fernsehübertragung würde niemals enden. Dass es nicht meine Mutter war, an die ich mich schmiegte, gestand ich mir nicht ein. In diesen wenigen Stunden fühlte ich, wie es ist, eine echte Mami zu haben.

Unsere Familie hingegen war nicht besonders kontaktfreudig. Meine Eltern hatten nur ein, zwei enge Freunde. Papis bester Freund war »Onkel Keith«, den mein Vater auf dem College kennengelernt hatte und der mein Taufpate war. Onkel Keith war nicht verheiratet und sehr fromm. Er arbeitete für die Kirchenverwaltung in Kent und wirkte stets ruhig und gelassen. Seine Stimme war so sanft und freundlich, dass die Leute innehielten, um ihm zuzuhören.

Mamis Freundin hieß »Tante Shirley« und war mit »Onkel

Peter« verheiratet. Die beiden waren ebenfalls meine Taufpaten und wohnten in der Nähe meiner Schule. Als bei Tante Shirley Leukämie festgestellt wurde, behielt sie die Diagnose für sich. Sie hoffte, ihren Freunden und Angehörigen auf diese Weise Kummer ersparen zu können. So war ihr Tod für ihren Mann und meine Mami ein großer Schock. Ich glaube, keiner von beiden hat diesen Verlust je wirklich verwunden.

Nachdem ihr Vater und ihre beste Freundin gestorben waren, verlor meine Mutter den Boden unter den Füßen. Von da an nahm sie Antidepressiva und war emotional wie finanziell völlig von meinem Vater abhängig. Wir verkehrten mit niemandem mehr. Zwar stand unsere geräumige Doppelhaushälfte inmitten anderer Häuser, doch es war, als gebe es keine Nachbarn weit und breit. Ganz in der Nähe lebte eine andere junge Familie mit einer Tochter namens Emily, ein Mädchen mit wunderschönen, langen blonden Haaren, und die Familie gleich nebenan hatte ein kleines Mädchen namens Sara. Doch nie wurde ich ermutigt, mit einer der beiden zu spielen. Zwar traf ich in der Schule mit meinen Freundinnen zusammen, doch zu Hause fühlte ich mich furchtbar einsam.

1988 trafen meine Eltern eine Entscheidung, die mein Leben grundlegend verändern sollte. Sie beschlossen, nach Westwales zu ziehen. Ich erinnere mich noch genau an den Augenblick, als ich von dem Plan erfuhr. Die Vorstellung, meine Freunde und mein gewohntes Leben aufzugeben, war mir unerträglich. Ich konnte es nicht verstehen. Für den Umzug schien es keinen Grund, keine Erklärung zu geben. Dass meine Eltern Paul und mir ihren Entschluss erst im letzten Moment mitteilten, machte alles noch schlimmer. Denn kaum hatten wir davon erfahren, stand der Aufbruch auch schon bevor.

Da wir jedoch schon viele Ferien in der Küstenstadt Cardigan verbracht hatten, kannte ich Westwales bereits, und es gefiel mir dort. Meine Eltern hatten in einem idyllischen Dorf namens Llechryd ein Grundstück gekauft, das von einem Bauunternehmer aus der Gegend erschlossen wurde. Nun beschäftigten sie sich intensiv mit der Planung und Gestaltung ihres, wie sie meinten, zukünftigen Traumhauses.

Meinem Bruder und mir wurde erklärt, es gebe im Ort eine hübsche Schule, zu der wir nur einen kurzen Weg durch das Dorf zurücklegen müssten. Dort sollten wir nach den Sommerferien den Unterricht besuchen. Das klang fast zu schön, um wahr zu sein.

Da Oma nach dem Tod ihres Mannes allein war, sollte sie mitkommen, damit sie in der Nähe meiner Mutter, ihrer einzigen Tochter blieb. Oma kaufte sich ein Grundstück in der gleichen Siedlung und sollte von nun an stärker in unseren Alltag eingebunden werden. Wahrscheinlich glaubten meine Eltern wirklich, dass wir eine glückliche Familie werden würden, wenn wir erst unser Traumhaus bezogen hatten.

Bei unserem Auszug aus der Church Lane riefen wir alle »Leb wohl, Haus!«. Ich weiß noch, wie ich mich damals fragte, was uns wohl erwartete. Würde ich neue Freunde finden? Was hielt die Zukunft für mich bereit? Auf der langen Autofahrt nach Wales gingen mir unzählige Fragen durch den Kopf. Mein Leben würde sich völlig verändern, aber wie es aussehen würde, wusste ich nicht. Diese Erkenntnis freute und ängstigte mich zugleich. Es war dasselbe Gefühl, wie wenn wir in die Ferien fuhren: Wie würde es sein? Würde ich Spaß haben? Würde ich glücklich werden? Doch diesmal war alles anders; diesmal würde ich nicht zurückkommen.

2

Trautes Heim, Glück allein

Fünf Stunden, zwei Pinkelpausen und einen Streit mit Paul später trafen wir in Westwales ein. So viel Regen hatte ich noch nie erlebt. Die Tropfen, die gegen die Windschutzscheibe prasselten, hörten sich an wie eine Blaskapelle, jede Böe klang wie ein Beckenschlag. Unser Umzug ließ sich nicht so erfreulich an, wie meine Eltern es sich vorgestellt hatten. Ich war ganz zufrieden, weil ich recht behalten hatte: Ein Umzug war also nicht unbedingt der beste Weg zum Familienglück. Ich hatte daheim bei meinen Freunden bleiben wollen, und angesichts des strömenden Regens würden bestimmt auch Mami und Papi bald merken, dass wir in Essex besser aufgehoben waren.

Als wir in das Anwesen Glanarberth Estate einbogen, begriff selbst ich mit meinen sieben Jahren, dass eine Wohnsiedlung nicht so aussehen sollte wie diese schlammige Baustelle. Wo meiner Ansicht nach mein Zimmer hätte sein sollen, standen Zementmischmaschinen und ordentlich aufgeschichtete Stapel von Ziegelsteinen. Von dem Anwesen war nichts weiter zu sehen als die Grundmauern. Offenbar lief hier nichts nach Plan, und Chaos war etwas, das meine Mutter nicht ertragen konnte. Zwanghaft, wie sie war, brauchte sie in ihrer Umgebung stets Ordnung und Pünktlichkeit.

Ein unheimliches Schweigen breitete sich aus, während

meine Eltern mit offenem Mund dastanden. Paul und ich spürten, dass es ratsam war, keinen Kommentar abzugeben. Und so verhielten wir uns still, als im Wagen ein Unwetter losbrach, das dem draußen in nichts nachstand.

»Was zum Teufel geht hier vor, Mike?« Diese Frage von meiner Mutter musste Ja kommen. Ihr Ton war vorwurfsvoll.

»Wartet hier«, erwiderte mein Vater matt.

Während Papi den Wagen parkte, hatten meine Eltern eine kurze, aber heftige Auseinandersetzung. Dann marschierte er entschlossen zu dem Bürocontainer, der auf dem Gelände stand.

Eine halbe Stunde später kam er mit grimmigem Gesicht zurück, und wir fuhren in eine wenige Meilen von Llechryd gelegene Stadt namens Newcastle Emlyn, wo wir uns im Emlyn Arms Hotel einquartierten.

Diese Strecke erschien mir fast genauso lang wie die Fahrt von Essex hierher, denn meine Eltern versuchten verzweifelt, vernünftige Gründe zu finden, warum alles so gekommen war. Vor allem rätselten sie, warum sie nicht über die Bauverzögerungen informiert worden waren, bevor wir Runwell verließen.

Ich biss mir auf die Zunge.

Kaum hatte man uns in das Familienzimmer des Hotels gebracht, steckten meine Eltern uns Kinder ins Bett, um über ihr weiteres Vorgehen zu sprechen.

Wir waren obdachlos. Und damit standen wir vor einer Reihe ganz neuer Sorgen und Nöte. Es war schon schlimm genug, umzuziehen und sich wieder mit neuen Nachbarn anfreunden zu müssen, aber noch viel schlimmer war es, am Ende ohne Haus und Nachbarn dazustehen. In meinem ehemaligen Zimmer in Runwell schlief jetzt ein anderes Mädchen, ich dagegen hatte weder ein Zimmer noch eine Ahnung, was der nächste Tag bringen würde.

Beim Einschlafen dachte ich an die Freude, die ich anfangs über das Missgeschick meiner Eltern empfunden hatte. Plötzlich bekam ich ein schlechtes Gewissen. Das ist jetzt die Strafe, dachte ich, weil ich mir gewünscht habe, dass es schiefgeht. Nun verstand ich den Spruch: »Überleg dir gut, was du dir wünschst.«

Als ich am nächsten Morgen erwachte, war der Himmel klar. Ich hörte das Geräusch des Wasserkochers: Papi kochte für Mami Tee. Es kam mir vor, als wäre das schlechte Wetter vom Vorabend nur ein Traum gewesen. Ein neuer Tag mit neuen Möglichkeiten war angebrochen. Jetzt hatte ich Gelegenheit, Abbitte zu leisten; daher beschloss ich, dass es vielleicht gar nicht so schlimm sein würde, in Wales zu wohnen. Die Angst vor der Obdachlosigkeit hatte sich in Neugier verwandelt. Wo würden wir wohnen? Was würden wir tun? Welch ein Abenteuer!

Die langen Gespräche, die meine Eltern am Vorabend geführt hatten, waren nicht ergebnislos geblieben. Wir sollten uns schnell anziehen, hieß es. Es gebe viel zu tun und anzusehen.

Erste Station nach dem Frühstück war ein kleines Dorf namens Cenarth zwischen Newcastle Emlyn und Llechryd, wo wir einen Caravanpark besuchten. Meine Eltern sprachen lange – stundenlang, wie mir schien – mit dem Betreiber und sahen sich genauestens auf dem Gelände um. Der Geschäftsführer betete Preise herunter, und am Ende beschlossen Mami und Papi, mit dem Geld aus dem Verkauf unseres Hauses in Runwell einen ortsfesten Wohnwagen (oder, wie Mami sagte, ein »mobiles Heim«) zu erwerben. Als die Entscheidung gefallen war, löste sich der Druck, der auf uns gelastet hatte. Während der restlichen Zeit im Hotel freuten wir uns auf den Umzug in den Wohnwagen.

Die darauffolgenden Wochen zählen zu den glücklichsten meines Lebens. Es war so aufregend, in einem Caravan zu wohnen! Paul und ich konnten auf dem Gelände nach Herzenslust herumtoben. Wir entdeckten einen schmalen Pfad, der zu einer abgelegenen Stelle am Fluss führte – eigentlich war es eher ein Bach. Paul und ich nannten diesen Ort »den Strand«. Wir verbrachten unsere Tage mit Spielen, Baden und Fischen. Außerdem lernten wir jede Menge neuer Freunde kennen, die hier Ferien machten und es faszinierend fanden, dass der Caravan unser Zuhause war.

Nach einer Weile zogen wir wieder um, diesmal in das Castle Malgwyn, ein schlossähnliches Hotel, zu dem eine lange private Auffahrt von der Straße führte. Es stand auf einem weitläufigen, parkähnlichen Grundstück mit unzähligen Bäumen und Büschen und einem Pool links neben dem Gebäude. Die efeubewachsene Fassade des Hotels wirkte ungeheuer eindrucksvoll. Paul und ich fanden es prima, dies unser »Zuhause« zu nennen, und wenn ich durch die Gänge rannte und die einzelnen Räume erkundete, kam ich mir vor wie eine Prinzessin.

Der erste Tag in der Dorfschule, die Paul und ich von nun an besuchten, wird mir für immer unvergesslich bleiben. In meiner alten Schule gehörte ich dazu; hier hingegen war ich »die Neue«, woran ich mich nur schwer gewöhnen konnte. Als man mir mein Klassenzimmer zeigte, ließ ich den Blick von einem Mädchen zum anderen wandern. Besonders fielen mir Felicity, Victoria und Emily auf, und ich hoffte, dass sie meine Freundinnen werden würden. Tatsächlich sollten sie eine wichtige Rolle in meinem Leben spielen.

Aus den ersten Schulwochen sind besonders zwei Vorfälle erwähnenswert. Wir mussten Walisisch lernen – eine große Herausforderung, mit der ich als Siebenjährige einige Schwierigkeiten hatte, da mir die Sprache völlig neu war. Eines Tages las unsere Lehrerin Mrs. Osborne eine Kurzgeschichte auf Walisisch vor und stellte dann Fragen zu dem Text. Ich hatte nicht die leiseste Ahnung, worum es in der Geschichte ging, und konnte keine Antwort geben. Die beschämenden Sekunden, in denen die Augen all meiner Mitschüler auf mich gerichtet waren, während sie auf meine Antwort warteten, schienen eine Ewigkeit zu dauern. Ich lief knallrot an, murmelte, ich müsse auf die Toilette, und flüchtete vor den Blicken der anderen Kinder. Im Vorraum der Mädchentoilette bemerkte ich ein Schild mit der Aufschrift: »Frisch gestrichen – nicht berühren!«. Irgendetwas zwang mich, das Gegenteil zu tun.

Kaum hatte ich mich vorgebeugt und mit einer Fingerspitze die Farbe berührt, ertönte hinter mir ein lauter Schrei, bei dem mir fast das Herz stockte. Ich fuhr herum und sah mich dem Mann gegenüber, der die Malerarbeiten ausführte. Und gleich darauf spürte ich, wie etwas Warmes an meinen Beinen hinunterrann. Die Scham, die ich im Klassenzimmer empfunden hatte, wuchs ins Unermessliche. Ich stammelte eine Entschuldigung und flüchtete mich in die Toilette, wo ich kaum mehr aufhören konnte zu weinen, so sehr schämte ich mich.

Ich fühlte mich so gedemütigt, dass ich niemandem von meinem Missgeschick erzählen wollte. Nachdem ich meine Unterhose und meine Beine mit Toilettenpapier abgetrocknet hatte, nahm ich all meinen Mut zusammen und ging zurück in die Klasse. In diesem Moment klingelte es zur Pause. Dankbar drängte ich mich zwischen den anderen Kindern nach draußen und hoffte, dass niemandem etwas auffiel.

Nach ein paar Wochen in dem Hotel zogen wir in ein gemietetes Cottage in einer Ferienanlage. Dort feierte ich meinen achten Geburtstag. Dies war auch der Tag, an dem sich mein Vater mit mir hinsetzte und sagte, es sei an der Zeit, dass ich die Uhr lesen lernte. Er zeichnete eine große Uhr auf ein Blatt Papier und erklärte mir dann ihren Mechanismus und das Fünfer-Einmaleins. Er zeigte eine Engelsgeduld, und als ich schließlich aufstand, konnte ich fehlerfrei die Uhr lesen. Das war typisch für mein Verhältnis zu Papi. Er erklärte mir die Dinge so, dass ich sie verstand. Hätte meine Mutter mir beibringen wollen, die Uhr zu lesen, wäre dabei sicher ein Riesenstreit entbrannt. Mein Vater besaß die Geduld eines Heiligen.

Nach dem vierten Umzug in eine Übergangswohnung war der Bau unseres Hauses in Llechryd endlich abgeschlossen. Außerdem konnten wir Oma die frohe Botschaft überbringen, dass auch ihr Haus bezugsfertig war, sie also zu uns nach Wales kommen konnte. Da ich sie schrecklich vermisst hatte, freute ich mich auf das Wiedersehen; außerdem war ich froh, dass wieder Normalität einkehren und ich ein eigenes Zimmer haben würde. In der Nacht vor dem Umzug war ich so aufgeregt, dass ich nicht einschlafen konnte. Und ich lachte über mich selbst: Wie hatte ich mich vor dem Umzug nach Llechryd gefürchtet, und wie anders empfand ich jetzt!

Als ich schließlich einschlief, träumte ich einen Traum, der schon seit Jahren immer wiederkehrte.

Ich stehe in einem weißen Kleid auf einer Wolke. Plötzlich fällt neben mir eine lange Strickleiter herab. Ich klettere höher und höher hinauf in die Wolken, bis ich schließlich die oberste Sprosse erreicht habe. Ich steige auf die Wolke neben mir, auf der wunderschöne rosafarbene und gelbe Blumen wachsen. Zufrieden beginne ich sie zu pflücken, vollkommen eins mit meiner Umgebung ...

Ich verstand weder die Bedeutung noch die Symbolik des Traums. Doch ich merkte, dass ich ihn immer dann träumte, wenn ich glücklich war und innere Ruhe empfand.

In jener Nacht träumte ich diesen Traum zum allerletzten Mal.

Eigentlich hatte ich erwartet, dass Mami am Umzugstag genauso glücklich und aufgeregt sein würde wie ich. Dabei wusste ich doch, wie unberechenbar ihre Stimmungen waren. Als ich älter wurde, fand ich mich damit ab, dass die Angstzustände und Depressionen meiner Mutter zu unserem Alltag gehörten. Daher war es ratsam, wenn Paul und ich ihr aus dem Weg gingen und ihr keinen Ärger machten. Am Umzugstag auf der kurzen Fahrt nach Glanarberth Estate hielten wir uns sehr zurück.

Nun, da solide aussehende Bungalows nebeneinander aufgereiht standen, wirkte der Ort weitaus einladender. Bald stellten wir fest, dass in unserer Nachbarschaft nur ältere Paare wohnten, viele schon in Rente. Dass es hier keine anderen jungen Familien gab, war für mich eine herbe Enttäuschung, denn ich hatte gehofft, in unserer Siedlung viele Freunde zu finden. Allerdings entdeckte ich bald, dass ich drei meiner Schulfreundinnen zu Fuß besuchen konnte, und so hatte ich meine anfängliche Unzufriedenheit bald vergessen.

Unser großer Bungalow wurde von meinen Eltern »Morgeney« getauft. So hieß der Bach, der unterhalb unseres Grundstücks entlangfloss. Wenige Tage später bezog Oma ihr Haus mit dem Namen »Mwnt«. Es war nach einem wenige Kilometer entfernten Strand benannt.

Kaum hatte meine Mutter ihr eigenes Zuhause, veränderte sich ihr Verhalten drastisch. Während wir in den Übergangswohnungen gelebt hatten, war sie nicht so übertrieben penibel gewesen, doch jetzt schien sie wie besessen, wenn es um die Sauberkeit ging. Paul und ich hatten keine andere Wahl, als uns an all die Regeln und Vorschriften zu halten, die sie uns auferlegte.

Wenn wir nach Hause kamen, mussten wir an die Tür klopfen und warten, bis sie öffnete. Dabei spielte es keine Rolle, ob die Tür abgesperrt war oder nicht und ob wir wussten, dass sie zu Hause war. Wir durften das Haus schlichtweg nicht betreten, ehe sie es erlaubt hatte. Ich fand es peinlich, vor der Tür zu warten und mich dabei zu fragen, ob wohl die Nachbarn dieses lächerliche Schauspiel beobachteten.

Wenn Mami die Tür dann geöffnet hatte, mussten wir erst einmal draußen die Schuhe ausziehen. Waren wir endlich im Haus, durften wir nichts anfassen und mussten direkt in die Küche gehen. Mami wollte nicht, dass ihr tadelloses Heim in irgendeiner Weise Schaden nahm. Allerdings fragte ich mich oft, welchen Schaden wir wohl anrichten konnten, indem wir einfach nur durchs Haus gingen. Für Mami jedoch war diese Vorschrift von höchster Wichtigkeit, und Paul und ich waren damals nicht in der Lage, ihre Regeln anzuzweifeln.

In der Küche angelangt, mussten wir unsere Schultaschen vorsichtig auf einer eigens dafür bestimmten Vinylmatte abstellen. Wenn Mami uns dann die Jacken ausgezogen hatte, griff sie nach den Feuchttüchern, die auf der Arbeitsfläche bereitstanden, und »säuberte« damit unsere Gesichter und Hände, ehe sie uns ins Wohnzimmer schickte.

Keiner von uns, nicht einmal mein Vater, durfte zu Hause irgend etwas selber tun, sich zum Beispiel ein Getränk einschenken oder etwas zu essen holen, wenn man hungrig war.

Alle mussten so lange warten, bis Mami fand, dass es an der Zeit war, etwas zu essen oder zu trinken. Sie bestimmte alle Abläufe, und wir mussten uns darein fügen.

Dieses seltsame Verhalten bestimmte unseren Alltag ganz und gar. Die Sofas waren allein Mami und Papi vorbehalten, wir Kinder durften uns nicht einmal dagegenlehnen, wenn wir auf dem Teppich saßen. Das war ziemlich unangenehm, besonders, da mir dann immer der Rücken wehtat. Paul und ich schnappten uns deshalb gern den Schildkröten-Hocker und lehnten uns dagegen, sobald unsere Mutter den Raum verließ. Sie hatte uns das unzählige Male verboten, da wir ihn damit »aus der Form« bringen würden, doch wir widersetzten uns ihrer Vorschrift, kaum dass sie uns den Rücken gekehrt hatte. Irgendwie mussten wir Ja versuchen, ein paar Annehmlichkeiten in dieses unerträgliche Leben zu bringen.

Im Wohnzimmer mussten wir so lange ausharren, bis sie uns hinausschickte. Selbst ins Bad durften wir nur, wenn wir darum baten und Mami den Zeitpunkt für richtig hielt. Nach dem Toilettengang mussten wir Papi rufen, damit er uns den Hintern abputzte, denn auch das durften wir nicht selbst tun. Ich kann mich nicht daran erinnern, dass meine Mutter diese Aufgabe jemals selbst übernommen hätte. Es war furchtbar demütigend, besonders wenn Papi gerade mit einer der unzähligen Aufgaben beschäftigt war, die meine Mutter ihm auflud. Dann mussten wir auf der Toilette warten, bis er Zeit für uns hatte. Ich war damals schon acht Jahre alt und Paul zehn, es gab also eigentlich keinen Grund für die erniedrigende Prozedur. Doch auch hier fühlten wir uns nicht in der Lage, zu widersprechen. Das Leben bei uns daheim war einfach leichter zu ertragen, wenn wir stillhielten und keinerlei Konflikte heraufbeschworen.

Es gab nichts im Haus, das ich eigenständig anrühren durfte. Selbst die Auswahl meiner Garderobe war meiner Mutter vorbehalten. Jeden Morgen fand ich die am Vorabend bereitgelegte Kleidung akkurat gefaltet auf dem Boden in meinem Zimmer. Sobald ich angezogen war, musste ich das Zimmer für den Rest des Tages verlassen, damit Mami sauber machen und aufräumen konnte. Erst abends zum Schlafen durfte ich wieder hinein.

Mein Zimmer – weit davon entfernt, mir den Rückzugsort zu bieten, auf den ich mich so gefreut hatte – wurde wieder zum Vorzeigeraum. So viel zum wundervollen Dasein, das uns in Wales angeblich erwarten sollte. Ich hatte gehofft, ich würde jetzt, da ich älter war, mehr Freiheiten haben, besonders in meinem eigenen Zimmer. Aber nein, ich durfte nicht einmal ein Möbelstück berühren. Wie gern hätte ich gewusst, was in meiner Kommode verwahrt war, und manchmal malte ich mir stundenlang aus, was sie wohl enthielt. Wenn meine Mutter gelegentlich in meinem Beisein meinen Kleiderschrank öffnete, betrachtete ich wie gebannt die Schätze, die er enthielt, und versuchte angestrengt, mir möglichst viel davon zu merken. Natürlich wusste ich mehr oder weniger, welche Kleidungsstücke ich besaß, doch in meinem Schrank gab es auch drei Fächer mit Modeschmuck und Geschenken, Dingen, die sich wohl über die Jahre angesammelt hatten. Absurderweise hatte ich diese Sachen nie in Händen gehalten, denn meine Mutter hatte sie offenbar sofort weggepackt, damit ich bloß nichts kaputt machte.

Ihre Zwanghaftigkeit hatte zur Folge, dass ich mir im Unterschied zu anderen sehnlichst wünschte, selbst mein Zimmer putzen und mein Bett machen zu dürfen. Während meine Schulfreundinnen über derartige Pflichten stöhnten, hielt ich sie insgeheim für die glücklichsten Mädchen der Welt. Ich träumte von der Freiheit, in meinem Zimmer Sachen dort abzustellen, wo ich sie haben wollte, und eigenständig für Sauberkeit und Ordnung zu sorgen. Doch wenn ich Mami darauf ansprach, antwortete sie kurz angebunden: Sie wolle, dass alles richtig gemacht werde, also wolle sie es selbst tun.

Jeden Abend wurden Paul und ich nacheinander in die Küche gerufen, um uns für die Nacht umzuziehen. Unter den Augen unserer Mutter, die aufpasste, dass wir nichts schmutzig machten, mussten wir die Kleider ausziehen, sie auf den Boden legen und unsere Nachtgewänder anziehen. Dann wusch sie uns Gesicht, Hände und Füße, und schließlich schickte sie uns ins Bad, damit Papi uns die Zähne putzte. Dieser Ablauf änderte sich nie. Sie hieß uns in fast militärischer Haltung Aufstellung nehmen und die Hände ausstrecken, bis sie gesäubert waren. Erst die Hände, dann das Gesicht. Mit raschen Bewegungen wischte Mami den imaginären Schmutz ab, der uns ihrer Vorstellung nach im Lauf des Tages verunreinigt hatte. Die Füße kamen als Letztes dran – eine besonders unangenehme Prozedur, denn wir mussten auf einem Bein stehen, bis sie die Sohle des anderen Fußes gesäubert hatte. Erschwerend kam hinzu, dass wir uns nirgends festhalten durften, damit wir die makellosen Arbeitsflächen nicht beschmutzten. Abend für Abend versuchten wir verzweifelt, auf einem Bein die Balance zu halten. Wir konnten es kaum erwarten, die Küche zu verlassen und ein bisschen Zeit für uns zu haben.

Unsere Gedanken waren die einzige Privatsphäre, die uns blieb. Abend für Abend sehnte ich das Zubettgehen herbei, weil ich dann endlich meine Gedanken schweifen lassen konnte. Sie waren wohl das Einzige, was in meiner Kindheit nicht von außen diktiert wurde; nur im Bett entkam ich den Vorschriften meiner Mutter.

Unser Hund Katie blieb als Einziger von diesen Regeln verschont. Katie war ein kleiner, schwarzer Llhasa Apso, den wir alle heiß und innig liebten.

Die Hündin war ein gutmütiges Tier und nahm es niemals übel, dass wir Kinder ständig an ihrem Fell zerrten oder sie hochnahmen. Mami hatte sie einer Familie abgekauft, in der sie misshandelt worden war, und anfangs viel Zeit und Energie darauf verwendet, Katies gestörtes Vertrauen in die Menschheit wiederherzustellen. Aus diesem Grund waren Katie und meine Mutter unzertrennlich. Katie hatte ihren eigenen Sessel im Wohnzimmer, ein Privileg, das Paul und mir nicht gewährt wurde. Sie durfte sogar im Bett meiner Eltern schlafen, lag eng an meine Mutter geschmiegt zwischen ihnen. Auch beim Essen wurde sie verwöhnt. Katie fraß kein gewöhnliches Hundefutter aus Dosen. Stattdessen kochte Mami für sie Hühnchen, ansonsten bekam sie das Gleiche wie der Rest der Familie.

Mami behandelte den Hund oft liebevoller als Paul und mich. Trotzdem weiß ich, dass wir ihr sehr am Herzen lagen und sie uns zweifellos geliebt hat. Ich glaube, sie hat sich nach Kräften bemüht, mit dem Leben zurechtzukommen. Gefühle zu zeigen fiel ihr nicht leicht, aber ungeliebt habe ich mich nie gefühlt.

Allerdings mussten sich eben alle außer Katie an ihre Regeln halten. Das galt auch für meinen Vater, der die ihm übertragenen Aufgaben genau dann erfüllte, wenn meine Mutter es für nötig hielt. Nie konnte er mit Paul und mir im Wohnzimmer sitzen und fernsehen. Ständig musste er Mami zur Verfügung stehen. Es war ihm nicht erlaubt, eigene Entscheidungen zu treffen oder etwas für sich zu tun. Nicht einmal duschen durfte er, wann er wollte. Alles wurde von meiner Mutter bestimmt. So bestand sie darauf, ein Handtuch über sein Kopfkissen zu breiten, weil er angeblich Schuppen hatte. Genau wie wir hielt er sich an Mamis Vorschriften, sei es, weil er sie bei Laune halten wollte, sei es, weil er ihr nicht zu widersprechen wagte. Jedenfalls haben wir nie erlebt, dass er sich beklagt hätte.

Ich hatte mit diesen Einschränkungen große Probleme und verbrachte darum so viel Zeit wie möglich bei meiner Großmutter. Ihr Verhältnis zu Mami war offenbar gut, obwohl sie sehr wohl von ihrer zwanghaften Veranlagung wusste. Wahrscheinlich nahm sie mich auch deshalb unter ihre Fittiche. Meinen Vater hingegen konnte Oma nicht leiden. Zwar sprach sie das nie offen aus, doch es kam immer wieder zu Streit, und Oma machte aus ihrer Abneigung kein Hehl.

Sie wurde für mich zum Muttersatz, und wenn ich bei ihr war, tat ich Dinge, die andere Kinder in meinem Alter vermutlich auch tun durften. Es machte mir ungeheuren Spaß, ihr beim Hausputz oder beim Kochen zu helfen. So also konnte ein »normales« Leben aussehen! Dennoch machte ich meiner Mutter wegen unseres Alltags keine Vorwürfe. Aber ich vergötterte meine Großmutter und verbrachte jeden Abend, jeden Feiertag und jedes Wochenende bei ihr. Sie förderte meine Freude am Kochen, indem sie mir erlaubte, kleine Menüs zusammenzustellen und dann die verschiedenen Gerichte zu »kochen«. Nicht ein einziges Mal beschwerte sie sich über etwas, das ich zubereitet hatte. Stets sagte sie: »So etwas Gutes habe ich noch nie gegessen«, und ihre Worte erfüllten mich mit Stolz und mit dem Gefühl, etwas geleistet zu haben. Meine Oma und ich waren wie gute Freundinnen. Anfangs schien meine Mutter sich darüber zu freuen, denn so hatte sie mehr

Raum und Zeit für ihre Haushaltspflichten und musste sich um eine Person weniger kümmern.

Mami ließ mich immer länger bei Oma bleiben, oft sogar bis elf Uhr nachts. Es war, als wollte sie mich nicht zu Hause haben. Irgendwann schickte sie dann meinen Vater los, um mich abzuholen. Aber die Nachbarn begannen zu reden. Und das lange Aufbleiben forderte seinen Tribut: Manchmal war ich in der Schule so müde, dass mein Kopf auf die Bank sank und ich dann erschrocken hochfuhr. Selbst Oma mahnte einige Male, man sollte mich doch etwas früher abholen. Aber auch sie schien sich dem Regiment meiner Mutter zu unterwerfen und wollte wohl nicht zur »Unruhestifterin« werden.

Nach einiger Zeit wurde meine Mutter jedoch eifersüchtig auf das enge Verhältnis zwischen Oma und mir. An den Wochenenden durfte ich nun nicht mehr so viel Zeit bei meiner Großmutter verbringen. Unter der Woche blieb jedoch alles beim Alten, obwohl es vernünftiger gewesen wäre, mich abends früher heimzuholen. Mami entschied, dass ich samstags bei ihr und Papi bleiben sollte, während Paul allein zu Oma durfte. Ich war bestürzt, denn ich wusste, was das bedeutete: Am Samstagmorgen würde ich meine Eltern zum Einkaufen begleiten müssen, um anschließend auf dem Boden vor dem Fernseher zu sitzen, während Mami und Papi »Ordnung machten«. Viel lieber wäre ich bei Oma gewesen, denn bei ihr konnte ich ein wenig Normalität erleben.

Diese neue Regelung veränderte mein Leben für immer. Damals, als ich acht Jahre alt war, begann die Abwärtsspirale, die mich mit sich reißen sollte. Manchmal frage ich mich, ob meine Mutter wusste, was sie mit ihrem Entschluss anrichtete, mich mehr in unsere Familie einzubinden. Denn letztlich schloss sie mich damit für immer aus unserer Familie aus.

3

Papas kleiner Liebling

Am Samstag wurde ich gewöhnlich von meinem Papi geweckt, und nachdem ich mich angezogen und gefrühstückt hatte, setzten wir uns ins Wohnzimmer. Dort warteten wir, bis meine Mutter alle ihre Haushaltspflichten erledigt hatte und wir zu unserem allwöchentlichen Großeinkauf aufbrechen konnten.

Im Supermarkt wanderten wir durch die Gänge, während meine Mutter entschied, welche Produkte ihren hohen Ansprüchen genügten. Zu Hause angekommen, mussten Papi und ich im Auto warten, bis Mami die Einkäufe verstaut hatte. Da sie jeden einzelnen Artikel mit Feuchttüchern abwischen musste, ehe sie ihn in den Schrank räumte, konnte diese nach jedem Einkauf durchgeführte Prozedur gut und gerne zwei Stunden dauern. Wenn Mami fertig war, kam sie an die Haustür und gab uns ein Zeichen, dass wir das Anwesen nun betreten durften.

Denn für mich war es nur ein Anwesen, kein Zuhause. Zu einem Zuhause gehörten für mich Wärme und Geborgenheit, Gefühle, die ich bei uns vergebens suchte. In unseren Übergangsunterkünften hatte ich mich mehr daheim gefühlt als in Morgeney. Daran änderte auch das Stickbild mit der Aufschrift »Trautes Heim, Glück allein« nichts, das Mami in der Küche aufgehängt hatte.

Eines Samstags, nach der Prozedur des Einkaufens und Aufräumens, saß ich in der Essecke unserer offenen Küche auf Papis Schoß, während Mami für das Mittagessen einen Salat zubereitete. Plötzlich spürte ich, dass Papis Hand zwischen meine Beine gewandert war. Sofort rutschte ich von seinem Schoß herunter, denn irgendwie war mir das unangenehm. Da ich nicht verstand, was das sollte, wollte ich darüber sprechen.

»Mami? Papi hat mich am Po angefasst!«, rief ich. Mit meinen acht Jahren fehlten mir die Worte, um zwischen Gesäß und Schritt zu unterscheiden.

Was dann geschah, lief in den folgenden Jahren immer wieder nach dem gleichen Muster ab. Papi protestierte: »Nein, habe ich nicht!« Und Mami erwiderte: »Sei nicht albern, Julia!«

Ich weiß noch, wie ich dasaß und über ihre Antworten nachdachte. Da Mami und Papi rasch das Thema wechselten, kam ich zu dem Schluss, dass man über solche Dinge nicht sprach. Es war eine Lektion, die ich nie wieder vergaß. Mir war klar, dass mein Vater meine Mutter belogen hatte. Gleichzeitig führte sein Leugnen dazu, dass ich an meiner eigenen Wahrnehmung zweifelte. In mir tobten in diesem Moment so viele widersprüchliche Gefühle, dass ich nicht mehr wusste, was wahr war und was nicht. Und ich konnte nicht sagen, was mich mehr erschütterte – Papis Lüge oder dass er mich berührt hatte.

Doch ich nahm an, dass ein solcher Vorfall sich nicht wiederholen würde. Mit diesem Gedanken gab ich mich zufrieden und wandte meine Aufmerksamkeit dem Gespräch meiner Eltern zu.

Ich vergaß das Ereignis, bis wir in der folgenden Woche erneut zum Einkaufen fuhren. Wie üblich trug Papi nach unserer Rückkehr die Einkaufstüten bis an die Haustür, wo meine Mutter sie in Empfang nahm. Dann stieg er wieder ins Auto, um mit mir gemeinsam zu warten.

Normalerweise durfte ich neben Papi nach vorne klettern, wenn wir uns seine Kassetten von Neil Sedaka und Gene Pitney anhörten. Ich genoss das Gefühl der Freiheit, auf dem Beifahrersitz zu hocken und mit meinem Papi aus vollem Hals zu singen, ohne dass Mami uns ermahnte, die Musik leiser zu stellen.

Doch als ich es mir diesmal auf dem Beifahrersitz gemütlich machte und die Füße in einem genüsslichen Akt der Rebellion gegen das Armaturenbrett stemmte, ging Papis Hand wieder auf Wanderschaft. Er legte sie auf mein Bein und strich langsam unter meinem Rock nach oben. Ich war wie erstarrt. Was sollte ich bloß tun?

Da fiel mir wieder ein, was in der Küche geschehen war und wie Papi reagiert hatte, als ich es Mami erzählte. Es würde mir also nichts helfen, wenn ich wartete, bis wir hineingehen durften, und dann Mami berichtete, dass er mich erneut angefasst hatte. Sicher würde alles genauso ablaufen wie letzte Woche. Ich fühlte mich völlig hilflos. Bestimmt war Papi böse auf mich, weil ich Mami damals davon erzählt hatte. Also musste es jetzt ein Geheimnis zwischen uns bleiben.

Mir blieb nur eine einzige Möglichkeit, damit zurechtzukommen: Ich musste ausblenden, was geschah. Also saß ich einfach reglos da. Wenn ich es nicht erwähnte, wenn ich es nicht real werden ließ, indem ich darüber sprach, fand es in Wirklichkeit vielleicht gar nicht statt. Diese unschuldige Erklärung war alles, was mir einfiel, um in gewissem Maße erfassen zu können, was mir geschah.

Papis Hand wanderte meinen Oberschenkel hinauf. Er rieb seine Finger an der Außenseite meines Slips.

Ich glaube, nie in meinem Leben empfand ich größere Verwirrung als in diesem Moment, weder davor noch danach. Außer meiner Oma war Papi der einzige Mensch, der mir Wärme und Zärtlichkeit gab. Nur mit Papi konnte ich reden, nur zu ihm hatte ich Vertrauen. Also war das doch sicher auch nichts Schlechtes? Oder war es sogar schlicht und einfach etwas, was alle Väter mit ihren Töchtern machten? Ich hatte so viele Fragen. Doch erst als Mamis Gesicht in einem Fenster des Hauses erschien, weil sie etwas in ihrem Schlafzimmer verstauen wollte, bekam ich eine Antwort. Papis Reaktion auf ihren Anblick sagte mir mehr als tausend Worte. Hastig ging er auf Abstand und zog die Hand fort. Ganz offensichtlich wollte er nicht ertappt werden. »Rasch«, sagte er, »deine Mutter!« Da war mir klar, dass es wirklich ein »Geheimnis« bleiben musste. Unser Geheimnis. Offenbar durfte Mami nichts erfahren, und da ich sie kannte, wollte ich ihr auch keine Gelegenheit geben, sich über mich zu ärgern. Zwar schlug sie uns nie, doch ihre Worte konnten sehr verletzend sein. Wenn sie sich über uns aufregte, gab es stets eine heftige Standpauke von ihr und Papi, was wir Kinder um jeden Preis vermeiden wollten.

Und so beschloss ich noch im gleichen Augenblick, niemandem von dem Vorfall zu erzählen. Denn offenbar hatte ich etwas Unrechtes getan. Zumindest hatte ich es zugelassen. Ich wusste, ich hätte wahrscheinlich Nein sagen müssen, aber ich liebte meinen Papi und wollte seine Gefühle nicht verletzen. Doch dadurch, das war mir klar, wurde ich ebenso schuldig wie er.

Seither passierte es regelmäßig, dass mein Vater mich »berührte«. Jeden Samstag, wenn wir nach dem Einkaufen im Auto saßen, fasste er mir zwischen die Beine. Gewöhnlich saß ich einfach da und wartete auf das, was unvermeidlich schien. Und jeden Samstag wurde ich bestätigt.

Zunächst legte er mir die Hand aufs Bein. Dann erstarrte ich und schaltete geistig ab. Irgendwie entwickelte ich die Fähigkeit, an etwas anderes zu denken, während er zugange war. Ich hing Tagträumen über die Schule nach und sang im Kopf weiter die Schnulzen von Gene Pitney mit, als sei das alles normal. Und das Seltsamste war, es wurde für mich tatsächlich zur Normalität.

Schon bald legte Papi nicht nur seine Hand auf meinen Slip, sondern fuhr mit den Fingern unter den Saum. Nach wie vor fühlte ich mich nicht in der Lage, mich dagegen zu wehren. Schließlich war er mein Papi, und ich liebte ihn abgöttisch. Mit dieser Situation konnte ich nur fertig werden, indem ich einfach so tat, als würde es nicht geschehen.

Der heimtückischste Angriff auf meine Unschuld bestand darin, dass mein Vater bei diesen Gelegenheiten nicht nur seine eigenen sexuellen Wünsche befriedigte, sondern auch versuchte, meine zu wecken. Er rieb mit den Fingern an meiner Vulva und schnippte mit den Fingerspitzen über meine Klitoris. Damals wusste ich nicht einmal, was eine Klitoris war. Doch ich spürte, dass es sich »komisch« anfühlte, wenn er mich dort unten berührte.

Ich schämte mich und fühlte mich gedemütigt, weil mein Vater dies alles mit mir tat. Zugleich empfand ich Scham und Schuldgefühle, weil ich dabei zwischen den Beinen »nass« wurde, ein Gefühl, das ich nicht kannte. Es verstörte mich, da ich nicht wusste, woher es kam. Ich geriet in Panik und fürchtete, Papi würde sich vor mir ekeln, weil ich schmutzig war. Aber es schien ihn nie zu stören.

Derart verwirrende und widerstreitende Gefühle sind die

traumatischsten Auswirkungen sexuellen Missbrauchs. Als kleines Mädchen verstand ich nicht, dass er durch seine Handlungen unwillkürliche körperliche Reaktionen auslöste. Schuldgefühle und Scham führten zu Selbsthass. Nach diesen Vorfällen fühlte ich mich beschmutzt, und ich hasste mich dafür, dass ich es o. k. fand. Dass es sich um eine natürliche Reaktion meines Körpers handelte, die ich nicht beeinflussen konnte, wusste ich nicht. Dies ist der schlimmste Verrat, denn er hält ein missbrauchtes Kind davon ab, über die Tat zu sprechen, und sorgt somit dafür, dass Stillschweigen bewahrt wird.

Ich glaube, wenn mein Vater mir wehgetan hätte oder aggressiv geworden wäre, hätte ich mich damit weitaus leichter abfinden können. Wenn er mit seinen Übergriffen begann, fand ich es manchmal sogar noch lustig. Ich war ja erst acht. Abends rief ich ihn zum Spielen in mein Zimmer und ermutigte ihn, aktiv zu werden. Heute weiß ich, dass die Täter üblicherweise eine Atmosphäre der Vertrautheit zwischen sich und ihren Opfern aufbauen. Eine trügerische Vertrautheit natürlich. Da ich schwieg und mitspielte, wurde Papi immer kühner. Er begann, bei diesen »Sitzungen« mit mir zu sprechen. Da ich in den ersten Wochen meiner Mutter nichts erzählt hatte, folgerte er wohl, dass unser kleines Geheimnis bei mir sicher war. Nun gab er mir zu verstehen, dass solche Erfahrungen für heranwachsende Mädchen ganz normal waren. Scheinbar war das die Antwort auf meine ängstliche Frage, warum mir das widerfuhr. Offenbar wollte er mir klarmachen, dass viele Mädchen dasselbe erlebten, und ich nahm nun an, dass sie alle es vor ihren Müttern geheim hielten. Was mich jedoch weiterhin verstörte, war das Gefühl, dass es nicht richtig war. Aber trotz meiner Verwirrung wusste ich jetzt wenigstens, dass ich nicht allein dastand, sondern dass andere die gleichen Erfahrungen machten.

Papi versicherte immer wieder, wie sehr er mich liebte. Eines Tages forderte er mich auf, mich auf seinen Schoß zu setzen, weil er mich küssen wollte. Ich erwartete einen »Erwachsenenkuss«, bei dem man, wie ich glaubte, einfach nur stundenlang die Lippen aufeinanderpresst.

Als er mir die Zunge in den Mund schob, war ich entsetzt. Ich wusste nicht, was ich tun sollte. Meine oberste Regel war stets gewesen, meinen Papi nicht aufzuregen und zu verärgern. Ich wollte ihn nicht verlieren, indem ich etwas falsch machte. Und weil ich mich nur ihm nahe fühlte, nicht meiner Mutter, ließ ich zu, dass er mich auf diese Weise »küsste«. Trotzdem fand ich es abscheulich, dass die Erwachsenen so etwas taten. Mein Ekel muss spürbar gewesen sein, denn Papi versuchte nie wieder, mich auf diese Art zu küssen.

Mein Vater bemühte sich weiterhin, seinen Handlungen einen Anstrich von »Normalität« zu geben. Er verpackte seine Manöver in ein Spiel, zu dem es gehörte, dass ich seine Berührungen nachahmte. Wenn er mich irgendwo anfasste, musste ich ihn an der gleichen Stelle berühren. Gewöhnlich fing das Spiel recht unschuldig an, indem er mir über den Arm oder ein Bein strich. Doch irgendwann war es dann so weit, dass er mir zwischen die Beine fasste und von mir erwartete, dass ich bei ihm das Gleiche tat. Berührte er mich unter den Kleidern, so beschuldigte er mich des Mogelns, wenn ich ihm lediglich über die Kleider strich. Irgendwann öffnete er seine Hosen, damit ich seinen »Willy« sehen konnte, wie er ihn nannte. Ich sollte ihn anfassen. Er legte seine Hand über meine, um mir zu zeigen, wie ich ihn reiben musste, damit es schön für ihn war. Ich war furchtbar nervös und fürchtete, ihn zu kränken oder zu verärgern, wenn ich mich weigerte. Er sollte glücklich sein. Dennoch hatte ich mit Schuldgefühlen zu kämpfen und schämte mich für das, was gerade geschah. Ich fühlte mich schrecklich schmutzig und vollkommen ohnmächtig.

Das Zusammenleben mit meinem Vater wurde immer schwieriger. Ich konnte ihm nicht mehr in die Augen sehen. Er ließ mich nun auch im Haus nicht mehr in Ruhe, achtete jedoch stets darauf, dass Mami und Paul nichts davon mitbekamen. Wenn er mich ansah, lag ein gewisses Lächeln auf seinen Lippen, und mir fiel auf, dass er sich im Vorbeigehen von hinten an mich drückte oder anerkennend meine Kleidung musterte. Das war mir unangenehm. Wenn ich ihn abends rief, damit er mir noch etwas zu trinken ans Bett brachte, blieb er in meinem Zimmer stehen, zog seinen Willy aus dem Schlitz seiner Pyjamahose und forderte mich auf, ihn anzufassen. Da Mami immer in der Nähe war, blieb er allerdings nie lange, und so war mir wenigstens zu Hause ein bisschen Ruhe vergönnt.

Der Druck, unter dem ich stand, zeigte sich bald in körperlichen Beschwerden. Ich musste mich jeden Tag übergeben, ohne dass sich ein Grund finden ließ. Auch ich hatte keine Erklärung dafür, warum mir schlecht wurde und warum die Übelkeit einfach nicht fortgehen wollte. Mir war ständig schlecht. Damals war es mir noch nicht möglich, zwischen der Übelkeit und dem Missbrauch einen Zusammenhang herzustellen. Wie meine Eltern vermutete ich, dass eine Krankheit daran schuld war. Sie gingen mit mir zu einem praktischen Arzt, der mich für weitere Untersuchungen in ein Krankenhaus einwies. Dort ließ man mich einen Barium-Cocktail trinken, einen nach Kreide schmeckenden Saft, um meine inneren Organe röntgen zu können. Doch trotz dieser und anderer medizinischer Untersuchungen und Maßnahmen ließ sich keine Ursache für meine ständige Übelkeit feststellen, und so gab man sich schließlich mit der Diagnose »Reizmagen« zufrieden.

Warum zeigt ein Kind von acht oder neun Jahren derartige Symptome? Natürlich hätte man mich gründlicher untersuchen müssen. Doch dazu kam es nicht, und ich war gezwungen, weiterhin das Doppelleben zu führen, an das ich mich mittlerweile gewöhnt hatte. Es kam mir vor, als wäre ich zweigeteilt: Einmal war ich Kind und Tochter, aber dann war ich auch ein Mädchen mit einem schrecklichen Geheimnis, das niemand erfahren durfte. Andernfalls, so fürchtete ich, würde ich große Probleme bekommen und meine Familie verlieren. Und diese Vorstellung war für mich in diesem Alter so schlimm, dass ich daran nicht einmal zu denken wagte.

Am unfassbarsten war für mich, dass unser Alltag trotz Papis »Spielchen« im Auto so weiterlief wie immer. Ich ging nach wie vor zur Schule, besuchte so oft wie möglich meine Oma und spielte mit Felicity, Vicky und Emily. Mein Leben hatte sich dramatisch gewandelt, doch sonst war alles beim Alten geblieben. Nichts, aber auch gar nichts hatte sich verändert. Und dann erfuhr ich, dass wieder ein Baby unterwegs war.

4

Eine Rolle Smarties

An dem Tag, als mir Mami und Papi eröffneten, dass wir noch ein Baby bekommen würden, hatte ich seit dem Morgen verrückt gespielt. Ich war damals neun – ein schwieriges Alter – und versuchte verzweifelt, eine gewisse Unabhängigkeit zu erlangen und zu mir selbst zu finden, was vor allem wegen der vielen Vorschriften meiner Mutter sehr schwierig war.

Als ich die Neuigkeit erfuhr, war ich begeistert. Schon seit Langem hatte ich ihnen damit in den Ohren gelegen, wie sehr ich mich über ein Geschwisterchen freuen würde. Und jetzt kam es mir vor, als würde es plötzlich hell in meinem Leben.

Ich war furchtbar unglücklich gewesen über das schreckliche Geheimnis, mit dem ich allein fertig werden musste. Nun aber gab mir der Gedanke an das Baby neue Zuversicht. Nachts lag ich stundenlang wach, überlegte mir Namen und rätselte, ob ich wieder einen Bruder oder diesmal eine Schwester bekommen würde. Durch die Schwangerschaft entstand eine neue Nähe zwischen meiner Mutter und mir. Wir hatten jetzt so etwas wie eine gemeinsame Basis, und wenn es nach mir gegangen wäre, hätte ich den ganzen Tag mit ihr über das Baby geschwatzt.

Morgens, wenn Papi das Frühstück machte, kroch ich zu Mami ins Bett und zählte ihr die neuesten Namen auf, die mir eingefallen waren. Natürlich musste ich darauf achten, dass ich auf dem Handtuch lag, das über Papis Kissen gebreitet war. Doch diese Vorschrift machte mir nichts aus, solange ich während des Gesprächs mit Mami meinem Brüderchen oder Schwesterchen nahe war.

Trotz der veränderten Umstände setzte mein Vater den Missbrauch fort. Dass Mami schwanger war, ließ ihn offenbar ungerührt, und ihre Streitereien machten mir schnell klar, dass die Schwangerschaft von seiner Seite aus nicht geplant gewesen war. Die Zeit des Kinderkriegens, meinte er, sei für ihn vorbei, und die beiden, die er bereits hatte, genügten ihm voll und ganz. Diese Auseinandersetzung dauerte während der gesamten Schwangerschaft an. Erst kurz vor der Geburt fand er sich damit ab, zum dritten Mal Vater zu werden.

Am 26. November 1990 kam das Kind durch Kaiserschnitt zur Welt. Da wussten wir schon, dass es ein Junge werden würde – mein kleiner Bruder. Etwas Süßeres als Andrew hatte ich noch nie gesehen. Ich liebte ihn vom ersten Augenblick an und genoss jede Minute mit ihm. Fast kam es mir vor, als wäre er mein eigenes Kind, so sehr freute ich mich, wenn er neue Laute oder Bewegungen gelernt hatte.

Nun war ich schon seit fast zwei Jahren den ständigen sexuellen Übergriffen meines Vaters ausgesetzt. Ich glaube, ich hatte erwartet, dass sich durch die Geburt des Babys etwas ändern würde. Stattdessen wurde Papi nach Andrews Geburt noch zudringlicher, da ihm Anfassen und Spielchen offenbar nicht mehr genügten.

Ich war inzwischen zehn Jahre alt und bekam langsam einen Busen. Anstelle der Hemdchen, die ich bisher getragen hatte, kaufte mir Mami nun Bustiers. Bustiers waren cool, und die meisten Mädchen meiner Klasse trugen mittlerweile welche. Wenn ich jetzt mit Papi allein im Auto saß, schob er mir nicht nur die eine Hand zwischen die Beine, sondern ließ die andere zusätzlich unter mein Bustier gleiten, um meine praktisch nicht vorhandenen Brüste zu betasten. Außerdem fummelte er immer häufiger an sich selbst herum und rieb seinen Willy, wenn er meine Genitalien berührte.

Eines Tages saßen wir nach der üblichen Einkaufstour im Auto, und er rieb wieder seinen Willy. Ich wusste nicht, wo ich hinschauen oder was ich tun sollte, während er mit sich beschäftigt war. Plötzlich beugte er sich zum Seitenfach in der Tür und kramte ein Zellstofftuch heraus, das er dort für das Reinigen der Fenster bereithielt. Dabei rieb er sich weiter und forderte mich auf zuzusehen. Immer schneller bewegte sich seine Hand auf und ab, bis sich schließlich eine milchige Flüssigkeit auf das Tuch ergoss und er lustvoll aufstöhnte. Verwirrt starrte ich auf das Tuch. Was war das bloß für eine Flüssigkeit? Mit meinen zehn Jahren glaubte ich noch immer, Sex bestünde darin, dass der Mann seinen Willy in die Vagina der Frau steckte und sie sich ein bisschen bewegten. Von Orgasmus und Ejakulation wusste ich nichts, und so grübelte ich darüber nach, was ich gerade gesehen hatte. Papi schloss seinen Reißverschluss und entsorgte das Beweisstück.

In der Schule hörte ich nun aufmerksam zu, wenn die anderen Mädchen über Sex sprachen, was immer häufiger geschah. Vielleicht erfuhr ich ja etwas, das mir half, das Erlebte zu verstehen. Aber natürlich kamen Dinge, wie ich sie erlebt hatte, nie zur Sprache, und da ich kein Aufsehen erregen wollte, wagte ich auch nicht, danach zu fragen.

Dies war eine äußerst schwierige Zeit für mich. In der Schule sprachen alle über diese Themen. Die Mädchen konnten es kaum erwarten, den ersten BH zu tragen oder ihre Periode zu bekommen. Viele hatten bereits einen Freund, mit dem sie sich in der Pause auf dem Schulhof Küsse abjagten. Ich versuchte, an den Gesprächen teilzunehmen, denn ich sehnte mich nach dem Gefühl der Zugehörigkeit. Doch da meine Erfahrung mit Sex und Pubertät so stark von ihren abwich, wagte ich nichts zu sagen. Offenbar wusste ich weit mehr als sie. Daher fragte ich mich verwirrt, wie viel ich wohl erzählen konnte, ohne Verdacht zu erregen.

In meinem geheimen Leben nutzte Papi weiterhin jede Gelegenheit, um mit mir allein zu sein. Er schämte sich nicht einmal, mir aufzulauern, wenn Mami mit dem Baby beschäftigt war.

Nach Andrews Geburt musste meine Mutter noch eine Weile im Krankenhaus bleiben, um sich von dem Kaiserschnitt zu erholen. Wenn wir von einem Besuch bei ihr kamen, parkte er den Wagen auf einem Seitenstreifen, um mich zu berühren. Erst dann brachte er mich zu Oma, wo Paul und ich bis zu Mamis Heimkehr untergebracht waren.

Vor Andrews Geburt hatte Papi immer wieder davon gesprochen, wie viel Zeit wir gemeinsam verbringen könnten, wenn Mami im Krankenhaus war. Dann dürfe ich sogar bei ihm im Bett schlafen – eine Aussicht, die mich in Angst und Schrecken versetzte. Das Ganze hatte ohnehin schon eine Dimension angenommen, von der ich mich völlig überfordert fühlte. Solange wir einander noch durch die Kleider berührt hatten, war es mir noch leichter gefallen, die Vorfälle zu verdrängen. Doch dass er immer weiter ging, dass er unter die Kleider vordrang und mich dabei zusehen ließ, wie er sich selbst befriedigte, weckte in mir Ängste, was mir wohl als Nächstes bevorstehen würde. Was würde er tun, wenn er mit mir in einem Bett schlief? Ich fürchtete, dass er sich nicht mehr mit den Berührungen begnügen würde, die ich bisher hatte erdulden müssen; dass er vielleicht etwas anderes, Neues mit mir machen wollte, mit dem ich nicht würde umgehen können. Zwar hatte ich keine Vorstellung, was das sein mochte, doch die Angst vor dem Unbekannten versetzte mich in Schrecken. Zum Glück sorgte Mami dafür, dass Paul und ich während ihres Krankenhausaufenthalts bei Oma wohnten, eine Zuflucht, für die ich nur zu dankbar war. Einmal mehr war sie meine Rettung.

Ob nun aus Ärger darüber, eine so großartige Chance verpasst zu haben, oder aus dem perversen Bedürfnis heraus, seine Fantasien noch ungehemmter auszuleben als bisher – Papi sorgte dafür, dass er bald wieder mit mir allein sein konnte. Eines Tages, kurz nach ihrer Rückkehr aus dem Krankenhaus, war Mami mit den Nerven völlig am Ende. Paul hatte sie bereits zu Oma geschickt, das Baby schlief, doch sie musste immer noch auf mich aufpassen. Sie brüllte Papi an, er solle mit mir einen Ausflug machen, damit sie die Hausarbeit erledigen könne. Und so fuhr Papi mit mir zu dem etwa fünf, sechs Kilometer entfernten Park in Boncath.

Dort spielten wir auf den Schaukeln und Rutschen, gingen aber auch ein Stück spazieren, weil Papi sich mit mir unterhalten wollte. Ich kann mich nicht mehr daran erinnern, was er sagte, aber da ich mich dabei äußerst unwohl fühlte, kann das Thema nur sexueller Natur gewesen sein.

Auf dem Rückweg zum Auto plauderte Papi weiter. Dann fragte er mich, ob ich schon einmal Sex gehabt hätte.

Mein erster Gedanke war: »Was für eine dumme Frage.« Ich war zehn Jahre alt und wusste noch nicht einmal genau, was Sex war. Deshalb antwortete ich einfach nur: »Nein.«

Daraufhin fragte er mich: »Würdest du es denn gern einmal probieren?«

Ich wusste nicht, was ich antworten sollte. Mir war völlig klar, worauf das Gespräch hinauslaufen würde, doch ich fand keine Worte, um es abzuwenden. Also saß ich einfach nur da, starr wie ein Stein. Es kam mir vor, als könnte ich mich nicht mehr regen, als könnte ich nicht mehr logisch denken, als würde ich nichts mehr fühlen. Tausende von Gedanken schossen mir durch den Kopf. Was sollte ich antworten? Was würde geschehen, wenn ich mich weigerte? Und was würde geschehen, wenn ich Ja sagte? Welche Antwort erwartete er von mir? Mein sehnlichster Wunsch war es, meinen Papi nicht zu verärgern. Ich hatte so viel Angst, ihn zu verletzen oder zu erzürnen, dass mir nichts mehr einfiel. Zugleich brachte ich es nicht über mich, wirklich »Ja« zu sagen. Er sollte nicht glauben, dass ich das, was er von mir verlangte, wirklich wollte. Die einzige Antwort, die mir einfiel, war: »Ist mir egal.«

Das schien ihm zu genügen. Sogleich forderte er mich auf, den Slip auszuziehen und mich auf seinen Schoß zu setzen.

Das Herz schlug mir bis zum Hals, als ich mir mit zitternden Fingern den Slip abstreifte und ihn über die Schuhe schob, sodass er als zerknülltes Häufchen auf dem Boden des Autos liegen blieb. Dann saß ich reglos da und starrte nach vorn. Erneut sagte er, ich solle mich auf seinen Schoß setzen, und erklärte genau, welche Position ich dabei einzunehmen hatte. Ich sollte ihm das Gesicht zuwenden und die Beine spreizen, sodass sie auf beiden Seiten herabhingen. Genau so hatte ich auch sitzen müssen, als er mich an jenem Tag geküsst hatte.

Ich saß einen Moment lang still, die Augen starr nach vorn gerichtet, und hörte mir an, was er sagte, obwohl ich kaum etwas verstand. Als ich ihm schließlich den Blick zuwandte, stellte ich fest, dass er bereits die Hose geöffnet hatte und die Hand an seinem Willy auf und ab bewegte. Ich setzte mich auf seinen Schoß, wie er es verlangt hatte. Papi fasste mir zwischen die Beine und rieb mit den Fingern an meinen entblößten Genitalien. Dann versuchte er, mir seinen Willy in die Vagina zu stecken. Er fragte, ob es in Ordnung sei. Ich nickte nur. Also setzte er seine Versuche fort. Kurz darauf merkte er allerdings, dass es ihm nicht gelingen würde, in mich einzudringen.

Daraufhin gab er es auf. Er wies mich an, auf meinen Sitz zurückzukehren, und erklärte, wir müssten es erneut probieren, wenn ich ein wenig »älter« sei. Dankbar, dass ich so davongekommen war, krabbelte ich zurück auf meinen Platz und suchte auf dem Boden nach meinem Slip. Meine Wangen brannten vor Scham.

Doch Papi suchte bereits nach einem anderen Weg, seine perversen Gelüste zu befriedigen. Er fragte, ob ich nicht an ihm »lutschen« wollte, und wies auf seinen entblößten Willy.

Ich war entsetzt. Warum, um alles auf der Welt, sollte ich daran lutschen wollen? War das wirklich etwas, was Leute machten, oder einfach nur ein neues Spiel, das Papi sich ausgedacht hatte? So sehr ich Papi liebte, so wenig ich ihn verletzen wollte, dies war ein Wunsch, den ich unmöglich erfüllen konnte. Allein bei dem Gedanken wurde mir so übel, als hätte er mich aufgefordert, eine Nacktschnecke zu essen. Doch er blieb hartnäckig und fragte: »Was ist?« Ich überlegte fieberhaft, wie ich am besten ablehnen konnte. Schließlich murmelte ich nur: »Heute nicht.« Etwas anderes fiel mir nicht ein. Aber Papi ließ nicht locker. »Warum nicht?«, fragte er, wohl um mich umzustimmen. Erneut begannen meine Wangen zu glühen, und in meiner Hilflosigkeit erwiderte ich schließlich: »Damit wir später auch noch was haben.« Ich wollte unbedingt, dass er zufrieden war, gleichzeitig aber bei meiner Entscheidung bleiben. Natürlich hoffte ich, dass es dieses »später« nie geben würde.

Ich fürchtete nicht, dass er wütend werden oder mich irgendwie bestrafen würde. Doch ich wollte ihn nicht enttäuschen. Auf keinen Fall wollte ich die Liebe und Zuneigung des einzigen Elternteils verlieren, das mir diese Gefühle gezeigt hatte.

Papi war in Gedanken bereits bei unserem nächsten Versuch mit dem Sex. Er überlegte laut, wie man dafür sorgen konnte, dass es leichter ging.

Er meinte, ich solle mich schon mal »vorbereiten«, damit es beim nächsten Mal nicht so schwierig sein würde. Wenn ich nachts im Bett lag, solle ich »üben«, indem ich meine Finger in mich einführte, zunächst einen und später drei. Wenn ich drei Finger in mich einführen konnte, solle ich ihm Bescheid sagen, denn dann würde er wieder versuchen, mit mir Sex zu haben.

Ich hörte mir seine Vorschläge schweigend an, wusste jedoch nicht recht viel damit anzufangen. Zunächst glaubte ich, mich verhört oder ihn falsch verstanden zu haben, und wartete die ganze Zeit darauf, dass er sagte: »Ach, das war doch nur Spaß!« Doch diese Worte kamen nicht; Papi meinte es wirklich ernst. Ich war wie gelähmt. Wenn ich seine Anweisungen nicht befolgte, würde er es beim nächsten Versuch merken und böse auf mich sein. Obwohl Papi mich stets sanft und freundlich behandelte, wollte ich ihn nicht verärgern, denn ich hatte Angst vor den möglichen Folgen.

Eines Abends, als ich im Bett lag, fiel mir Papis Anweisung ein. Da ich damit rechnen musste, dass er es demnächst nachprüfen würde, tat ich, was er gesagt hatte. Ich führte einen Finger in mich ein. Doch sobald ich den ersten Schmerz spürte, gab ich meinen Versuch wieder auf. Ich empfand mich als Versagerin, als das schlechteste Kind auf der Welt. Ich fühlte mich so schmutzig, dass ich mich für all das hasste, was geschah und wozu Papi mich trieb. Gleichzeitig fürchtete ich mich vor Papis Reaktion, wenn er herausfand, dass ich es nicht vermocht hatte, seinem Wunsch nachzukommen.

Während mir all dies durch den Kopf schoss, füllten sich meine Augen unter den zusammengekniffenen Lidern mit Tränen. Ich konnte der Wahrheit nicht ausweichen. Um mit dem Geschehen zurechtzukommen, hatte ich bisher verdrängt, was vor sich ging, und das meiste so gut es ging ausgeblendet. Nun aber nahm ich es zum ersten Mal überhaupt als real wahr und versuchte zu begreifen, was da mit mir passierte.

Jetzt wusste ich nicht mehr, wie ich mit meinen Gefühlen umgehen sollte.

Ein Teil von mir glaubte, es sei alles meine Schuld. Ich hatte es zugelassen. Ich hatte mich nie geweigert, außer als er von mir verlangte, an seinem Willy zu lutschen. Vielleicht wäre mir dieser Albtraum erspart geblieben, wenn ich mich von Anfang an widersetzt hätte. Ich fühlte mich dafür verantwortlich, dass es so weit gekommen war, obwohl ich keine Ahnung hatte, was ich dagegen hätte unternehmen können. In mir herrschte eine unbeschreibliche Verwirrung.

Ich liebte meinen Papi, ich hatte mich ihm stets sehr nahe gefühlt. Und er vergötterte mich. Warum also tat er das mit mir? Was würde Mami sagen, wenn sie es wüsste?

Unsere Familie würde zerbrechen, wenn ich es ihr erzählte, dessen war ich mir sicher. Allerdings nur, wenn sie mir glaubte. Und ich vermutete, dass sie – wie damals in der Küche – wohl eher annehmen würde, ich hätte das alles nur erfunden. Papi wiederum würde böse auf mich sein, weil ich unser Geheimnis verraten hätte. Ich hatte das Gefühl, dass es keinen Ausweg für mich gab.

Mir drehte sich der Kopf. Tränen rannen über mein Gesicht

und durchnässten die Daunendecke, die ich ganz eng um mich gezogen hatte. Ich verhielt mich so still wie möglich, denn ich fürchtete, Mami oder Papi könnten mein Weinen hören. Wenn sie sahen, in welchem Zustand ich war, würden sie sicherlich eine Erklärung fordern. Mein ganzer Körper bebte, als ich mein Schluchzen zu unterdrücken suchte.

In diesem Augenblick verdichteten sich all mein Schmerz, meine Wut, meine Enttäuschung, meine Liebe und meine Traurigkeit zu einem starren Panzer, der mich so einschnürte, dass ich keine Luft mehr bekam und mich nicht mehr rühren konnte. All diese Empfindungen, so meine kindliche Vorstellung, waren wie die vielen bunten Smarties in einer Rolle. Die verschiedenen Farben standen für die einzelnen Gefühle, die mich überschwemmt hatten. Ich war gefangen in einer Welt widersprüchlicher Emotionen und konnte eigentlich nur darauf warten, dass die Rolle wieder einmal geöffnet wurde und ein weiteres Gefühl verschwinden würde. Während ich in einen unruhigen Schlaf hinüberglitt, fragte ich mich noch, was wohl geschehen würde, wenn die Rolle einmal leer war.

5

Wer bin ich?

Nach diesem Ansturm der Gefühle verbot ich mir so gut es ging, weiter darüber nachzudenken, wie sich die sexuellen Übergriffe abstellen ließen. Ich sagte mir, dass es keinen Ausweg gab und dass ich nichts tun konnte, um mein Problem zu lösen. Ich musste eben hinnehmen, dass der Missbrauch und die Anfälle von Übelkeit zu meinem Alltag gehörten; dass es zwischen beidem eine Verbindung gab, wusste ich nicht. Für mich war die Übelkeit nur eine weitere Belastung, mit der ich mich in meinem bereits so hektischen und turbulenten Leben abfinden musste. Und so beschloss ich weiterzumachen, so gut ich eben konnte.

Denn solange ich mich darauf beschränkte, von einem Augenblick zum nächsten zu leben, kam ich zurecht. Mein Alltag sah folgendermaßen aus:

Von der Schule ging ich direkt zu Oma. Mami, Paul und Andrew kamen später vorbei und blieben zum Tee. Dann kehrten sie nach Hause zurück, während ich bei Oma blieb, bis es Schlafenszeit war und Papi kam, um mich abzuholen.

Dieser Tagesablauf war ganz nach meinem Geschmack. Wenn ich zu Oma kam, sah ich mir bis um fünf das Programm des Kinderfernsehens an, dann bereitete ich mit ihr zusammen das Abendessen vor. Es machte mir großen Spaß, die Sandwiches zu schmieren und den Kuchen aufzuschneiden, den wir später gemeinsam essen würden.

Normalerweise brachte Mami auch unsere Hündin Katie mit. Nachdem sie es sich mit ihr gemütlich gemacht hatte, erkundigte sie sich, wie unser Tag verlaufen war und was wir in der Schule gelernt hatten. Obwohl Mami sich wirklich interessiert zeigte, hätte ich eigentlich viel lieber Fernsehen geschaut, und oft ignorierte ich ihre Versuche, mit mir über meinen Tag zu sprechen.

Einmal, als die Reality Show *Press Gang* lief, konnte ich die Augen nicht vom Bildschirm wenden. Die Geschichte, die da erzählt wurde, glich meiner Erfahrung nämlich fast bis in alle Einzelheiten. Paul war bereits heimgegangen – er hatte einen eigenen Computer bekommen, der in seinem Zimmer stand und den er auch benutzen durfte –, doch Mami war noch da und schwatzte mit Oma. Ich weiß noch, dass ich wie gebannt dasaß, bemüht, bloß kein Wort des Berichts zu verpassen. Zugleich betete ich darum, dass Mami von der Sendung und meiner Reaktion nichts mitbekam. Und so war es offenbar auch. Fassungslos vernahm ich, dass es für das, was mit mir geschah, einen Begriff gab: »Sexueller Missbrauch«. Wieder und wieder sagte ich mir stumm diese Worte vor. Die Tatsache, dass es dafür einen Namen gab, empfand ich als große Erleichterung. Meine Verwirrung begann sich zu legen, denn nun wurde das, was Papi mit mir machte, in gewissem Sinne real. Und als ich sah, wie die Zuschauer in der Sendung auf die Geschichte des Mädchens reagierten, wurde mir plötzlich bewusst, wie schwerwiegend die Vorgänge der letzten zwei Jahre waren.

Die Leute waren empört. Sie waren wütend. Vor allem aber wiederholten sie immer wieder, dass es nicht die Schuld des

Mädchens war. Das zu hören bedeutete mir ungeheuer viel. Mir kam es vor, als sei diese Sendung in gewisser Weise für mich bestimmt – nur für mich. Ich saugte alles in mich auf, was man dem Mädchen riet, und dabei wurde mir langsam klar, dass ich meine Situation ändern musste. So konnte und durfte ich nicht weiterleben.

An jenem Abend kam nach dem Abendessen meine Freundin Felicity vorbei, um mit mir in Omas Garten zu spielen. Mami unterhielt sich noch mit Oma, ehe sie zu ihren endlosen häuslichen Pflichten zurückkehren würde. Ich durfte Felicity nicht mit nach drinnen nehmen, doch wir waren ganz zufrieden damit, den Garten zu erkunden und unbeaufsichtigt von Erwachsenen herumzutoben. Obwohl meine Oma viel unkomplizierter war als meine Mutter, gab es auch bei ihr gewisse Regeln und Vorschriften, unter anderem, dass Freunde nicht ins Haus kommen durften. Während ich an jenem Tag mit Felicity spielte, beschloss ich, mein Schweigen zu brechen und sie in das Geheimnis einzuweihen, das ich seit zwei Jahren mit mir herumtrug.

Zunächst einmal streckte ich vorsichtig meine Fühler aus, um zu sehen, wie sie reagieren würde. Ich sprach über das Thema des Tages in der Sendung *Press Gang* und berichtete ihr, was der Vater mit diesem Mädchen gemacht hatte.

Felicitys Antwort ermutigte mich. »Wäre es nicht schrecklich, wenn so etwas mit einer passieren würde, die wir kennen?«, fragte sie.

Das war meine Chance. Wollte ich wirklich jemanden in mein Geheimnis einweihen, dann war jetzt der Augenblick gekommen.

»Ist schon passiert«, sagte ich.

Felicity blickte mich ungläubig an.

»Wer? Mit wem?« Angespannt und beklommen starrte ich auf den Kieselstein, den ich mit dem Fuß vor mir herschob. Würde sie mir glauben? War es richtig, was ich da vorhatte?

»Mit mir«, antwortete ich.

Felicity war die Erste, der ich mein Geheimnis verriet, die Einzige, der ich vertrauen konnte. In diesem Augenblick fühlte ich mich so nackt und ausgeliefert wie noch nie in meinem Leben. Es lag nun in ihrer Hand, mich zu retten oder zu vernichten. Ich empfand Erleichterung, als es heraus war. Trotzdem krampfte sich mein Magen zusammen, aus Angst vor ihrer Reaktion.

Doch »Fliss« enttäuschte mich nicht. Sie umarmte mich voller Mitgefühl, und als sie mich fest an sich drückte, konnte ich spüren, wie die Anspannung aus meinem Körper wich. Schluchzend klammerte ich mich an sie, als könnte ich im nächsten Moment zusammenbrechen.

In einem langen Gespräch vertraute ich ihr die Einzelheiten meines Doppellebens an. Fliss hörte mir einfach nur zu, ohne mich zu unterbrechen und Kommentare abzugeben. Jetzt, da die Schleusen geöffnet waren, strömten die Worte unaufhaltsam aus mir heraus.

Nachdem ich fertig war, sah Fliss mir in die Augen. »Julia, ich habe einen Vorschlag«, sagte sie. »Du kannst Nein sagen, wenn du willst, ich würde es dir nicht übel nehmen. Aber komm doch mit und erzähl es meiner Mami. Sie weiß bestimmt, was man unternehmen kann.«

Ich überlegte kurz und kam zu dem Schluss, dass ich jetzt, da der erste Schritt getan war, nicht mehr zurück konnte. Also willigte ich ein, mit Felicitys Mutter zu sprechen.

In diesem Augenblick rief Oma nach mir. Weil es dunkel wurde, sollte ich reinkommen. Hastig erklärte ich Fliss, man müsste es so arrangieren, dass ich zu ihr nach Hause zum Spielen käme. Außerdem dürfe sie mit niemandem außer ihrer Mutter über mein Geheimnis sprechen.

Dann ging ich schnell hinein, voller Angst, dass Oma und Mami irgendwie erraten würden, was ich getan hatte, dass sie es mir am Gesicht ablesen konnten. Ich setzte mich zu ihnen, wich aber jedem Blickkontakt aus. Doch die beiden verhielten sich ganz wie immer.

Als Mami nach Hause gegangen war, spielte ich mit dem Gedanken, auch Oma einzuweihen. Den Rest des Abends würden wir ungestört sein. Doch obwohl wir uns immer nahe gewesen waren, brachte ich es nicht über mich, ihr mein Geheimnis anzuvertrauen. Zwar liebte ich meine Oma sehr, aber sie erschien mir auch als typische Vertreterin ihrer Generation, als altmodisch und prüde. Mir fehlten schlichtweg die Worte, um ihr zu erklären, was mir angetan worden war. Andererseits wusste ich, dass sie meinen Vater nicht leiden mochte. Aber sie würde bestimmt keinen Unfrieden stiften wollen, und außerdem bestand die Gefahr, dass sie mir nicht glaubte. Da ich Angst hatte und mich schämte, wahrte ich mein Schweigen.

Wie üblich kam Papi gegen elf Uhr abends, um mich abzuholen. Ich war froh, dass die Fahrt zu unserem Haus nicht lange dauerte, denn sonst hätte er mir bestimmt etwas angemerkt.

Seltsamerweise fühlte ich mich schuldig, so als hätte ich ihn verraten. Ich hatte einen unausgesprochenen Pakt gebrochen und war nicht loyal geblieben. Trotz allem, was geschehen war, liebte ich meinen Papi.

Am nächsten Tag rief Mandy, Felicitys Mutter, bei Mami an und fragte, ob ich nach der Schule zu ihnen nach Hause kommen dürfe. Mami war einverstanden. Allmählich begann ich mich auf das Gespräch mit Mandy zu freuen. Naiv wie ich war, glaubte ich, sie habe eine Lösung parat, mit der sich alles klären ließ, ohne dass irgendjemand vor den Kopf gestoßen würde oder erfahren musste, dass ich geredet hatte.

In der Schule konnte ich an jenem Tag nichts anderes tun, als auf die Tafel zu starren. Immer wieder schweiften meine Gedanken ab, weil ich die unterschiedlichsten Situationen durchspielte, die sich an diesem Abend entwickeln konnten.

Schließlich verkündete die Glocke den Schulschluss, und Felicitys Mutter brachte uns zu ihnen nach Hause. Zum Abendessen gab es eine spanische Tortilla, die einige Stunden später durch die von meinem »Reizmagen« verursachten nervösen Störungen wieder zum Vorschein kommen sollte.

Nach dem Essen setzten Mandy, ihr Partner Jan und ich uns ins Wohnzimmer, um uns zu unterhalten. Felicity habe einige Andeutungen über das Verhalten meines Vaters gemacht, erklärte Mandy. Vielleicht würde ich ihr ja gern selbst berichten, was bei uns vor sich gehe.

Anfangs war ich wie versteinert, doch stockend schaffte ich es, die wesentlichen Dinge zu erzählen. Mandy und Jan machten mir immer wieder Mut und versicherten, sie würden mir helfen. Und es sei nicht meine Schuld. Keinen Moment lang zweifelten sie an meiner Darstellung oder mutmaßten, ich hätte alles nur erfunden. Sie gaben mir die emotionale Unterstützung und die Sicherheit, die ich so notwendig brauchte. Schließlich luden sie mich ein, in dieser Woche noch einmal zum Spielen zu Felicity zu kommen. Sie erklärten sich bereit, meine Mutter um Erlaubnis zu bitten. Nach dem Gespräch ging ich wieder zu Fliss nach oben und wir spielten, bis es Zeit für mich war heimzugehen.

Mandy und Jan blieben unten, um das Gehörte zu besprechen. Was dabei gesagt wurde, wusste ich natürlich nicht, aber ich war erleichtert, dass endlich auch Erwachsene eingeweiht waren. Durch die Unterstützung, die ich von ihnen bekam, wuchs in mir langsam eine neue Zuversicht. Vielleicht würde nun alles besser werden. Ich war tatsächlich überzeugt, Mandy und Jan könnten mein Problem auf irgendeine magische Weise lösen. Sie hatten versprochen, mir zu helfen, und darüber, wie diese Hilfe aussehen könnte, dachte ich gar nicht erst nach. So hatte ich von dem, was auf mich zukommen sollte, keine realistische Vorstellung.

Wie versprochen sorgte Mandy dafür, dass ich ein, zwei Tage später wieder zum Spielen zu Felicity kam. Ich nahm an, wir würden uns noch einmal unterhalten, ehe ich heimging. Stattdessen aber lud mich Mandy ein, mit ihnen in die Stadt zu fahren.

Zufrieden saß ich auf dem Rücksitz des Autos und schwatzte mit Fliss, denn in meiner Naivität nahm ich allen Ernstes an, wir würden einkaufen gehen. In der Stadt steuerten wir jedoch ein Verwaltungsgebäude an. Mandy erklärte, dort würde ich von ein paar Leuten erwartet, mit denen sie mich gern bekannt machen wollte. Sie seien in der Lage, mir die versprochene Hilfe zu geben. Ich bräuchte nichts weiter zu tun, als ihnen zu erzählen, was ich ihr bereits berichtet hatte.

In mir stieg Panik auf. Wohin wurde ich gebracht? Wen sollte ich treffen? Doch es war zu spät, um einen Rückzieher zu machen, soviel war mir klar. Obwohl es mir vorkam, als würden die Dinge meiner Kontrolle entgleiten, beschloss ich ihrer Aufforderung zu folgen und ihnen – wer auch immer es war –

die Wahrheit zu sagen. Vielleicht konnten sie mir ja helfen. Ich umklammerte Felicitys Hand. Sie sah so ängstlich aus, wie ich mich fühlte.

Drinnen führte man Felicity in die Spielecke. Mandy, Jan und ich wurden in ein Zimmer gebracht, in dem zwei Frauen auf uns warteten.

Auf den ersten Blick wirkten sie sehr nett, und sie lächelten mich an, während sie sich als Sozialarbeiterin und Polizistin vorstellten. Nun geriet ich wirklich in Panik. Warum Polizei? Wieso wollten sie mit mir reden? Steckte ich nun in Schwierigkeiten? Würden sie es meinen Eltern sagen? Plötzlich hatte ich das Gefühl, als würde mir der Boden unter den Füßen weggezogen. Ich wollte nur noch fort und die ganze Sache vergessen.

Allerdings gaben sich die Sozialarbeiterin und die Polizistin alle Mühe, es mir leicht zu machen. Sie stellten mir eine ganze Reihe von Fragen, damit ich nicht noch einmal die ganze Geschichte erzählen musste. Nur wo es nötig war, sollte ich Einzelheiten schildern, damit sie ein klareres Bild gewannen, was bei uns zu Hause passiert war.

Alles, was ich sagte, wurde mitgeschrieben. Etwa eine Stunde später, als wir fertig waren, baten sie mich, das Schriftstück zu unterschreiben, um zu bestätigen, dass ich die Wahrheit gesagt hatte. Ich weiß noch, dass ich diese Aufforderung seltsam fand und dass ich kurz überlegte, ob ich nur mit »Julia« oder auch mit meinem Familiennamen unterzeichnen sollte. Doch es schien mir besser, auf Nummer sicher zu gehen, und so malte ich in meiner Kinderschrift Vor- und Zunamen quer unter das Dokument.

Die Sozialarbeiterin erkundigte sich, ob ich noch etwas wissen wolle. Da ich mich inzwischen ein wenig beruhigt hatte, brachte ich den Mut auf, die Frage zu stellen, die mir schon während der gesamten Unterredung auf der Zunge lag.

»Werden Sie es meinen Eltern sagen?«

Nach einer kurzen Pause antwortete sie: »Ja, das müssen wir.«

Mir sank der Mut.

Ich hatte mir eingeredet, dass Mami und Papi nie erfahren würden, was ich gesagt hatte, dass das Gespräch mit diesen Menschen unter uns bleiben würde. Nun aber war mir klar, dass sich mein ganzes Leben ändern würde. Wie konnte ich heimgehen und Papi gegenübertreten, nachdem er von meinem Verrat erfahren hatte? Was würde mit ihm passieren? Und was mit mir? Was würde Mami sagen? Würde sie mir glauben?

Ich hatte so viele Fragen, doch ich wusste, dass diese beiden Frauen mir keine einzige beantworten konnten.

So saß ich kreidebleich da und schüttelte bloß den Kopf, als sie sich erkundigten, ob ich noch etwas wissen wollte. Ich wollte gar nichts mehr wissen, ich wollte mich einfach nur verkriechen und ausblenden, was um mich herum geschah. Als ich noch allein darüber entscheiden konnte, wer von dem Geheimnis erfuhr, hatte ich mich sicherer gefühlt. Nun schien es mir, als wäre es leichter gewesen, mich einfach mit dem Missbrauch abzufinden. Dann hätte ich wenigstens gewusst, was auf mich zukam. Ich konnte abschätzen, was mir bevorstand und was ich tun musste, damit Papi glücklich war. So aber fühlte ich mich völlig verloren und hilflos.

An die Fahrt nach Hause habe ich keine Erinnerung. Ich weiß nicht einmal, ob wir nach Hause zu Fliss fuhren und Mandy mich später zu Mami und Papi brachte oder ob mein Vater mich abholen kam. Die Stunden nach der Unterredung sind völlig ausgelöscht. Offenbar befand ich mich in einem

Schockzustand. Irgendwann jedenfalls war ich bei meiner Oma, saß dort auf dem Sofa und dachte darüber nach, was ich getan hatte. Doch ich hatte zu viel Angst, um ihr anzuvertrauen, was auf uns zukam.

Demnächst also würde die Bombe platzen. Doch ich wusste nicht, wann und wie es geschehen würde. Plötzlich war mein Leben wieder ein einziges Durcheinander. Jetzt gab es darin drei Ebenen: mein normales Leben, wie es meine Mutter kannte, mein geheimes Leben mit Papi, und ein weiteres, in dem ich mit Mandy und Jan ein Geheimnis teilte, das demnächst enthüllt werden würde. Diese neue Ungewissheit machte mir Angst. Irgendetwas Außerordentliches würde geschehen, etwas, worauf ich nicht den geringsten Einfluss hatte.

Was hatte ich mit diesem Durcheinander zu tun? Wo war mein Platz in dem Ganzen? Und wo würde mein Platz sein, wenn alles ans Licht gekommen war? Wie würde es dann mit mir weitergehen? Bald sollte ich es erfahren.

6

Es tut mir leid

Es war Freitagabend. Ich war bei Oma und wartete darauf, dass es elf wurde und Papi kam, um mich abzuholen. Doch schon bevor es so weit war, begann der Albtraum.

Unvermittelt blickte Oma von ihrem Sessel aus dem Fenster. »Ach du meine Güte«, sagte sie. »Da ist gerade ein Streifenwagen den Berg hinuntergefahren.«

Das war ungewöhnlich. Wir lebten in einem gut situierten Wohngebiet. Da es hier normalerweise nie Probleme gab, fiel ein Streifenwagen natürlich auf. Ich blieb auf dem Sofa sitzen, schloss die Augen und betete, dass es nichts mit mir zu tun habe.

Oma war schon am Fenster, um den Weg des Polizeiautos zu verfolgen.

»O mein Gott!«, rief sie, »er hält vor eurem Haus!«

Mein Herz sank. Ich hatte gleich gewusst, dass er meinetwegen kam. Und jetzt fühlte ich mich genauso elend, wie ich befürchtet hatte, wenn nicht sogar noch schlechter.

Ich war wie versteinert.

Was dann geschah, weiß ich nicht mehr. Ob ich irgendeine Erklärung abgab oder zu Oma sagte, dass etwas Schreckliches geschehen würde – ich erinnere mich nicht. Ehe ich mich versah, klingelte das Telefon. Oma lief zum Apparat, und natürlich war es meine Mutter. Während Oma in ihrem Schlafzimmer mit

Mami sprach, saß ich verängstigt im Wohnzimmer, unfähig, mich zu rühren. Normalerweise hätte ich mich vor ihrer Tür herumgedrückt, um ein paar Fetzen ihres Gesprächs aufzuschnappen, doch an diesem Tag wollte ich nichts hören. Je länger ich im seligen Zustand der Unwissenheit blieb, desto besser.

Ich wusste nicht, was sie sagten, doch ich nahm an, dass sie furchtbar wütend auf mich sein würden. Schuldgefühle überwältigten mich. Zwar hatten mir die anderen immer wieder eingeschärft, dass es nicht meine Schuld war, doch das hatte ich jetzt völlig vergessen.

Schließlich verlangte Mami, mich zu sprechen. Mit zitternden Händen nahm ich von Oma den Hörer entgegen. »Hallo?«, fragte ich mit bebender Stimme.

Mami war in Tränen aufgelöst und so außer sich, wie ich sie noch nie erlebt hatte. Ich fühlte mich schrecklich schuldig. Ich wollte alles wiedergutmachen, aber wie? Und dann sagte Mami etwas, was mir einen Anknüpfungspunkt bot.

»Julia, bitte antworte mir, ist es wahr? Wenn ja, mach dir keine Sorgen. Aber wenn nicht, dann sag es mir bitte, dann kommt alles wieder in Ordnung, und Papi kehrt nach Hause zurück. Dann wollen wir nie wieder darüber sprechen, und keiner wird dir einen Vorwurf machen.«

Diese Aussicht klang plötzlich sehr verlockend. Sie zeigte mir einen Ausweg. Ich hatte die Möglichkeit, die Dinge wieder ins Lot zu bringen. Mir schien es, als ob ich eine Ewigkeit darüber nachsann, doch in Wirklichkeit waren es nur ein paar Sekunden. Wenn ich den Vorwurf zurücknahm, würde Papi nicht böse auf mich sein. Und Mami würde aufhören zu weinen. Meine Oma würde nicht länger dieses besorgte Gesicht machen. Und, wie Mami eben gesagt hatte, niemand würde mir einen Vorwurf machen ...

Man hatte meinen Vater aufs Polizeirevier gebracht. In meiner kindlichen Vorstellung war das gleichbedeutend mit Gefängnis. Der Gedanke, dass man Papi meinetwegen in eine Zelle gesperrt hatte, war mehr als ich ertragen konnte.

Damit war für mich die Sache klar. Es gab nichts zu entscheiden. Ich würde alles abstreiten, und das so schnell wie möglich.

»Nein, Mami. Da ist nichts. Es ist nichts passiert«, versicherte ich ihr verzweifelt.

Als ich die Erleichterung in Mamis Stimme hörte, ging es mir sofort besser. Sie sagte, ich müsse das gegenüber der Polizei bestätigen. Sie wollte gleich dafür sorgen, dass jemand vorbeikam und mit mir sprach. Ich gab Oma den Hörer zurück und ging wieder ins Wohnzimmer, um der Dinge zu harren, die da kamen.

Ob es noch an jenem Abend geschah oder am nächsten Tag, weiß ich nicht. Ich blieb jedenfalls bei Oma und durfte nicht nach Hause gehen. Wie Mami angekündigt hatte, kam eine Polizistin ins Haus, um mit mir zu sprechen. Ich wusste, ich musste darauf beharren, dass zwischen Papi und mir nichts vorgefallen war. Nur so konnte ich die Sache wieder in Ordnung bringen. Sie setzte sich neben mich aufs Sofa und wollte wissen, warum ich meine Darstellung plötzlich geändert hatte.

Alle fragten mich, warum – warum hatte ich so etwas erzählt? Mir wurde klar, dass ich eine Erklärung erfinden musste, eine Begründung, weshalb ich meinen Vater an den Pranger gestellt hatte. Mit meinen Eltern oder unserer Lebensweise zu Hause durfte es nichts zu tun haben, denn ich wollte vermeiden, dass sich die Polizei noch weiter einmischte oder Mami und Papi erneut böse auf mich waren. Ich sagte, ich sei eifersüchtig auf Andrew, was ich Mami des Öfteren am Telefon zu Oma hatte sagen hören, um meine gelegentliche »Wildheit« zu entschuldigen. Da sie selbst immer wieder auf mein »übertriebenes Geltungsbedürfnis« hinwies, konnte ich das gut als Ausrede nutzen.

Nichts lag der Wahrheit ferner. Ich liebte Andrew von ganzem Herzen und empfand keinerlei Eifersucht. Noch immer war er für mich wie mein eigenes Baby. Aber da meine Erklärung offenbar sowohl meine Familie als auch die Polizei zufriedenstellte, hielt ich daran fest, denn ich wollte nur noch, dass alles vorüber war. Ich empfand Schuldgefühle, weil ich so viel Aufregung verursacht hatte, durch die Unfrieden in unsere Familie kam. Paul war zu Hause bei Mami und half ihr, Andrew und Katie zu versorgen, während sich Papi nach wie vor in Polizeigewahrsam befand. Für mich zählte jetzt nur, dass er wieder heimkam, damit Mami nicht mehr so verzweifelt war.

Am nächsten Tag wurden Mami und ich bei Oma von einem Wagen abgeholt. Man hatte mich angewiesen, bis auf Weiteres bei Oma zu bleiben, worüber ich froh war, da mir so ein Teil der Aufregung erspart blieb. Mamis Ankunft bei Oma war ein überaus peinlicher Augenblick. Ich konnte ihr kaum ins Gesicht sehen, wusste jedoch, dass ich unbedingt an meiner Lüge festhalten musste, um den Familienfrieden wiederherzustellen. Mami erklärte, wir müssten zu einem Arzt in Carmarthen fahren. Warum ich untersucht werden sollte, war mir zwar nicht klar, doch ich dachte mir nichts dabei. Wegen meines »Reizmagens« war ich an Arztbesuche und Untersuchungen gewöhnt.

Nach unserer Ankunft in der Praxis spielte ich im Wartezimmer. Zwei Frauen betraten den Raum und unterhielten sich mit mir. Die eine war eine weitere Sozialarbeiterin, die andere war Jayne, die Polizistin, die tags zuvor in Omas Haus mit mir gesprochen hatte.

Als mein Name aufgerufen wurde, fragten mich Jayne und die Sozialarbeiterin, wer von ihnen beiden mich zu der Untersuchung begleiten sollte. Da die Ärztin schon auf mich wartete, fühlte ich mich in die Enge getrieben, zumal mich die beiden Frauen erwartungsvoll ansahen.

Ich erklärte, es sei mir egal, doch sie meinten, da nur eine mit mir in den Behandlungsraum kommen könne, müsse ich mich entscheiden. Schließlich wählte ich Jayne, da ich sie schon in Omas Haus kennengelernt hatte und sehr hübsch fand. Sobald wir jedoch im Sprechzimmer waren, erkannte ich, dass ich einen Fehler gemacht hatte. Die Polizistin saß unbeteiligt in ihrem Sessel und würdigte mich keines Blickes, während die Sozialarbeiterin sehr nett gewirkt hatte.

Die Ärztin sagte, ich solle mich auf die Liege legen. Naiverweise hatte ich angenommen, dass sie mir in die Ohren schauen und mich »Ahh« sagen lassen würde, während sie mir mit einer kleinen Lampe in den Mund leuchtete. Doch es kam anders. Sie forderte mich auf, mir den Slip auszuziehen.

Ich erstarrte. Was, um alles in der Welt, wollte sie sich da unten ansehen? Mein Schrecken muss mir ins Gesicht geschrieben gewesen sein, denn sie versicherte, dass ich während der Untersuchung mit einem Laken zugedeckt bleiben werde. Es handele sich um einen ganz normalen Vorgang, dem sich alle Frauen unterziehen müssten, wenn sie erwachsen würden. Hilfe suchend sah sie die Polizistin an. »Stimmt doch, oder? Wir beide haben Erfahrung damit, nicht wahr?« Jayne nickte und gab einen zustimmenden Laut von sich.

Die Augen voller Tränen legte ich mich hin und ließ mich da unten untersuchen. Jetzt schämte ich mich noch mehr. Dass dies eine »normale« Untersuchung war, die alle Frauen über sich ergehen lassen mussten, konnte ich nicht glauben.

Als die Ärztin fertig war, zog ich mich wieder an, dann brachte mich die Polizistin zurück ins Wartezimmer. Nun wurde Mami zur Ärztin gerufen. Was sie dort besprachen, habe ich nie erfahren, doch als Mami zurückkehrte, war sie aufgebracht und weinte.

Heute als Erwachsene weiß ich, dass die Ärztin mich auf Spuren gewaltsamen Eindringens untersucht hatte. Natürlich konnte sie nichts dergleichen finden, weil mein Vater aufgegeben hatte, nachdem seine Versuche, Verkehr mit mir zu haben, gescheitert waren. Da ich meine Anschuldigung zurückgezogen hatte und keine medizinischen Indizien gegen ihn sprachen, durfte Papi noch am gleichen Tag wieder heimkommen.

Die Rückkehr meines Vater ist ein Augenblick, der sich für immer in mein Gedächtnis eingebrannt hat. Ich war bei meiner Oma, wo sich die gesamte Familie versammelt hatte: Oma, Mami, Paul, Andrew und sogar Katie. Ich saß auf dem Sofa und starrte zu Boden, weil ich nicht die Kraft hatte, mit anzusehen, wie er das Haus betrat. Anstatt wütend darüber zu sein, dass er alles geleugnet hatte, war ich voller Furcht. Ich hatte schreckliche Angst, er würde mich jetzt hassen und mir niemals verzeihen, was ich getan hatte.

Schließlich aber gewann meine Neugier die Oberhand. Als er ins Zimmer trat, sah ich ihm ins Gesicht.

Er erwiderte meinen Blick. »Okay, Julia ...«, sagte er mit müder, erschöpft klingender Stimme.

In diesem Augenblick nahmen wir unser »normales« Leben wieder auf. Wie versprochen, wurden die Ereignisse zu Hause nicht mehr erwähnt. Mami und Papi gaben mir keinerlei Anlass zu glauben, sie wären böse auf mich oder würden mir

Vorwürfe machen. Stattdessen ließen sie durchblicken, dass sie Mandy und Jan für die Ereignisse verantwortlich machten, und verboten mir jeglichen Umgang mit Felicity. Sie wandten sich sogar an den Direktor und verlangten, dass man uns in der Klasse getrennte Plätze zuwies. Wir durften also nicht einmal mehr nebeneinandersitzen.

Das war für mich die schlimmste Folge. Ich musste nicht nur weiterhin mit dem Mann zusammenleben, der mich in den letzten zwei Jahren sexuell missbraucht hatte, in einer Familie, die mich für eine Lügnerin und Unruhestifterin hielt, sondern ich hatte auch eine meiner besten Freundinnen verloren. Wie die anderen glaubte auch Felicity, ich hätte das Ganze nur erfunden. Sie war wütend auf mich, und als die Geschichte in der Schule die Runde machte, ergriffen die anderen logischerweise für sie Partei. Ich war als Lügnerin abgestempelt. Da ich ihnen die Wahrheit nicht erzählen konnte, wandten sich viele Freunde von mir ab. Mir wurde klar, dass ich mein Geheimnis wahrscheinlich mein ganzes Leben lang mit mir würde herumtragen müssen. Jetzt wusste ich, was ich mir einhandelte, wenn ich mich jemandem anvertraute, und diesen Preis war es mir nicht wert. Außerdem würde mir sowieso niemand mehr glauben, und ich wollte nicht noch einmal als Lügnerin bezichtigt werden. Zwischen Felicity und mir hatte sich eine Menge Wut angestaut. Sie war zornig darüber, dass ich gelogen hatte, und ich war zornig, weil sie die Wahrheit nicht sah.

Die Feindseligkeit zwischen uns war so groß, dass wir eines Tages auf dem Pausenhof übereinander herfielen. Wir traten, kratzten, zogen uns an den Haaren, und ich weiß noch, wie die anderen riefen: »Los, Fliss, zeig's ihr!« Die Schmach, dass es niemanden gab, der mich anfeuerte, zerstörte den letzten Rest meiner Selbstachtung.

Dass sich ihre Nägel in meine Haut bohrten, dass ihre Schläge auf meinen Wangen brannten, spürte ich nicht. In diesem Augenblick konnte mir gar nichts wehtun. Ich war völlig gefühllos geworden.

Es kam mir vor, als hätte ich alles verloren, was mir etwas bedeutete. Mein Leben erschien mir sinnlos. Die Lügen, die ich erfinden musste, um bei meiner Darstellung zu bleiben, drückten mich nieder. Meine Eltern brachten mich zu verschiedenen Leuten – zu Psychologen und Sozialarbeitern –, vor denen ich wiederholen musste, dass ich eifersüchtig auf Andrew war und mehr Aufmerksamkeit wollte. Ich versicherte so vielen Menschen, gelogen zu haben, dass ich mich allmählich selbst für eine Lügnerin zu halten begann. Womöglich war ich ja verrückt.

Zumindest aber, so glaubte ich, hatte ich damit wohl ein Ende des Missbrauchs erreicht. Da ich einmal mein Schweigen gebrochen hatte, würde Papi jetzt einsehen, dass er mich nie wieder anrühren durfte. Schließlich war er ein, zwei Nächte eingesperrt gewesen und hatte einen Vorgeschmack bekommen, was ihm bevorstand, wenn man ihn erwischte. Deshalb war ich mir sicher, dass er nicht mehr Hand an mich legen würde. Und eines Tages konnte ich womöglich auch mein Leben und die Beziehungen zu meinen Angehörigen und Freunden wieder in Ordnung bringen.

Doch Papi sollte mich eines Besseren belehren.

7

Alles wie gehabt

Nachdem ich meine Vorwürfe zurückgezogen hatte, ging unser Leben weiter wie zuvor. Und zwar einschließlich der sexuellen Übergriffe meines Vaters. Dass ich darüber gesprochen hatte, hielt ihn nicht davon ab. Kein einziges Mal sprach er mit mir über meine Anschuldigungen, mit keinem Wort erwähnte er die Ereignisse. Er machte einfach da weiter, wo er aufgehört hatte.

Es war für mich eine ungeheure Demütigung und ein Schock, dass mein Vater meinen Hilfeschrei einfach nicht wahrnehmen wollte. Ich fühlte mich völlig wertlos, wie ein Nichts. Dass er den Missbrauch fortsetzte, empfand ich als Gipfel des Verrats. Allmählich sah ich ihn in einem ganz anderen Licht. Er hatte die Chance gehabt, sich zu ändern und unser Verhältnis wieder in Ordnung zu bringen, wieder mein Papi zu sein. Doch anstatt seine perversen Gelüste zu zügeln, um meine emotionale und psychische Stabilität zu sichern, lebte er seine geheimen Fantasien weiter aus. Dass es auf Kosten der eigenen Tochter geschah, nahm er dabei in Kauf. Die Erkenntnis, wie wenig ich ihm bedeutete, verletzte mich mehr als alles andere.

Vielleicht wiegte er sich sogar in größerer Sicherheit als zuvor, da mich die anderen inzwischen allesamt für eine Lügnerin hielten. Sollte ich jemals wieder Anschuldigungen vorbringen, würde mir ohnehin niemand mehr glauben. Davon war ich mittlerweile überzeugt, und das war wohl auch der Grund, weshalb er sich sicher fühlte.

Ich versank in einer tiefen Depression, denn ich hatte das Gefühl, in der Falle zu sitzen. Zwar hatte ich Felicity mein Geheimnis anvertraut und damit eine echte Chance gehabt, doch ich hatte sie nicht genutzt und alles vermasselt. Dass ich nicht die Kraft gehabt hatte, es bis zum Ende durchzustehen, machte mich wütend. Aber ich war einfach noch zu klein, um mit einer solchen Belastung fertig werden zu können.

Zwischen Fliss und mir entwickelte sich eine unstete Hassliebe. Manchmal waren wir die besten Freundinnen, dann wieder hassten wir uns leidenschaftlich. Überhaupt schien mein Leben in jener Zeit nach diesem Muster zu verlaufen: himmelhoch jauchzend – zu Tode betrübt. Sobald ich einen Schritt nach vorn gemacht hatte, wurde ich wieder auf den Ausgangspunkt zurückgeworfen. Das Verhältnis zu meiner Mutter, das sich während ihrer Schwangerschaft allmählich gebessert hatte, verschlechterte sich durch die Vorwürfe gegen meinen Vater, und die Nähe, die sich zwischen uns entwickelt hatte, war nun unwiderruflich dahin. Der einzige Ort, der mir eine gewisse Stabilität bot, war die Schule, und ich sehnte mich danach, dort angesehen und beliebt zu sein.

Leider hatte das seinen Preis. Um meinen Mitschülern zu imponieren, tat ich alles – ich stahl im Schulkiosk Tüten mit Kartoffelchips oder zeigte einer neuen Vertretung trotzig den Stinkefinger. Zwar wurde ich erwischt, doch das anerkennende Schulterklopfen meiner Freunde tröstete mich darüber hinweg, dass ich den schlimmsten Verweis in meiner gesamten Schulzeit erhielt. Insgeheim freute ich mich, dass ich wenigstens auf meine Mitschüler Eindruck gemacht hatte.

Ich wurde zum Klassenkasper, stets auf der Suche nach einer neuen Gelegenheit, meine Mitschüler zu beeindrucken und Freunde zu gewinnen. Und so wurde mein Verhalten in dieser Zeit als »seltsam« und »unangepasst« eingestuft. Meine Mutter kam sogar zu dem Schluss, ich könnte unter dem Aufmerksamkeitsdefizit-Syndrom leiden, da ich mich ständig als Clown aufführte. Doch in meiner verzweifelten Suche nach Anerkennung war mir jedes Mittel recht.

Unterdessen setzte mein Vater den Missbrauch fort. Nach den von mir erhobenen Anschuldigungen versuchte er keineswegs, das Alleinsein mit mir zu vermeiden, vielmehr ging er äußerst geschickt vor. Gelegenheiten, sich mir zu nähern, ergaben sich offenbar immer wieder wie von selbst.

Eines Tages saß ich nach der Fahrt zum Supermarkt auf der Rückbank des Autos. Paul war mit Andrew zu Oma gegangen, und Mami »säuberte die Einkäufe«. Ich hatte mich hinter meinen Vater gesetzt und glaubte mich außerhalb seiner Reichweite, als er die Hand nach hinten streckte und mein Knie zu streicheln begann. Ich rührte mich nicht und versuchte auch diesmal wieder, die Realität auszublenden. Ich wusste, was kam, und sah keine Möglichkeit, es zu verhindern.

Papi forderte mich auf, nach vorn zu rutschen, damit er mich besser anfassen konnte. Ich tat wie geheißen. Als seine Hand meinen Rock hochschob, klammerte ich mich am Vordersitz fest. Wie gewöhnlich strich er mit den Fingern über den Saum meines Slips, dann fuhr er darunter. Ich kniff die Augen zusammen und wartete, bis er fertig war. Normalerweise hatte er einfach ein wenig herumspielt und an allen möglichen Stellen gerieben. Diesmal aber ging er einen Schritt weiter.

Plötzlich verspürte ich einen scharfen, stechenden Schmerz, denn Papi versuchte, einen Finger in mich hineinzuschieben.

Ich schnappte nach Luft und packte seine Hand, um ihn fortzustoßen. Bisher hatte Papi mir noch nie wehgetan. Er war immer behutsam gewesen, sei es nun, um nicht meinen Widerstand herauszufordern oder weil ihm ernstlich etwas an mir lag – ich weiß es nicht.

Aber ohne meine Abwehr zu beachten, versuchte Papi nun, den Finger noch tiefer in mich hineinzuschieben. Ich klammerte beide Hände um seinen Arm, um ihn von mir fortzuschieben. Der Schmerz war unbeschreiblich. Es war, als hätte man mir kochend heißes Wasser zwischen die Beine gegossen. Er versuchte, meinen Widerstand zu brechen und ließ seine Hand, wo sie war. Schließlich zog er wortlos seinen Finger fort. Abgesehen von meinem ersten, durch den Schmerz verursachten Keuchen hatte ich keinen Laut von mir gegeben, sondern nur den Atem angehalten, solange ich konnte. Bisher hatte ich mich nie in der Lage gefühlt, meinem Vater Widerstand zu leisten, doch nun hatte der Schmerz die Oberhand gewonnen. Dass ich seine Hand fortschob, war eher eine automatische Reaktion gewesen.

Ich hockte auf dem Rücksitz hinter ihm und presste die Beine zusammen, weil ich hoffte, dass der Druck den Schmerz lindern würde. Doch ohne Erfolg. Tränen traten mir in die Augen, doch ich unterdrückte sie. Vielleicht war das ja die Strafe für die ganze Aufregung, die ich verursacht hatte. Auch wenn mein Vater das womöglich nicht im Sinn gehabt hatte, so lief es für mich doch darauf hinaus.

Von diesem Zeitpunkt an war mir klar, dass ich Strafe verdient hatte. Und aus irgendeinem rätselhaften Grund ging es mir besser, als ich akzeptieren konnte, dass ich wertlos war. Plötzlich gab es nichts mehr, was wirklich zählte. Mamis Regeln und Vorschriften schienen mir nur gerecht. Wenn Papi mich für seine Gelüste benutzte, hatte ich auch das verdient. Und wenn meine Freunde mich hassten – hey, was durfte ich anderes erwarten?

Als ich elf wurde, sollte ich auf die höhere Schule wechseln. Paul besuchte bereits die Cardigan Secondary, die Gesamtschule in unserer Gegend, für die sich auch die meisten meiner Freunde einschließlich Felicity entschieden. Daher beschloss man, mich in einer weiter entfernt liegenden Schule anzumelden. Da Vicky, eine andere Freundin aus meiner Klasse, ebenfalls dorthin gehen sollte, machte mir das nicht so viel aus, und ich bat Mami und Papi sogar, mich auf diese Schule zu schicken. Für mich war es der Weg des geringsten Widerstands und zugleich eine Möglichkeit, die Vergangenheit hinter mir zu lassen.

Ich begann diesen neuen Lebensabschnitt voller Zuversicht. Da ich allmählich älter wurde, gestand man mir neue Freiheiten zu. So durfte ich mit meinen Freundinnen mit dem Bus in die Stadt fahren und ins Kino oder zum Schwimmen gehen. Langsam begann ich mich wieder auf die Zukunft zu freuen.

Ich schloss zahlreiche neue Freundschaften mit Jugendlichen, die von den vergangenen Ereignissen nichts wussten und keine vorgefasste Meinung über mich hatten. Plötzlich war ich beliebt und konnte mein Leben genießen.

Besonders freundete ich mich mit einem Mädchen namens Sarah an. Sie war sehr hübsch, und wir verstanden uns ausgesprochen gut. Wir kicherten über alles Mögliche und schienen auch sonst viel gemeinsam zu haben – ein wenig zu viel vielleicht.

Eines Tages, als wir uns unterhielten, erzählte sie mir, dass sie von einem Verwandten sexuell missbraucht worden war. All die altbekannten Gefühle und Ängste stürmten auf mich ein, und ehe ich es mich versah, hatte ich ihr berichtet, dass mir das Gleiche passierte und ich sie daher gut verstehen konnte.

Wir weinten beide, dann trösteten wir einander und fassten den Entschluss, uns einem Lehrer anzuvertrauen. Irgendwie machte mir dieser Gedanke jetzt, da ich einer Leidensgefährtin begegnet war, weniger Angst. Und ich glaubte allen Ernstes, es diesmal durchstehen zu können. Nun würde ich dem Ganzen wirklich ein Ende setzen, denn schließlich hatte ich Sarah, die mir beistand.

Wir wandten uns an unseren Klassenlehrer, einen Mann namens Mr. Davies, der so sanft und freundlich war, dass wir ihm beide vertrauten. Er wollte sich einzeln mit uns unterhalten, und Sarah ging als Erste zu ihm in das leere Klassenzimmer. Was dort besprochen wurde, weiß ich nicht, aber sie kam weinend nach draußen und meinte, sie würde es nicht aushalten, es sei eigentlich gar nichts passiert. Ich wusste, wie sie sich fühlte, ich verstand, warum sie nun plötzlich alles ableugnete. Daher wollte ich dafür sorgen, dass sie nicht den gleichen Fehler beging wie ich ein Jahr zuvor. Doch Sarah hatte sich anders entschlossen und weigerte sich standhaft, mit mir zu sprechen. In Tränen aufgelöst, lief sie fort und überließ mich meinem Schicksal, während Mr. Davies mich bereits ins Klassenzimmer rief ...

Ich geriet in Panik. Plötzlich war ich wieder auf mich allein gestellt. Ich hatte keine Ahnung, was ich tun sollte. Die altbekannte Furcht stieg in mir auf, und in meiner namenlosen Angst bezweifelte ich, dem Ganzen gewachsen zu sein. Mr. Davies gab sich alle Mühe, mich zu beruhigen, indem er ungezwungen über Alltägliches plauderte. Ich wiederum kämpfte meine Panik nieder und vertraute ihm an, was geschehen war.

Es war mir nicht möglich, ihm Einzelheiten zu erzählen, doch ich bekräftigte, dass mein Vater mich sexuell missbrauchte.

Mr. Davies erwiderte, er müsse den Schulleiter darüber informieren. Als er auf die Tür zuging, machte etwas in mir Klick. Was dann geschah, kann ich nur als völligen Zusammenbruch bezeichnen.

Verzweifelt warf ich mich ihm in den Weg, um ihn aufzuhalten. Dabei brüllte ich aus Leibeskräften. Es kümmerte mich nicht, dass mich andere hören konnten. Für mich gab es in diesem Moment nur Mr. Davies und mich – und den Direktor, den ich, wenn nur irgend möglich, aus der Sache heraushalten wollte.

Mr. Davies musste buchstäblich ins Rektorzimmer flüchten. Hysterisch kreischend rannte ich hinter ihm her, erreichte die Tür aber erst, als er sie schon hinter sich geschlossen hatte. Ich hämmerte mit den Fäusten dagegen und flehte schluchzend, er solle nichts sagen und wieder herauskommen. Rasch hatten sich ein paar Leute um mich geschart, doch ich nahm sie gar nicht wahr. Mir ging es nur darum, zu verhindern, dass mein Leben wieder zerstört wurde.

Was dann geschah, weiß ich nicht mehr. Entweder wurde ich ohnmächtig, oder ich hatte einen Filmriss. Ich erinnere mich nur noch, dass meine Eltern mit ernsten Gesichtern auf mich zukamen, mich schweigend auf den Rücksitz des Autos packten und nach Hause brachten.

Daraufhin entschied man, mich von dieser Schule abzumelden und in der Cardigan Secondary einzuschreiben, die auch Paul besuchte. Weitere Konsequenzen hatten meine Anschuldigungen nicht. Wie man mein Verhalten den Verantwortlichen in der Schule erklärte, habe ich bis heute nicht erfahren.

Erneut war ich auf den Ausgangspunkt zurückgeworfen und steckte in der Falle. Die Hoffnung, mein Leben würde sich zum Besseren wenden, hatte sich zerschlagen. Und wieder kam es mir vor, als sei alles auf den Kopf gestellt worden. Ich war wütend und machte mir Vorwürfe, weil ich es nicht vorausgesehen hatte. Eigentlich hätte ich doch wissen müssen, dass nichts Gutes dabei herauskam, wenn ich mein Schweigen brach. Schließlich hatte ich es schon einmal versucht und war gescheitert. Auch bei diesem Anlauf hatte ich versagt und mir jede Chance, vielleicht doch noch glücklich zu werden, verbaut.

Obwohl der Missbrauch anhielt, gelang es mir in der Folge, ihn bis zu einem gewissen Maße zu verdrängen. Die Schule und meine Freunde waren alles, was für mich zählte. Wenn ich dort war, versuchte ich, ein normales Leben zu führen, ich selbst zu sein. In der Cardigan Secondary aber war ich wieder einmal die Neue. Die Atempause war vorbei. Die anderen hatten bereits Gelegenheit gehabt, sich miteinander anzufreunden, während ich die Außenseiterin war. Es war, als sei für mich alles bereits vorüber, ehe es überhaupt begonnen hatte.

8

Jugendliche Rebellion

Als ich dreizehn wurde, hatte ich nicht mehr nur mit Gefühlschaos und Niedergeschlagenheit zu kämpfen, sondern auch mit der Umstellung der Hormone. Die meisten Mädchen in diesem Alter empfinden den Übergang vom Kind zur Jugendlichen als schwierig, und dabei leiden sie nicht unter dem zusätzlichen Druck und den Schuldgefühlen, die meine Eltern in mir auslösten.

Ich konnte damit nicht umgehen. Manchmal hätte ich am liebsten losgeschrien, alles aus mir herausgelassen. Aber das durfte ich nicht. Nach außen hin musste der Anschein der Normalität gewahrt bleiben. Zu viel Angst hatte ich davor, irgendjemand könnte merken, dass etwas nicht stimmte, und mir Fragen stellen. Angesichts meiner schlechten Erfahrungen fürchtete ich mich davor, dass andere von meiner Situation erfahren würden. Meine Eltern hatten mich als Lügnerin und Unruhestifterin abgestempelt, und die Vorstellung, dieses Urteil könne sich auch auf Bereiche meines sozialen Umfelds auswirken, wo man von dem Missbrauch nichts ahnte, war für mich schrecklich. Meine Wut und mein Schmerz fanden kein Ventil. Ich trug alles mit mir herum und hatte das Gefühl, gleich zu explodieren. Ich wollte nur eins: dass das alles bald ein Ende hatte.

Eines Tages, im Haus meiner Großmutter, war ich besonders

aufgewühlt. Allein in der Küche, kämpfte ich mit den Tränen. Verzweifelt packte ich meinen Arm und grub in meiner Hilflosigkeit die Fingernägel in die Haut, so tief ich nur konnte. Den Schmerz empfand ich als seltsam befreiend, so als würde sich mit ihm meine Wut und Anspannung auflösen. Je tiefer meine Nägel in die Haut drangen, desto leichter fiel mir das Atmen. Als ich meinen Griff schließlich lockerte, spürte ich, dass ich wirklich etwas losgeworden war. Dort wo meine Nägel gewesen waren, zeigten sich auf meinem Arm vier blutende Wunden.

Ich säuberte den Arm, stillte die Blutung und zog meinen Ärmel über die Verletzungen. Beinahe zufrieden stellte ich fest, dass ich jetzt ein eigenes Geheimnis hatte. Darauf hatten weder Mami noch Papi Einfluss ...

An diesem Punkt kam ich zu dem Schluss, dass ich ein anderes Ventil für meine Wut finden musste. Einem Jungen aus der Schule war vor Kurzem der Blinddarm entfernt worden, und er hatte einige Tage im Krankenhaus gelegen. Genau das wünschte ich mir auch: in Sicherheit und weit weg von allem zu sein. Irgendwo, wo ich einfach vergessen konnte. Kaum war mir dieser Gedanke gekommen, begann ich meinen Plan auch schon in die Tat umzusetzen.

Als ich später in die Küche zu Mami und Papi ging, hielt ich mir den Bauch und klagte über schreckliche Schmerzen. Nach einer Weile begannen sie, sich Sorgen zu machen, und riefen den Notarzt. Ich krümmte mich vor Schmerz, und ehe ich es mich versah, fuhr mich mein Vater ins Krankenhaus. Zwar fiel es mir schwer, ihnen die ganze Zeit über Höllenqualen vorzuspielen, doch mein Wunsch, dem Gefängnis zu entkommen, das mein Zuhause war, gab mir genügend Kraft, um die Rolle überzeugend durchzuhalten.

In jener Nacht wurde mir der Blinddarm entfernt. Nach der Operation sagte ein Arzt zu mir: »Ich weiß, dass die Wunde wehtut. Aber sicher fühlst du dich jetzt besser als vorher, oder?«

Wenn er nur wüsste, dachte ich. Obwohl ich jetzt wirklich Schmerzen hatte, traf seine Vermutung zu. Es ging mir tatsächlich besser. Ich hatte Abstand zu unserem Zuhause, zu Mami und Papi. Und ein paar Tage Frieden. Ich war glücklich.

Aber alles geht einmal zu Ende. Schließlich kam der gefürchtete Augenblick, in dem ich nach Hause zurückkehren musste. Da ich krank war, lief Mami allerdings wieder einmal zu Hochtouren auf und verwöhnte mich nach Kräften. Dadurch konnte sich Papi mir nicht nähern. Bis ich wieder ganz gesund war, bot sich ihm keine Gelegenheit zu sexuellen Übergriffen.

In jenem Jahr beschloss ich, mein Leben selbst in die Hand zu nehmen. Genug ist genug, mehr konnte ich nicht ertragen. Ich war nun eine Jugendliche, und mit der neu entdeckten Fähigkeit, eine eigene Meinung zu äußern, begann ich, mich Papis Zudringlichkeiten zu widersetzen. Endlich hatte ich den Mut, »Nein« zu sagen.

Wenn Papi mich zu berühren versuchte, entzog ich mich ihm. Wenn er verlangte, ich solle ihn berühren, weigerte ich mich. Nach fünf Jahren der Willfährigkeit konnte mein Vater meine Weigerung nur schwer akzeptieren. Zwar griff er nie zu Drohungen oder körperlicher Gewalt, doch er setzte andere Mittel ein, um mich zu sexuellem Kontakt zu bewegen. Er bot mir Geld an: zwei Pfund, wenn ich ihn meine Brüste berühren ließ; zwanzig Pfund, wenn ich mit ihm schlief. Doch was er auch bot, ich blieb bei meinem Nein, obwohl es mir jedes Mal aufs Neue schwerfiel, weil ich mich so an meine willfährige

Haltung gewöhnt hatte. Mit der Zeit aber fiel es mir immer leichter, und mit jedem Erfolg wuchs mein Mut.

Und um niemals auf sein Geld angewiesen zu sein, fing ich an, mir selbst etwas zu verdienen. Erst wusch ich Autos, dann jobbte ich in Lebensmittelläden, Restaurants und Hotels – mir war jede Arbeit recht, die so viel Geld einbrachte, dass ich etwas auf die Seite legen konnte. Ohne mich um gesetzliche Vorschriften zu kümmern, arbeitete ich an den Wochentagen abends nach der Schule, am Wochenende und in den Ferien. So groß war mein Wunsch, mich von dem Leben zu befreien, das mir so lange eine Qual gewesen war. Ich wollte mir ein neues Leben aufbauen, das es mir ermöglichte, so wenig Zeit wie möglich daheim zu verbringen.

Den größten Teil meines Verdiensts nahmen mir Mami und Papi ab. Sie begründeten das damit, dass ich für meine Ausbildung sparen müsse. Wenn ich einmal auf der Universität sei, würde ich es ihnen danken. Aber solange mir genügend Geld blieb, um gelegentlich mit meinen Freundinnen einzukaufen oder ins Kino zu gehen, störte mich das nicht weiter.

Da der sexuelle Missbrauch nun ein Ende hatte, hätte ich nach den Gesetzen der Logik eigentlich glücklich und bereit für Neues sein müssen. Doch das Gegenteil war der Fall. Ich fand es jetzt noch schwerer, mich einzufügen. Mamis Lebensweise hatte sich nicht verändert und bereitete mir jetzt, da ich heranwuchs, noch mehr Probleme. Ich sehnte mich nach der Freiheit, wie meine Freunde sie hatten, danach, meine Kleidung selbst auszusuchen und meine Persönlichkeit zu erforschen. Mamis Einschränkungen machten dies unmöglich. Außerdem wohnte ich immer noch unter einem Dach mit dem Mann, der mich seit meinem achten Lebensjahr sexuell missbraucht hatte. Ich litt unter dem Konflikt, dass ich ihn nach wie vor als meinen Vater liebte und ihn zugleich hasste, weil er mir das angetan hatte. Gegen beide Eltern hegte ich tiefen Groll.

Um diese Spannungen abzubauen, suchte und fand ich Formen der Selbstverletzung, die keine Narben hinterließen und mich nicht ins Krankenhaus bringen würden. Ich begann, Erbrechen herbeizuführen. Sobald ich gegessen hatte, verzog ich mich auf die nächstgelegene Toilette und steckte den Finger in den Hals, bis mir der Mageninhalt hochkam. Viele Menschen glauben, Bulimie habe etwas mit Abnehmen und Unzufriedenheit mit der äußeren Erscheinung zu tun. Ich aber versuchte durch das Erbrechen etwas loszuwerden, was in mir war – ein Gefühl, ein Selbstbild. Ich hasste mich für das, was mir geschehen war, und glaubte, Strafe verdient zu haben. Wurde ich bestraft, ging es mir besser.

Schon bald fiel meinen Schulfreundinnen auf, dass ich nach dem Essen stets sofort auf die Toilette verschwand, und sie folgten mir, um herauszufinden, was ich da trieb. Nachdem sie mich ertappt hatten, drohten sie, es den Lehrern zu sagen, wenn ich damit fortfuhr. Ich tat mein Bestes, um mein Verhalten zu ändern, obwohl es mir mittlerweile zur Gewohnheit geworden war. Nach einiger Zeit kam ich dank ihrer Aufmerksamkeit und Hartnäckigkeit davon los.

Allerdings staute sich jetzt wieder meine Wut an, und schon bald waren meine Gefühle erneut am Siedepunkt. Ich wusste nicht mehr, wohin ich mich wenden oder was ich tun sollte. Alle Mittel und Wege, so schien es mir, hatte ich bereits ausprobiert. Also zog ich mich vollends in mich selbst zurück. Ich verfiel wieder in die Depression, die mich bereits früher umfangen hatte wie eine dichte Wolke.

Bald stellte man in der Schule fest, dass meine Leistungen

nachließen, und eines Tages nach dem Unterricht nahm mich die stellvertretende Direktorin beiseite und fragte, was mit mir los sei. Vielleicht gäbe es ja etwas, worüber ich mit ihr sprechen wolle. Die harte Schale, die ich so mühsam aufrechterhalten hatte, begann zu bröckeln. Normalerweise war diese Frau als Lehrerin äußerst streng, und dass sie jetzt so viel Mitgefühl zeigte, brach meinen Widerstand. Ich konnte mit ihrer Freundlichkeit nicht umgehen.

Von meinem Vater konnte ich ihr nicht erzählen. Den Versuch hatte ich schon einmal gemacht, und noch immer, zwei Jahre später, schauderte mir bei dem Gedanken an die Konsequenzen. Stattdessen beschloss ich, ihr von dem Leben, zu dem uns meine Mutter zwang, zu berichten. Dies war das weniger schreckliche meiner Geheimnisse, und ich nahm nicht an, dass es Folgen haben würde, wenn ich darüber sprach. An der Verblüffung der Frau merkte ich jedoch, dass ihr das, was für mich die Normalität war, äußerst seltsam vorkam. Sie fragte, ob mir klar sei, dass diese Regeln und Vorschriften falsch seien und dass Paul und ich unter äußerst ungerechten Einschränkungen zu leiden hätten.

Als sie mich bat, die Regeln und Vorschriften, mit denen wir lebten, für sie aufzuschreiben, brach ich in Tränen aus. Dennoch willigte ich ein und verfasste eine Liste all der Dinge, die mir einfielen.

- Wir dürfen im Haus nichts berühren.
- Ich darf meine Kleidung nicht selbst aussuchen.
- Wir müssen nackt zur Dusche in Mamis Zimmer laufen.
- Wir müssen warten, bis uns Mami nach dem Duschen das Handtuch bringt.
- Wir dürfen keine Freunde nach Hause mitbringen.

- Wir dürfen uns nichts zu trinken oder zu essen nehmen.
- Wir dürfen nicht auf den Sesseln sitzen.
- Ich darf nicht vor elf Uhr abends nach Hause kommen.
- Ich muss mir Hände, Gesicht und Füße waschen lassen, sobald ich das Haus betrete.
- Ich darf meine Schultasche nicht anfassen, ehe sie gesäubert ist.
- Ich muss um Erlaubnis bitten, wenn ich auf die Toilette gehen will.
- Ich darf die Schubladen und Schränke in meinem Zimmer nicht anfassen.
- Ich darf nicht in der Wanne baden ...

Gewiss gab es noch eine ganze Anzahl weiterer Regeln. Die Liste enthielt nur diejenigen, die mir auf Anhieb in den Sinn gekommen waren.

Als ich der stellvertretenden Schulleiterin den Zettel gab, meinte sie, sie wolle sehen, was sie für mich tun könne.

Gegen Ende des Schultags wurde ich ins Büro der Direktorin gerufen. Erschrocken überlegte ich zunächst, was ich wohl angestellt haben mochte. Als die Direktorin mich hereinrief, sah ich hinter ihr zwei Frauen stehen. Sogleich überfielen mich dieselben Gefühle wie beim Betreten des Büros im Jugendamt mit Mandy, Jan und Fliss, als ich zehn Jahre alt gewesen war. Angst stieg in mir auf.

Die Direktorin stellte mir die beiden Frauen als Sozialarbeiterinnen vor. Mir sank der Mut. Sie sagte, ich hätte ein paar Dinge aus meinem Leben daheim offengelegt, die ihnen Anlass zur Sorge gäben. Als die Frauen dann Fragen zum Verhalten meiner Mutter stellten, bestätigte ich das, was ich zuvor schon geschildert hatte. Daraufhin beschlossen die Sozialarbeiterinnen, mit meinen Eltern zu sprechen. Ich solle besser nicht nach Hause kommen, solange sie da seien.

Sie fragten mich, ob ich ein Mädchen namens Alia kenne, das auch in meiner Klasse sei. Natürlich kannte ich Alia. Sie war vom Jugendamt in eine Pflegefamilie in Cilgerran gegeben worden. Die beiden Frauen meinten, ich könne gern mit ihr nach Hause gehen und dort bleiben, bis alles geklärt sei. Am späteren Abend werde dann jemand kommen, um mit mir zu sprechen. Mir fiel ein Stein vom Herzen. Obwohl ich das Geheimnis meines Vaters nicht preisgegeben hatte, gab endlich einmal jemand zu, dass das, was ich daheim durchmachte, nicht normal war. Und da ich sowieso nicht nach Hause wollte, war es eine angenehme Alternative, zu Alia zu gehen.

Ich konnte es kaum erwarten, in ein Haus zu kommen, wo es einigermaßen normal zuging. In diesem Augenblick störte es mich nicht einmal, dass Mami sicher böse sein würde, weil ich geredet hatte. Ich war einfach nur froh, dass ich flüchten konnte – wenn auch nicht auf Dauer, so doch zumindest, ohne dass es wehtat.

Nach Unterrichtsende stieg ich mit Alia in den Bus, als führe ich einfach mit einer Freundin zum Spielen nach Hause. Den Gedanken daran, dass die Sozialarbeiterinnen mit meinen Eltern sprechen wollten, schob ich in den hintersten Winkel meines Kopfes. Stattdessen überlegte ich, was es wohl zum Abendessen gab und wie Alias Zimmer aussah.

Lyn und Dave Bantten, ihre Pflegeeltern, hatten drei eigene Söhne – Scott, Luke und Darren – und zwei Pflegetöchter, Alia und Deanna. Deanna war eine Klasse unter mir.

Lyn und Dave nahmen mich äußerst herzlich auf. Alia und ich hatten bald vergessen, dass ich von Amts wegen bei ihnen untergebracht worden war. Zufrieden spielten wir oben in ihrem Zimmer, das sie mit Deanna teilte. Allein schon, dass sie in ihrem Zimmer tun und lassen konnten, was sie wollten, fand ich erstaunlich. Welch herrliche Freiheit! Am liebsten wäre ich für immer hiergeblieben, um solch ein Leben führen zu können. Wie düster sah meines dagegen aus! Nur ein kurzer Blick in einen Alltag ohne all unsere Regeln hatte genügt, um in mir Bitterkeit zu wecken, weil ich von dieser »Normalität« ausgeschlossen war.

Kurze Zeit später kam die Sozialarbeiterin, mit der ich in der Schule gesprochen hatte.

Mami und Papi waren benachrichtigt worden, und der Gedanke an ihre Reaktion schreckte mich. Zwar lächelten mich die Erwachsenen freundlich und teilnahmsvoll an, als ich das Wohnzimmer betrat, doch trotz der ermutigenden Begrüßung erfasste mich eine Welle der Übelkeit.

Die Sozialarbeiterin erklärte, sie habe meine Eltern aufgesucht und mit ihnen über das bei uns geltende Regelwerk gesprochen. Angeblich hätten meine Eltern meine Gefühle nachvollziehen können, und meine Mutter habe versprochen, sich wegen ihres zwanghaften Verhaltens Hilfe zu suchen. Nachdem ihr meine Eltern Zusammenarbeit zugesichert hatten, sah die Sozialarbeiterin keinen Grund, warum ich nicht noch am gleichen Abend nach Hause zurückkehren sollte. Wenn ich meine Sachen beisammen hatte, würde sie mich hinfahren.

Bei ihren Worten hätte sich meine Übelkeit eigentlich legen müssen. Das war doch bestimmt die Lösung für alle meine Probleme! Ich widersetzte mich Papis Zudringlichkeit, Mami holte sich Hilfe, alles würde anders werden ... Aber warum ergriff mich dann trotzdem heillose Panik bei dem Gedanken, nach Hause zurückzukehren? Die vergangenen fünf Jahre hatten von mir körperlich, gefühlsmäßig und psychisch ihren Preis gefordert. Und jetzt, da ich entkommen war, wollte ich nicht mehr zurück.

Vielleicht war das Verständnis ja nur geheuchelt. Vielleicht würden sie mit mir schimpfen, sobald uns die Sozialarbeiterin verlassen hatte. Was, wenn Papi ein Nein nicht mehr akzeptierte? Vielleicht würde er mich so dafür bestrafen, dass ich erneut mein Schweigen gebrochen hatte? Die Vorstellung, in das elende Leben zurückzukehren, das ich all die Jahre geführt hatte, war schlichtweg unerträglich. Und so erklärte ich mit fester Stimme, ich würde nicht nach Hause zurückkehren.

Die Erwachsenen wirkten überrascht. Die Sozialarbeiterin wollte den Grund wissen. Gab es vielleicht noch irgendetwas, das ich ihnen nicht erzählt hatte? Ich überlegte, ob ich ihnen offenbaren sollte, dass ich seit den ersten Ermittlungen gegen meinen Vater mit einer Lüge lebte. Aber meine Furcht, man könnte mir nicht glauben, war zu groß. Dieses Risiko konnte ich nicht eingehen. Ich sah nun eine Chance, glücklich zu sein und in Sicherheit zu leben, und da wollte ich nicht, dass auch diese Leute glaubten, ich hätte alles nur erfunden. Zwar hatte ich Unterstützung erhalten, als ich zum ersten Mal geredet hatte, doch Mami gab deutlich zu verstehen, dass sie mir kein Wort glaubte. Seit ich zuerst mit zehn Jahren und dann noch einmal in der höheren Schule meine Anschuldigungen zurückgezogen hatte, hieß es, ich würde »Geschichten erfinden«. Daher war ich überzeugt, dass mir grundsätzlich niemand glauben würde, wenn ich jetzt den Versuch machte, die Wahrheit zu sagen. Nicht umsonst lautet das Sprichwort: »Wer einmal lügt, dem glaubt man nicht, und wenn er auch die Wahrheit spricht.«

Ich schüttelte heftig den Kopf. Wahrscheinlich merkten sie, dass ich ihnen etwas verschwieg, aber niemand drängte mich zu reden. Stattdessen versicherten sie mir, ich müsse nicht nach Hause zurückkehren, wenn ich nicht wolle. Ich könne die Nacht bei Alia verbringen.

Als ich wieder oben bei den Mädchen war, herrschte in mir ein Wirrwarr der Gefühle: Ich war erleichtert, dass ich hierbleiben durfte, aber auch voller Angst, weil das ja nur eine Übergangslösung war. Ich überlegte hin und her, ob ich ihnen von meinem Vater berichten sollte oder nicht. Vielleicht würden diese Leute mir ja doch glauben, und ich musste nicht länger mit der Lüge leben? Als Alia und Deanna fragten, warum ich nicht nach Hause wollte, hielt ich einen Moment inne, sah in ihre Gesichter ... und dann brach es aus mir heraus. Ich erzählte ihnen alles.

Die beiden Mädchen kannten sich mit Sozialarbeiterinnen besser aus als die meisten anderen. Sie hatten ihr ganzes Leben in Heimen und bei Pflegefamilien zugebracht. Wenn mir jemand einen Rat geben konnte, dann sie.

Ihre Reaktion überwältigte mich: Unterstützung auf der ganzen Linie. Und nun war es ihre Anteilnahme, die mich zusammenbrechen ließ. In mancher Hinsicht war ich mit den Zweifeln an meiner Glaubwürdigkeit besser zurechtgekommen als mit dem Verständnis, das mir die beiden entgegenbrachten. Unter Schluchzen schilderte ich, dass ich ein Leben voller Lügen geführt hatte; dass alles wahr war, was ich der Polizei vor drei Jahren erzählt hatte; dass ich es mir nicht »einfach ausgedacht« hatte, wie so viele Leute jetzt glaubten.

Alia sah mir in die Augen und sagte: »Du musst es Lyn erzählen. Wenn du es nicht tust, mach ich es!«

Ich spürte den Drang, wie gewöhnlich in solchen Fällen

gleich verzweifelt aufzukreischen, doch diesmal riss ich mich zusammen. Ich wusste, sie hatte recht. Wie hätte ich nach Hause zurückkehren und weiter dieses Leben führen können? Ich musste mich von dem Lügengespinst befreien, das mein Leben bisher beherrscht hatte. Also war ich einverstanden, dass Alia es Lyn erzählte.

Zitternd saß ich auf dem Gästebett im Zimmer der Mädchen, während Alia unten mit ihrer Pflegemutter sprach. Ich war überzeugt, dass die Erwachsenen mir nicht glauben würden. Bestimmt meinten auch sie, ich wolle mich nur »wichtigmachen« – so hatte sich meine Mutter ausgedrückt, als sie mit meiner Oma über meine Vorwürfe sprach. Schließlich war meine Mutter überzeugt oder redete sich zumindest ein, dass ich meine »Geschichten« aus Eifersucht auf Andrew und aus Geltungsbedürfnis erfunden hatte. Deanna tat zwar ihr Bestes, um mich zu beruhigen, und plauderte unablässig mit mir, doch meine Gedanken schweiften ständig ab.

Ziemlich bald kam Alia zurück und erklärte, Lyn warte unten im Wohnzimmer auf mich.

Meine Beine wurden mit jeder Treppenstufe schwerer. Zu jedem Schritt musste ich mich regelrecht zwingen. Als ich das Wohnzimmer betrat, warf ich Lyn aus dem Augenwinkel einen ängstlichen Blick zu. Sie erwiderte ihn aufmunternd und voller Mitgefühl.

In der nächsten Stunde erzählte ich Lyn alles, woran ich mich erinnern konnte: was geschehen war und warum ich mit niemandem darüber gesprochen hatte.

Als ich geendet hatte, sagte sie: »Dir ist doch klar, dass es meine Pflicht ist, beim Jugendamt anzurufen und ihnen zu berichten, was du mir gerade erzählt hast?«

Ich nickte, denn jetzt war ich nicht mehr so naiv wie früher.

Ich wusste, dass es Folgen hatte, wenn man die Wahrheit offenlegte, und wie diese Folgen aussehen würden, konnte ich mir gut ausmalen. Doch dieses Mal hatte ich genügend räumlichen Abstand zu meiner Familie, um nicht Zeugin des Aufruhrs zu werden, den meine Enthüllungen auslösen würden. Ich hoffte, dass das genügte, damit ich stark blieb.

Und wieder brach die Hölle los. Eine Sozialarbeiterin kam ins Haus und stellte mir viele Fragen. Aber alle standen auf meiner Seite. Sie glaubten mir und stärkten mir den Rücken. Vielleicht würde ich ja sogar wieder zu meinem wahren Ich zurückfinden. Ich musste nicht mehr mit der Lüge leben, konnte endlich die Bürde abschütteln, die ich so lange mit mir herumgetragen hatte.

Am folgenden Tag befragten mich zwei Frauen – die Sozialarbeiterin, die mir zugeteilt worden war, und eine Polizistin, die ich noch nicht kannte. Man brachte mich zu einem Gebäude, dessen Funktion oder Lage mir nicht in Erinnerung geblieben ist. Ich weiß nur noch, dass die beiden Frauen in einem hellen, luftigen Raum auf Stühlen saßen, während ich zu einem Sofa geführt wurde. Auf dem Tisch vor mir lagen ein paar Puppen, die meine Aufmerksamkeit jedoch nicht von der Videokamera in der Ecke ablenken konnten. Zu Beginn sprachen die Frauen über »Wahrheit« und »Lüge«: Ich sollte ein paar Beispiele nennen, um zu zeigen, dass ich den Unterschied kannte. Ich gab ihnen einfache, einem Kind entsprechende Antworten, fühlte mich dabei jedoch äußerst unsicher. Was war, wenn die Frauen mich ebenfalls für eine Lügnerin hielten, wie ich es in den vergangenen drei Jahren erlebt hatte? Dann forderten sie mich auf, so genau wie möglich zu beschreiben, was zwischen Papi und mir vorgefallen war. Ich fand dafür keine Worte und fühlte mich unfähig, es auch nur zu versuchen. Mich quälte nur die Furcht, man könnte mir nicht glauben.

Um mir die Peinlichkeit einer Schilderung zu ersparen, schlugen sie vor, ich solle die Puppen benutzen, um die Vorfälle darzustellen. Ich war froh über diese Möglichkeit, doch als ich auf die Geschlechtsteile der Puppen deutete, schämte ich mich fast noch mehr, als wenn ich darüber geredet hätte. Die beiden spiegelten mir mit Worten, was ich ihnen gezeigt hatte, um zu überprüfen, ob sie mich richtig verstanden hatten. Ich zuckte zusammen, nickte aber heftig. Die Worte, die sie ausgesprochen hatten, sollten verschwinden.

Im Anschluss an das Gespräch brachte man mich zurück zu den Banttens. Dort würde ich fürs Erste bleiben, sagte man mir. Ich wusste, dass nun gegen Papi ermittelt wurde, aber mehr wollte ich nicht hören. Einzelheiten hätten mich noch unglücklicher gemacht. Ich zog es vor, so wenig wie möglich zu erfahren.

Rasch gewöhnte ich mich an das Leben bei den Banttens, wo ich einen Teil des Sommers verbrachte. Allerdings musste ich nach einer Weile zu einer anderen Pflegefamilie ziehen. Es kamen nur befristete Aufenthalte infrage, da es für meine Zukunft noch keine Pläne gab. So siedelte ich zu den Clarkes in Llandysul über.

Alana und Stuart Clarke, beide sehr liebevolle, fürsorgliche Menschen, waren ein wenig älter als Lyn und Dave. Sie hatten außer mir nur noch eine weitere Pflegetochter, Leanne, und so ging es in meinem neuen Zuhause viel ruhiger zu als bei den Banttens. Leanne war erst sieben, und als einzige Jugendliche im Haus hatte ich ein eigenes Zimmer und konnte in gewissem Rahmen tun und lassen, was ich wollte. Endlich führte ich ein völlig normales Leben, wie ich es mir immer erträumt hatte.

Trotzdem war ich auch jetzt wieder furchtbar niedergeschlagen. Mir machte die Erkenntnis zu schaffen, dass ich keine Wurzeln hatte und auf eine Ersatzfamilie angewiesen war. Diesmal tauchten keine alten Gefühle wie Enttäuschung und innere Anspannung auf. Es war mir völlig egal, wie es mit mir weitergehen würde. Ich hatte aufgegeben.

Mein neues Leben brachte es auch mit sich, dass ich mehrmals vor Gericht erscheinen musste. Sally, die Prozessvertreterin, die das Gericht mir zugeteilt hatte, holte mich bei den Clarkes ab und brachte mich ins Justizgebäude. Sinn und Zweck dieser Termine habe ich nie recht begriffen; auch hatte ich keine Ahnung, was dort entschieden wurde. Ich wusste lediglich, dass die Leute immer wieder über meinen Fürsorgeplan und gerichtliche Verfügungen zu meinem Schutz diskutierten. Anschließend brachte Sally mich zurück zu den Clarkes. Dort lief mein Leben dann weiter wie bisher.

Inzwischen hatte ich mich sehr in mich zurückgezogen. Oft wünschte ich, ich hätte nie über Papi gesprochen. Ich fühlte mich einsam. Das Leben daheim war mir zumindest vertraut gewesen. Ich hatte das Gefühl, dass ich nirgendwo hingehörte, dass es für mich keinen Platz gab, und sehnte mich verzweifelt nach Normalität und Sicherheit. Normalität – die hatte ich schon immer gesucht und mit aller Kraft herbeigewünscht. Langsam wurde mir jedoch klar, dass »Normalität« für mich das Leben war, das ich daheim bei Mami und Papi geführt hatte, auch wenn es anderen noch so widersinnig erscheinen mochte. Ich jedenfalls kam mit nichts anderem zurecht, und darum fragte ich die Clarkes, ob ich nach Hause dürfe.

Als meine Sozialarbeiterin merkte, wie sehr ich mich in mein Schneckenhaus zurückzog, ermutigte sie mich, Kontakt zu meiner Mutter aufzunehmen. Wenn wir miteinander telefonierten, kamen wir nie auf die Ermittlungen zu sprechen, die nun bereits seit fünf Monaten gegen Papi geführt wurden. Wir beschränkten uns auf allgemeines Geplauder über nebensächliche Dinge – ein Versuch, mir ein wenig von der »Normalität« zurückzugeben, die mir so fehlte. Dann begannen wir, uns im Beisein einer Sozialarbeiterin zu treffen, sodass ich mit Mami einige Monate lang regelmäßig zusammenkam.

Am nächsten war mir damals jedoch meine Sozialarbeiterin Buddug Ward. Von ihr erfuhr ich auch, dass man beschlossen hatte, mich nach Hause zurückkehren zu lassen. Inzwischen war es Dezember geworden, und gegen Papi wurde offenbar nach wie vor ermittelt. Doch da ich wieder eine Beziehung zu meiner Mutter aufgebaut hatte und seit Längerem darum bat, nach Hause zu dürfen, hatte das Jugendamt keine Einwände dagegen. Allerdings stellte man die Bedingung, dass meine Mutter mich unter keinen Umständen mit meinem Vater allein lassen dürfe. Buddug würde mich auch weiterhin als Sozialarbeiterin betreuen und sich bei regelmäßigen Besuchen vergewissern, dass alles in Ordnung war. Das gab mir auch Gelegenheit, ihr zu schildern, wie die Dinge sich entwickelten.

Ich war überrascht, dass man mir erlaubte, wieder mit meinem Vater unter einem Dach zu leben. Aber nach meinen Erfahrungen mit Pflegefamilien freute ich mich auf die Rückkehr in die vertraute Umgebung. Ich ging davon aus, dass ich von beiden Welten das Beste mitnehmen konnte. Ich würde wieder das Leben führen, das ich gewohnt war – doch ohne von Papi missbraucht zu werden. Und ich konnte jederzeit mit Buddug sprechen, die mich unterstützen würde, wann immer es nötig war. Eine bessere Lösung konnte es in meinen Augen kaum geben.

Beim Abschied umarmte ich unbeholfen meine Pflegemutter Alana. Nach allem, was ich erlebt hatte, machten mir körperliche Berührungen Angst, und ich ging ihnen nach Möglichkeit aus dem Weg. Doch Alana war gut zu mir gewesen und hatte mir den Raum gegeben, den ich brauchte, um mich in meiner neuen Situation zurechtzufinden. Sie hatte nie irgendwelche Erwartungen an mich gestellt, und dafür war ich dankbar.

An jenem Tag kam es mir vor, als dauere die Schule länger denn je. Unzählige Male blickte ich auf die Uhr und rechnete mir aus, wie lange es noch dauern würde, bis ich mit dem Bus nach Hause fuhr.

Außerdem begegnete ich an diesem Tag in der Schule meinem Bruder Paul. Wir grüßten uns, als wären wir nur Bekannte. Nach den fünf Monaten in der Pflegefamilie kam es mir so vor, als würden wir uns gar nicht mehr richtig kennen. Zudem wusste ich, dass er mich für die Turbulenzen in unserer Familie verantwortlich machte. Keiner meiner Angehörigen hielt die Vorwürfe, die ich gegen meinen Vater vorgebracht hatte, für wahr.

Zum damaligen Zeitpunkt hatte ich nicht die leiseste Ahnung, welche furchtbaren Folgen es haben sollte, dass ich das mich unterstützende Netzwerk aufgab und in ein Haus zurückkehrte, wo ich als Lügnerin abgestempelt war.

Nachdem mich der Bus an meiner Haltestelle abgesetzt hatte, ging ich auf der Lady Road zur Siedlung Glanarberth. Bald tauchte Morgeney am Fuß eines Hügels auf. Als ich mich der Haustür näherte, fühlte ich mich wie eine Fremde. Mami machte mir auf, hieß mich die Schuhe ausziehen und ließ mich dann ein.

An die Wochen danach erinnere ich mich nur noch verschwommen. Wenn ich geglaubt hatte, in der Zeit bei der Pflegefamilie deprimiert gewesen zu sein, so hatte ich mich geirrt. Zu Hause, so stellte ich fest, ging es mir zehnmal schlechter. Natürlich gab es anfangs eine »Flitterwochen«-Phase, in der Mami und Papi auf Zehenspitzen um mich herumtänzelten und so nett wie nur möglich waren. Doch das ging schnell vorüber, und schon bald begannen sie, mich wieder als Lügnerin zu behandeln. Papi pflichtete einfach allem bei, was Mami sagte, und sah mich an, als sei ich nicht ganz richtig im Kopf. Ihr Verhalten verunsicherte mich zutiefst. Vielleicht hatten sie ja recht? Vielleicht hatte ich mir alles nur eingebildet? Wie konnte ich beweisen, dass das nicht der Fall war?

Unterstützung fand ich damals einzig und allein bei Buddug. Als sie merkte, wie mein Selbstvertrauen und meine Entschlossenheit zu schwinden begannen, fragte sie mich immer wieder, was daheim vor sich ging. Ich wünschte mir sehnlichst, es ihr erzählen zu können. Zu gern wäre ich in der Lage gewesen, über die Mechanismen zu sprechen, mit denen man mich kleinmachen wollte, doch ich fand einfach nicht die richtigen Worte. Ihre ständigen Beteuerungen, ich trage keine Schuld an den Vorfällen der Vergangenheit, stießen bei mir irgendwann auf taube Ohren. Und so rückten auch die Ergebnisse der guten Arbeit, die sie geleistet hatte, immer weiter in den Hintergrund.

Eines Abends, ungefähr zwei Wochen nach meiner Heimkehr, kam Mami abends in mein Zimmer und überreichte mir ein Geschenk. Das allein war schon seltsam. Doch als ich das Geschenk dann auspackte, war mir klar, was sie damit sagen wollte. Es war ein Kühlschrankmagnet – an sich schon absurd, weil wir ja den Kühlschrank nicht einmal anfassen durften.

Der Magnet hatte die Form eines Aerobic treibenden Bären, dessen Riesenbauch die Aufschrift zierte: »Würde dieser Körper lügen?«

Mami ließ mich mit dem Geschenk allein, doch ich begriff rasch, was sie damit sagen wollte. Auf diese Weise gab sie mir zu verstehen, dass sie mich für eine Lügnerin hielt und dass ich meine Vorwürfe erneut zurückziehen musste. Die Worte auf dem Bauch des Bären waren eine Botschaft von Mami an mich. Die Finger um den Magneten geklammert, sank ich auf den Fußboden und brach in haltloses Schluchzen aus.

Sogleich kehrte Mami in mein Zimmer zurück und setzte sich aufs Bett. Sie sah zu, wie ich weinte, dann fragte sie kalt: »Hast du mir vielleicht etwas zu sagen?«

Ich wusste, das war mein Stichwort. Ich wusste, was sie von mir erwartete. Wie konnte ich mich ihr widersetzen? In meiner Zeit bei den Pflegefamilien war ich fünf Monate lang entschlossen gewesen, nur noch die Wahrheit zu sagen. Dabei hatte ich mich strikt an das gehalten, was, wie ich im Innersten genau wusste, zwischen mir und Papi vorgefallen war. Doch nun, da ich bei Menschen lebte, die mir nicht glaubten, und Tag für Tag meinen Vater sah, dessen Geheimnis ich verraten hatte, war ich am Ende. Zwei kurze Wochen hatten die Stärke und Entschlossenheit zunichte gemacht, die ich in fünf Monaten aufgebaut hatte. Ich sagte Mami, was sie hören wollte.

Mamis Gesicht bei meinen Worten war sehenswert. Triumphierend rauschte sie aus dem Zimmer. Sie konnte es kaum erwarten, die Behörden anzurufen und für Einstellung der Ermittlungen gegen meinen Vater zu sorgen. Von da an herrschte hektische Aktivität. Gleich am nächsten Tag telefonierten Mami und Papi mit verschiedenen Leuten. Jeder schien beschäftigt zu sein, nur ich saß in meinem Zimmer und hatte das Gefühl, dass das Leben nicht lebenswert war. Als Buddug später an diesem Tag zu unserem Termin kam, stellte sie mir viele Fragen zu dem Widerruf. Meine Antworten waren einsilbig und monoton, und im Grunde wusste ich, dass sie mich durchschaute. Doch trotz ihrer Versuche, zu begreifen, warum ich diesen Rückzieher gemacht hatte, musste ich den Schein wahren. Inzwischen war ich es müde, über mich und mein Leben zu sprechen. Ich wollte mich nur noch in mich selbst verkriechen und so tun, als wäre nichts passiert. Ich hatte genug.

Da mein Vater befürchtete, dass Buddug mich vielleicht doch noch umstimmen konnte, bemühte er sich um ihre Ablösung. Kurz nach meinem Widerruf befahl er mir, mich in der Küche hinzusetzen und einen Brief zu schreiben, in dem ich erklärte, ich wolle Buddug nicht mehr sehen. Ich tat, wie geheißen, und natürlich wurde Buddug mein Fall entzogen.

Paula, die neue Sozialarbeiterin, wusste lediglich, dass ich meinen Vater zwei Mal des sexuellen Missbrauchs beschuldigt und anschließend widerrufen hatte. Zwischen ihr und mir entwickelte sich kein Vertrauen, geschweige denn eine Beziehung wie mit Buddug. Mami und Papi waren damit offenbar zufrieden und taten alles, damit Paula für mich zuständig blieb. Ich hingegen vermisste Buddug schmerzlich.

Und so ging das Leben weiter. Die Ermittlungen gegen meinen Vater wurden abermals eingestellt. Zu Hause lief alles wie gewohnt, und über meine fünf Monate bei den Pflegeeltern wurde kein Wort verloren. Mein Verhältnis zu meiner Familie blieb angespannt. Schließlich stellte auch Paula ihre Besuche ein. Da keine weiteren Enthüllungen kamen, sah das Jugendamt keinen Grund mehr, sich weiter mit mir zu beschäftigen.

An diesem Punkt hörte ich auf, über meine Erfahrungen mit Papi nachzudenken. Jetzt verlegte ich mich darauf, weiterzuleben und so zu tun, als sei nie etwas geschehen. Das musste ich mir einreden, um durchzuhalten. Eines Tages würde ich das Haus meiner Eltern verlassen, doch bis dahin, so beschloss ich, würde ich mein Leben weiterführen, so gut ich eben konnte. Ich übte mich in Verleugnung und lernte, den argwöhnischen, verächtlichen Blicken mit einer neuen Härte zu begegnen, die zeigte, dass sie mich nicht trafen. Und das war damals nicht gespielt.

9

Erwachsen werden

Von 1995 bis 1997, im Alter von vierzehn bis sechzehn, durchlebte ich eine Phase jugendlicher Rebellion. Mit beiden Händen ergriff ich jede sich bietende Gelegenheit, von zu Hause wegzukommen. Und wenn Mami oder Papi nicht erlaubten, dass ich die nächste Party besuchte oder woanders übernachtete, ging ich einfach ohne ihr Einverständnis. Jedes Wochenende hatte ich volles Programm, und oft verbrachte ich die Nacht bei Freunden, deren Eltern nicht so streng waren wie meine. Dort konnten wir so ziemlich tun und lassen, was wir wollten.

Außerdem arbeitete ich so viel ich nur konnte. In meiner Zeit bei der Pflegefamilie hatte ich meinen Teilzeitjob im örtlichen Lebensmittelladen aufgegeben, da die Sozialarbeiterinnen herausgefunden hatten, dass ich dort mehr Stunden arbeitete als erlaubt. Jetzt, da ich wieder zu Hause war und nicht mehr vom Jugendamt betreut wurde, suchte ich mir verschiedene Jobs als Kellnerin.

In dieser Zeit lernte ich Stacey kennen, die im selben Café kellnerte. Obwohl wir in der gleichen Schule und Jahrgangsstufe waren, hatten wir bisher noch nie miteinander gesprochen. Jetzt freundeten wir uns an und waren bald unzertrennlich. Ich war überrascht, wie viel wir gemeinsam hatten. An den Wochenenden blieb ich nach der Arbeit oft bei Stacey. Ihre

Mutter war schon vor Jahren gestorben, sie wohnte allein mit ihrem Vater zusammen. Mami fand es nett, dass wir so viel Zeit miteinander verbrachten. Meinen Eltern erzählten wir, dass wir uns bei ihr Videos ansahen. Doch die Phase, in der wir vor dem Fernseher Pizza mampften und Cola tranken, hatten wir bereits im zarten Alter von vierzehn Jahren hinter uns gelassen. Wir hielten uns für erwachsen, wollten so leben wie die »Großen« und kamen uns viel älter vor, als wir tatsächlich waren. Hätten meine Eltern gewusst, warum ich wirklich bei ihr übernachtete, wären sie sicher nicht damit einverstanden gewesen.

An einem typischen Wochenende mit Stacey gingen wir nach der Arbeit erst einmal zu ihr nach Hause. Bei lauter Musik legten wir mit künstlerischer Akribie dicke Schichten Make-up auf. Dann wählten wir unsere Garderobe aus und warfen dabei die ausgesonderten Kleidungsstücke zerknüllt auf einen Haufen am Boden, bis wir das perfekte Outfit für den vor uns liegenden Abend zusammengestellt hatten.

Anschließend ging es ab in die Stadt. Als Erstes suchten wir unsere Stammkneipe auf, um uns so schnell wie möglich zu betrinken. Von dort zogen wir weiter und landeten am Ende des Abends gewöhnlich im örtlichen Nachtclub. Schon bevor wir aufbrachen, leerten wir oft eine Zweiliterflasche starken Cidre, um ein bisschen vorzulegen und in den Pubs nicht so viel Geld für Getränke ausgeben zu müssen. Außerdem deckten wir uns mit einem Vorrat an Zigaretten ein. Wir dachten uns nichts dabei, wenn jede im Laufe des Abends ein ganzes Päckchen rauchte. Notfalls kauften wir eben noch mehr.

Auf Spaß kam es mir bei diesen Ausflügen ins Nachtleben nicht wirklich an. Für mich ging es vor allem darum, so viel zu trinken wie nur möglich. Und dann natürlich um Jungs. Stacey und ich wetteiferten darum, wer am Abend die meisten Männer »aufgerissen« hatte.

Damals verlor ich meine Jungfräulichkeit. David war kein besonderer Typ. Ich war auf einer privaten Party, betrunken wie immer, und er war eben auch da. Am Ende zogen wir allein ab und stiegen auf einen kleinen Hügel nicht weit vom Haus entfernt.

Obwohl wir beide vom Alkohol benebelt waren, schafften wir es irgendwie, uns auf dem Boden liegend zu befummeln und uns so weit auszuziehen, dass wir Sex haben konnten. Innerhalb von Minuten war alles vorüber. Als ich hinterher dalag und sich Steine und Kies in meine Haut bohrten, fragte ich mich, warum zum Teufel um diese Sache so ein Theater gemacht wird.

So wurde aus dem depressiven, in sich zurückgezogenen Mädchen, das ich einige Jahre lang gewesen war, ein zumindest äußerlich in sexuellen Dingen selbstbewusster Mensch. Doch im Grunde suchte ich lediglich Trost, den ich nur bei Männern zu finden glaubte. Als ich am empfindsamsten gewesen war, hatte mein Vater mir beigebracht, dass sich Liebe in sexueller Zuwendung äußert. Sexualität hieß, geliebt und umsorgt zu werden. Und diese Aufmerksamkeit war es, nach der ich mich mehr sehnte als nach irgendetwas anderem. Dass Sex ohne Gefühle nichts bringt, merkte ich erst einige Zeit später. Nach der Erfahrung mit David glaubte ich, niemals eine sexuelle Begegnung mit einem Mann genießen zu können, und fand mich sehr schnell damit ab, künftig einfach jedem zu Willen zu sein, der mit mir schlafen wollte. Ich war so abgestumpft, dass ich gar nicht auf die Idee kam, ich könnte selbst entscheiden, mit wem ich ins Bett ging. Dagegen wusste ich sehr wohl, dass meine Sexualität mir als Werkzeug dienen konnte, um mir die

Anerkennung und Bewunderung zu verschaffen, die ich so dringend brauchte.

In den folgenden Jahren hatte ich einen Mann nach dem anderen. Mein Selbstwertgefühl war gleich null, und ich schlief mit jedem, der mich wollte. Ich kannte weder Grenzen noch Moral. Es machte mir nichts, wenn die Männer mich benutzten. Daheim verhielt sich Mami genauso zwanghaft wie immer, und ich wusste, dass ich keine Chance hatte, so etwas wie die Pille vor ihr zu verstecken. Immer noch nahm sie mir beim Nachhausekommen die Schultasche ab, um sie in der Küche gewissenhaft zu durchsuchen und jeden Gegenstand einzeln abzuwischen, bevor sie die Dinge wieder, peinlich auf Ordnung bedacht, in der Tasche verstaute. An dem Tag, als ich die Familienberatung aufsuchte, rief ich sie auf dem Rückweg zur Schule an und erklärte ihr, man habe mir wegen meiner starken Blutungen die Pille verschrieben. Den Umweg über das Telefon wählte ich, um ihr dabei nicht ins Gesicht sehen zu müssen.

Sie wirkte ein wenig überrascht, dass mir der Arzt nichts anderes verordnet hatte, doch es gelang mir, sie mit meiner Erklärung zufriedenzustellen.

In meinen wilden Nächten mit Stacey begann ich auch mit Drogen zu experimentieren. Zwar nahm ich nichts anderes als Cannabis, doch schon bald wurde es zur Gewohnheit, dass meine Freundin und ich am Ende eines solchen Abends in der Wohnung eines Dealers landeten, um uns zuzukiffen. So ließen wir unsere Partynächte ausklingen, ehe wir nach Hause torkelten, um bis zum Morgen wie betäubt zu schlafen.

Richtig hart wurde es immer erst am nächsten Tag, wenn ich nach Hause musste. Dort hieß es, trotz des grässlichen Katers möglichst nüchtern zu wirken, damit meine Eltern keinen Verdacht schöpften. Und wenn ich am Tag danach im Café arbeitete, lief ich oft alle zehn Minuten auf die Toilette, um mich zu übergeben.

Mit fünfzehn nahm ich einen Job in dem Hotel an, in dem Paul als Kellner arbeitete. Wir waren schon bald ein gutes Team und begannen uns mit der Zeit immer mehr zu mögen. Ein paar Jahre lang jobbten Paul und ich neben Schule und Hausaufgaben so viel wie möglich. Zwischen uns entwickelte sich eine Bindung, wie wir sie beide bisher nicht gekannt hatten. Sie war mir sehr wichtig.

Doch Paul bemerkte auch, wie sehr ich mir mit meinem Verhalten selbst schadete. Ich flirtete auf Teufel komm raus, und bald waren alle Typen im Hotel hinter mir her. Paul entging nicht, auf welch gefährlichem Boden ich mich bewegte, und äußerte immer wieder seinen Ärger darüber, dass ich alle seine Freunde »anmachte«.

Ich aber wusste nicht, wie ich mich sonst hätte verhalten sollen, denn ich hatte ein völlig verzerrtes Männerbild. Wie man mit einem – egal welchem – Mann umgehen konnte, ohne Sex ins Spiel zu bringen, war mir schleierhaft. Ich hatte keine Vorstellung von einem normalen Verhältnis zwischen Mann und Frau. Deshalb benahm ich mich so, wie ich es gelernt hatte: Ich benutzte Sex als Werkzeug.

Das Flirten fiel mir leicht, und ich stellte fest, dass ich es immer und überall zu meinem Vorteil einsetzen konnte. Diese Form der Manipulation entsprach der Art und Weise, wie mein Vater mich durch sein Verhalten manipuliert hatte. Er war zum Ziel gekommen, indem er sich mit seinen sexuellen Übergriffen mein Schweigen gesichert hatte, und als Lohn für meine jahrelange »Mitarbeit« hatte er mir die Überzeugung eingepflanzt, alle Männer wollten nichts weiter als Sex. Ich brauchte eine ganze Weile, um zu erkennen, dass man auch Männern vertrauen konnte. Aber bis dahin sollte ich noch viele andere Fehler machen.

Daheim hatte sich die Situation kaum verbessert. Vorausgesetzt, dass Mamis Schonbezüge nicht in Unordnung gerieten, durften wir uns nun immerhin auf die Sofas setzen. Da wir bisher auf dem Boden hocken mussten, empfanden wir das als großen Fortschritt. Mamis Gebot, von unseren Schränken und Schubladen die Finger zu lassen, galt jedoch weiterhin. Vor dem Duschen mussten wir uns zwar nicht mehr komplett in der Küche ausziehen, doch sie bestand nach wie vor darauf, dass wir unsere Kleidung auf einem Haufen in unserem Zimmer liegen ließen und nackt durch den Flur zum Bad neben dem Schlafzimmer meiner Eltern liefen. Für mich als voll entwickelte Sechzehnjährige war diese Prozedur ärgerlich und peinlich. Auch wenn Mami darauf achtete, dass Paul dann in seinem Zimmer war und niemand sonst zusah, hasste ich es, unbekleidet durchs Haus zu laufen.

Hände und Gesicht wurden uns noch immer mit Feuchttüchern gesäubert, und wir wagten es nach wie vor nicht, uns in der Küche etwas zu trinken oder zu essen zu holen. Wenn ich mich vor der Schule frisieren und schminken wollte, durfte ich das nur an einem bestimmten Platz vor einem Spiegel im Flur tun. Wagte ich es, mich in meinem Zimmer zu bürsten, gab es einen Riesenärger, weil ich den Raum mit meinen Haaren verunreinigt hatte.

Als ich sechzehn war, fanden Mami und Papi heraus, dass ich Kneipen und Clubs besuchte. An Heiligabend erklärte ich ihnen, ich wolle die Weihnachtsfeier der Belegschaft des Cafés besuchen, und bat sie, mich mit dem Auto in die Stadt zu bringen. Zwar war keine derartige Feier angesetzt, doch ein paar Mitarbeiter wollten sich in der Stadt treffen, um etwas trinken zu gehen. Sharon, eine der älteren Kellnerinnen, hatte sich mit mir verabredet, und zusammen wollten wir dann den Pub aufsuchen.

Auf der Fahrt zu der vorgeblichen Feier rief ich plötzlich: »Oh, da ist Sharon! Lass mich doch bitte hier raus, dann gehe ich mit ihr zu Fuß weiter.« Als Papi dankenswerterweise anhielt, glaubte ich schon, mit meinem raffinierten kleinen Plan Erfolg gehabt zu haben. Ich ahnte jedoch nicht, dass er anschließend an dem Café vorbeifuhr, um sicherzugehen, dass dort wirklich die besagte Feier stattfand. Und schon hatte sich sein Verdacht, ich könnte in den Pub gegangen sein, bestätigt. Als ich an diesem Abend nach Hause kam, gab es zwar zunächst ein Donnerwetter, doch dann schienen sich meine Eltern damit abzufinden, dass ich eine missratene Halbwüchsige und das »schwarze Schaf« der Familie war. Wir schlossen einen Kompromiss: Ich durfte mit ihrer Zustimmung ausgehen, solange ich mich zu einer festgesetzten Zeit an einem vereinbarten Ort abholen ließ. Ich glaube, sie kamen mir nur entgegen, weil sie merkten, dass ich so oder so ausgegangen wäre.

Im Jahr 1997 erhielt ich mein Zeugnis der Mittleren Reife. Ich hatte mich wirklich gut geschlagen, obwohl ich ständig Partys besuchte und mich in keinerlei Hinsicht geschont hatte. Meine Mutter war völlig sprachlos. Eigentlich hatten alle meine Angehörigen erwartet, dass ich schlecht abschneiden würde, und ihr mangelndes Zutrauen hatte auf mich abgefärbt. So musste ich nach der Zeugnisausgabe zwei Mal hinsehen, ehe ich es glaubte. Jetzt erst wurde mir klar, dass ich vielleicht gar nicht so dumm war, wie man mir eingeredet hatte. Vor mir lag eine glänzende Zukunft. Ich konnte alles erreichen, was ich wollte, und ich freute mich auf die Aussicht, weiter zur Schule zu gehen, die Abschlussprüfung zu machen und dann zu studieren.

Im nächsten Schuljahr hatten die meisten Mädchen aus meiner Klasse schon einen festen Freund. Ich experimentierte noch immer mit Jungs herum, hatte mich aber bisher nicht sicher genug gefühlt, um jemanden näher an mich heranzulassen. Auf der Klassenfahrt nach Irland aber lernte ich Dorian kennen, der eine Stufe über mir war. Alle, sogar die Lehrer, waren in Ferienlaune. Schon am ersten Abend funkte es zwischen Dorian und mir, und zur Schlafenszeit nahm ich ihn mit in mein Zimmer, das ich mit drei anderen Mädchen teilte.

Dorian und ich kuschelten uns in meiner unteren Koje aneinander und schliefen selig und eng umschlungen ein, ohne wahrzunehmen, was um uns herum geschah. Für mich war es eigenartig, mit einem Typen etwas zu erleben, was nichts mit Sex zu tun hatte. Bisher hatte es nie eine Rolle gespielt, ob andere Menschen zugegen waren oder nicht – wenn der Junge mehr wollte, schaffte ich es nicht, mich zu widersetzen. Ich war es nicht gewohnt, Nein zu sagen, und hatte auch nicht mehr den Mut dazu.

Am folgenden Morgen wurden wir dadurch geweckt, dass die Tür aufflog und Dr. Morgan, mein Klassenlehrer, auf der Schwelle stand. Offenbar hatte er nach Dorian gesucht, seit er am Vorabend nicht in sein Zimmer zurückgekehrt war. Und nun wirkte er alles andere als erfreut.

Dorian und ich wechselten einen schuldbewussten Blick. Was die Leute über uns dachten, war klar. Für mich war das alles eine vollkommen neue Erfahrung. Ich wusste nicht, wie ich mit ihm umgehen sollte, und fragte mich, wie sich diese neue Beziehung entwickeln würde. Konnte ich mich trotz meiner Unsicherheit auf einen Menschen einlassen und echte Nähe erleben?

Doch als wir wieder zu Hause waren, verbrachte ich schon bald einen Großteil meiner Zeit mit Dorian. An den Wochenenden holte er mich mit dem Auto zu Ausflügen ab, oder wir gingen zu ihm und hörten Musik. Mami und Papi baten ihn stets herein, was ich erstaunlich fand, da wir früher nie Freunde nach Hause mitbringen durften. Über meine Vergangenheit hatte ich Dorian aufgeklärt, denn mir war klar, dass er sonst vielleicht durch einen seiner Freunde davon erfahren hätte. Ich wollte nicht, dass er irgendeine Art von Urteil fällte, und tatsächlich schien sein Verhältnis zu meinen Eltern nicht darunter zu leiden. Ganz im Gegenteil: Es lag ihm viel daran, einen guten Eindruck auf sie zu machen. So saß er oft lange bei meinen Eltern in der Küche und unterhielt sich mit ihnen, anstatt etwas mit mir zu unternehmen. Da er von dem jahrelangen Missbrauch wusste, konnte ich das nur schwer verstehen.

Einmal gingen wir in der Mittagspause allein in das Ferienhaus seiner Eltern. Ich hatte mich innerlich darauf eingestellt, eine Beziehung ohne Sex zu haben, und der Gedanke, weiter zu gehen, machte mir Angst. Sexuelle Kontakte mit Fremden, mit denen mich keine gefühlsmäßige Beziehung verband und die ich nie wieder zu sehen brauchte, fielen mir leichter. Seit David hatte ich eine Menge solcher Begegnungen gehabt. Doch mit Dorian war es etwas Persönliches, und ich bezweifelte, ob ich dem gewachsen war.

Aber wie es für mich typisch war, wollte ich ihn weder beleidigen noch verärgern, und so nickte ich, als er mich darum bat. Er führte mich ins Schlafzimmer und begann mich zu küssen. Mir fiel es schwer, seine Küsse zu erwidern. Mein Magen rumorte, genau wie früher. Trotz meiner vielen One-

Night-Stands wurde ich steif vor Angst, ein Gefühl, dem ich mich ausgeliefert fühlte. Ich war einfach nicht in der Lage, Nein zu sagen.

Als Dorian langsam begann, mich auszuziehen, klammerte ich mich einfach nur an ihn. Plötzlich war ich unsicher und verlegen, ich wollte nicht, dass er meinen Körper sah. Er sollte mich überhaupt nicht ansehen, denn zum ersten Mal seit dem Missbrauch durch meinen Vater fühlte ich mich wieder schmutzig und war voller Scham. Dorian fragte mich ein ums andere Mal, ob es in Ordnung sei, wenn er weitermachte. Als er mich auf den Rücken legte, war ich froh, an seiner Schulter vorbeiblicken und seinen Augen ausweichen zu können. Dann bewegte er sich über mir auf und ab. Tränen strömten mir über die Wangen. Was war bloß los mit mir? Offenbar war ich nicht in der Lage, eine Beziehung zu führen. Es konnte ja wohl nicht sein, dass sich Sex mit einem Partner so anfühlte.

Sobald es vorbei war, suchten wir beide hastig unsere Kleider zusammen, um unsere Verlegenheit zu überspielen. Die Stimmung war seltsam angespannt. Schweigend fuhren wir zur Schule zurück. Beim Abschied gaben wir uns nicht einmal einen Kuss. Linkisch versprachen wir einander, uns bald wieder zu treffen, und dann liefen wir praktisch voreinander davon. Ich glaube, Dorian fühlte sich beklommen, weil er gemerkt hatte, wie ungut die Situation für mich gewesen war. Für ihn war es wahrscheinlich das erste Mal gewesen, und trotz seiner tiefen Zuneigung zu mir war es ihm jetzt peinlich.

Obwohl Dorian ein integrer und aufrichtiger Mensch war, schämte ich mich und fühlte mich so schmutzig, als wäre ich vergewaltigt worden. Ich wusste, dass ihm etwas an mir lag und dass er aufgehört hätte, wenn ein klares »Nein« von mir gekommen wäre. Aber ich brachte es einfach nicht fertig, mich zu widersetzen. Mein Vater hatte in mich die Überzeugung eingepflanzt, dass die Bedürfnisse des Mannes in einer Beziehung Vorrang haben. Dass auch ich wichtig war, hatte ich nie gelernt.

Meine Beziehung mit Dorian verschlechterte sich zusehends. Er war jetzt ungeheuer fürsorglich und begann, mir Liebeserklärungen zu machen. Ich hingegen fragte mich, ob ich zu so einer Empfindung wie Liebe überhaupt fähig war.

Eines Abends auf einem Spaziergang durch die Stadt fragte Dorian, ob ich ihn zu einem Treffen mit seinem Freund Johnny begleiten wolle. Ich fand es ziemlich ärgerlich, dass er sich mit mir verabredete, um dann Freunde zu besuchen – noch dazu einen Freund, den ich überhaupt nicht kannte. Doch wie immer biss ich mir auf die Zunge und ging mit ihm hin.

Als wir Johnny gegenüberstanden, sah ich als Erstes seine strahlend blauen Augen, die unter den dunklen Augenbrauen hervorblitzten. Das war der tollste Typ, dem ich je begegnet war! Sein Blick schlug mich in den Bann.

Mein Herz schmolz dahin. Wenn ich nur seine Stimme hörte, bekam ich schon weiche Knie. Und diese Begegnung machte mir eines klar: Dorian und ich waren jedenfalls nicht füreinander bestimmt, denn mit ihm hatte ich dieses magische Gefühl nie erlebt.

Ein paar Wochen später – unsere Beziehung war noch spannungsreicher geworden – trafen Dorian und ich Johnny zufällig auf einem Volksfest.

Dorian, der nicht gern Karussell fuhr, fragte Johnny: »Ach Johnny, magst du nicht Julia auf eine Fahrt mitnehmen?«

Johnny sah mich an. »Komm«, sagte er – nicht nur aus Höflichkeit, wie mir das Blitzen in seinen Augen verriet. Kaum ging es los, begann ich nervös zu kichern – einerseits aus

Angst, andererseits, weil ich es so aufregend fand, mit ihm allein zu sein. Als die Fahrt immer schneller wurde, schrie ich wie alle anderen. Johnny beugte sich zu mir herüber und legte beruhigend seine Hand auf mein Knie. Nach einer Ewigkeit, wie mir schien, war die Fahrt zu Ende, und er zog die Hand fort, um den Bügel zu öffnen. Ich sah ihm in die Augen, denn ich wollte wissen, was in ihm vorging. Als er mein Lächeln voller Leidenschaft erwiderte, war mir klar, dass er das Gleiche empfand wie ich.

Ich beschloss, die Beziehung zu Dorian zu beenden. Die Gelegenheit ergab sich ein paar Tage später, als Dorian wieder davon anfing, wie sehr er mich liebte. Auch dieses Mal konnte ich ihm nicht sagen, dass ich seine Gefühle erwiderte.

»Du liebst mich einfach nicht, stimmt's?«, fragte er schließlich.

»Stimmt«, brachte ich heraus. »Tut mir leid, aber ich liebe dich nicht.«

Die Zeit, die ich zuvor Dorian gewidmet hatte, verbrachte ich nun mit Stacey. Einmal in der Woche gingen wir mit Sapphire, einer weiteren Freundin, zum Schwimmen. Sapphire fragte Dorian und Johnny, ob sie nicht mitkommen wollten. Dass Dorian ablehnte, war nicht verwunderlich, aber Johnny sagte zu ...

Als wir lachend und plaudernd durchs Becken tobten, war die Anziehungskraft zwischen uns genauso stark wie zuvor. Stacey und Sapphire lächelten mir ermutigend zu, als wollten sie sagen: »Greif an, Mädchen!« Wenn unsere Körper sich berührten, fuhr mir ein Schauer über den Rücken. Er sah mir schwärmerisch in die Augen und fragte, ob ich mal mit ihm ausgehen wolle. Als ich aus dem Schwimmbecken stieg und zu den Umkleidekabinen ging, erfüllte mich das Gefühl, die aufregendste, begehrenswerteste Frau der Welt zu sein. In diesem Moment hätte nichts meine Stimmung trüben können. Ein solches Hochgefühl hatte ich noch nie erlebt, und ich wünschte mir, es würde nie enden. Jetzt wusste ich, was die Menschen meinen, wenn sie von »Liebe auf den ersten Blick« sprechen. Genau, das war es – Liebe.

Jon, wie ich ihn nannte, war ebenfalls über meine Vergangenheit im Bilde, aber im Gegensatz zu vielen anderen wollte er sich nicht so ohne Weiteres damit abfinden. In den ersten Monaten hatte ich mich einmal von daheim fortgeschlichen, um mit Jon eine Party zu besuchen. Wir hatten uns bei einem gemeinsamen Freund einquartiert und die ganze Nacht geredet. Ich schilderte Jon meine Erlebnisse und weinte in seinen Armen, während ich jeden Augenblick des jahrelangen Missbrauchs erneut durchlebte. Jon hielt mich einfach nur fest und hörte zu. Dabei rannen auch über seine Wangen Tränen.

Dass ich Jon alles erzählt hatte, gab mir ein Gefühl der Sicherheit. Ich wusste, dass er mir vertraute und mich liebte und dass er nicht wollte, dass mich jemals wieder jemand verletzte. Er wollte keinerlei Kontakt mit meinen Eltern haben und wurde schon wütend, wenn ich sie bloß erwähnte. So weigerte er sich auch, zu mir nach Hause zu kommen, und wenn er ihnen doch einmal begegnete, behandelte er sie wie Luft. Das machte mir zwar das Leben schwerer, doch ich hatte auch größten Respekt vor seiner Entschlossenheit, mich zu beschützen und mir beizustehen. Allein schon der Gedanke daran, was ich durchgemacht hatte, war für Jon unerträglich. Gerne hätte er sich meinen Vater vorgeknöpft – und es war nicht leicht, ihn davon abzuhalten.

Nach einem Jahr mit Jon hielt ich es nicht mehr aus, zu Hause zu wohnen. Jon hatte mir gezeigt, wie schön das Leben sein konnte, und ich wollte nichts lieber, als rund um die Uhr mit ihm zusammen zu sein. Daheim galten immer noch die Regeln meiner Mutter, und jetzt, mit siebzehn Jahren, war mir klar, dass das nicht so sein musste. Jon und ich beschlossen zusammenzuziehen.

Jon war achtzehn und besuchte ein College in Cardigan, und obwohl ich mich noch auf die Abschlussprüfung an der Schule vorbereitete, waren wir felsenfest davon überzeugt, dass zwischen uns alles klappen würde. Jons Mutter Jean unterstützte unseren Wunsch. Zwar machte sie sich sichtlich Sorgen über den Weg, den ihr Sohn einschlagen wollte, doch sie erkannte auch, dass unsere Beziehung etwas Besonderes war. Da ihr Jon die Geschichte von meinem Missbrauch anvertraut hatte, war sie umso entschlossener, dafür zu sorgen, dass es uns gut ging. Jon und ich liebten einander und hätten alles getan, um zusammen sein zu können. Jean unterstützte uns nach Kräften und half uns, unsere erste Wohnung zu finden.

Meine Eltern jedoch dachten völlig anders. Jon mochte sie nicht, doch sie hassten ihn aus tiefstem Herzen. Ich glaube, mein Vater empfand ihn als Bedrohung. Er hätte es wohl gerne gesehen, dass wir uns trennten, ehe Jon mich überreden konnte, etwas wegen meiner Vergangenheit zu unternehmen. Er fürchtete die Konsequenzen für den Fall, dass ich endlich den Mut fand, die Wahrheit nicht mehr zu verleugnen.

In unserer ersten Wohnung verlebten wir eine fabelhafte Zeit. An den Wochenenden gingen wir zusammen aus und konnten die Nacht durchtanzen, ohne zu einer bestimmten Zeit daheim sein zu müssen. Wir kosteten jede Minute aus. Ich arbeitete weiter im Hotel, um ein wenig Geld zu verdienen, und Jon nahm eine Teilzeitstelle bei seinem Stiefvater Paul an. Davon konnten wir Essen und Miete bezahlen.

Wie es dazu kam, dass ich mir im Alter von siebzehn ein Kind wünschte, weiß ich nicht genau. Wahrscheinlich wollte ich einfach nur in der Lage sein, zu lieben und dem Baby eine Kindheit zu geben, wie ich sie mir selbst erträumt hätte. So ließ ich in unseren Gesprächen einfließen, was für eine glückliche kleine Familie wir sein könnten und dass wir tolle Eltern abgeben würden.

Jon mochte Kinder. Und offensichtlich machte es ihm auch Spaß, gemeinsam mit mir davon zu träumen, dass wir »eines Tages« welche haben würden. Als ich bei der Verhütung nachlässig wurde, lächelte er bloß und meinte: »Na, wenn es passiert, passiert es eben.«

Und wirklich – es passierte.

Eines Tages nach der Schule, ehe Jon von der Arbeit kam, machte ich den Test.

Ich nahm das Teststäbchen in die Hand ... drehte es langsam um ... und sah zwei rosa Streifen! Ich war schwanger.

Ich hatte es mir so gewünscht, doch nun, da es so weit war, wusste ich nicht aus noch ein.

Mein erster Gedanke war, zu Stacey zu gehen. Ich musste mit ihr sprechen, musste von jemand anderem hören, dass alles gut würde. Ich rannte zu dem Café, wo sie arbeitete, aber sie war zu beschäftigt, um mit mir zu reden. Immerhin war durch diesen Sprint mein Kopf klarer geworden. Ich wurde ein wenig ruhiger und gewöhnte mich an den Gedanken, dass ein kleiner Mensch in mir heranwuchs.

Auf dem Heimweg kam Jon mir entgegen. Sorge lag in seinem Gesicht. Bei seiner Rückkehr hatte er die leere Schachtel von dem Schwangerschaftstest auf dem Boden gefunden und sich gefragt, was wohl geschehen sei. Er sah mich an. »Bist du schwanger?«, fragte er. Da ich dieses Gespräch jedoch nicht auf der Straße führen wollte, bat ich ihn, mit mir nach Hause zu gehen. Dort würde ich ihm alles erklären.

Als wir daheim waren, blickten seine großen Augen mich durchdringend an. Plötzlich war ich mir nicht mehr sicher, wie er reagieren würde. »Ja«, erwiderte ich. »Ja, ich kriege ein Kind.« Er strahlte und umarmte mich glücklich. Erst jetzt konnte auch ich mich freuen. Die ganze Nacht über hielten wir uns eng umschlungen und streichelten meinen nicht existierenden Bauch.

Wir brannten darauf, es unseren Familien zu sagen. Erst Jons Mama. Wie sie wohl reagieren würde? Ich war immer noch siebzehn, und wir waren erst ein Jahr zusammen, also machten wir uns auf das Schlimmste gefasst. Als wir dann am nächsten Tag bei ihr in der Küche standen, wusste Jean sofort, dass etwas nicht stimmte. Doch als ich ihr offen in die Augen sah und sagte: »Ich bin schwanger«, war sie außer sich vor Freude und ganz begeistert von der Aussicht, Großmutter zu werden. Selbst Jons kleiner Bruder Matthew umarmte mich. Angesichts von so viel Unterstützung hatte ich keine Angst mehr vor der Zukunft. Wie seltsam, dass mein Leben bis vor Kurzem noch so trostlos gewesen war, während es nun so vieles gab, worauf ich mich freuen konnte! Mein »altes« Leben erschien mir jetzt wie ein längst vergangener Albtraum.

Dass es meine Eltern nicht so leicht nehmen würden, war mir klar. Sie waren mit Jon nie warm geworden, die Aussicht, dass uns ein Kind für den Rest unseres Lebens aneinanderschmiedete, würde sie entsetzen. Wir beschlossen, es ihnen auf neutralem Boden zu sagen, für den Fall, dass das Gespräch einen unguten Verlauf nahm. Also rief ich meine Mutter an und bat sie und meinen Vater, sich mit uns in einem Café zu treffen.

Jon und ich warteten bereits, als Mami und Papi eintrafen. Sie hatten auch meine Oma mitgebracht. Das fand ich schade, denn ihr hätte ich es gern allein gesagt. Wahrscheinlich hätte sie dann Verständnis gezeigt. Doch wenn sie Zeuge der Reaktion meiner Eltern wurde, würde sie genauso über mich enttäuscht sein wie meine Mutter und mein Vater.

Man konnte schon an ihrer Miene ablesen, dass sie nichts Gutes erwarteten. Mit ernsten Gesichtern nahmen sie Platz und fragten, noch bevor wir Kaffee bestellen konnten: »Was ist los?«

Ich murmelte: »Äh ... na ja ... ich kriege ein Kind.« Das letzte Wort war kaum ausgesprochen, als meine Mutter in Tränen ausbrach und aus dem Lokal stürzte. Oma, die neben meinem Vater sitzen blieb, schien bestürzt zu überlegen, wie sie sich verhalten sollte.

Papi sah mich bloß an. »Aha«, sagte er. »Und wann lässt du es wegmachen?«

Ich konnte es einfach nicht fassen. Diese Worte bestätigten mir einmal mehr, dass ich ihm völlig gleichgültig war. Auch wenn er seiner Tochter keine Schwangerschaft in jugendlichem Alter wünschte, würde jeder normale Vater doch zumindest fragen, was sie zu tun gedenke. Dass Mami und Papi mir zur Abtreibung raten würden, hatte ich erwartet, doch diese Antwort war typisch für meinen Vater, der alles unter Kontrolle haben wollte. Wenn es nach ihm ging, musste das Baby weg, und damit basta. Ich aber hatte andere Pläne.

Doch die ablehnende Haltung meiner Eltern führte zusammen mit der morgendlichen Übelkeit und der Umstellung des Hormonhaushalts dazu, dass ich nur noch niedergeschlagen war. Jon tat alles, mich aufzuheitern und mir zu helfen, aber ich war siebzehn, schwanger und vermisste meine Mami – obwohl ich in gewisser Hinsicht eigentlich nie eine gehabt hatte. Ich wollte ja nur, dass sie mich verstand, dass sie mich liebte und bei dem unterstützte, was ich jetzt erlebte. Aber ich wusste, dass das nie geschehen würde, solange ich mit Jon zusammen war. Wann immer ich zu Hause krank gewesen war, hatte sich Mami von ihrer besten Seite gezeigt. Jetzt, da mir die ganze Zeit schrecklich übel war, sehnte ich mich nach dieser mütterlichen Zuwendung und erinnerte mich daran, wie nahe wir uns gewesen waren, als sie Andrew erwartet hatte. Diese Nähe wünschte ich mir nun aufs Neue.

Kurz vor Weihnachten hatte sich das Verhältnis zu meiner Mutter wieder ein wenig verbessert. Sie versuchte nun nicht mehr, mich zur Abtreibung zu überreden, und wir telefonierten wieder miteinander. Ich erzählte ihr, wie schlecht ich mich fühlte und dass ich mit dem Druck der bevorstehenden simulierten Abschlussprüfungen nicht zurecht kam. Eigentlich wollte ich nur noch heim zu Mami. Deprimiert und elend, wie ich mich fühlte, verfiel ich wieder in die Rolle des Kindes, das ich offenbar immer noch war. Ich wünschte mir einfach nur, dass ein Erwachsener sich um mich kümmerte. Und ich wusste, dass Jon mir das, was ich jetzt brauchte, nicht geben konnte, so sehr er sich auch bemühte.

Also fragte ich Mami, ob ich nach Hause kommen könne. Sie lehnte ab. Papi sei dagegen, sagte sie und fügte hinzu: »Wie man sich bettet, so liegt man.« Noch nie hatte ich mich dermaßen zurückgestoßen gefühlt. Wieder einmal opferte Mami mich für ihren Mann. Es brach mir fast das Herz, dass sie mich nicht heimkommen ließ und mir half. Ich bettelte, sie möge mich wieder aufnehmen. Was damals über mich gekommen war, kann ich nicht sagen. Ich wusste einfach nicht mehr weiter und wollte alle Verantwortung, die auf meinen Schultern lastete, abstreifen.

Schließlich konnte Mami meinen Vater überreden. Eines Tages rief sie mich an und sagte mir, ich könne nach Hause kommen, aber erst, wenn es ihnen passte. Sie würde mir Bescheid geben. Der arme Jon musste mit mir in unserer Wohnung leben, obwohl er bereits wusste, dass ich ihn verlassen würde. Er musste so lange durchhalten, bis meine Eltern entschieden, es sei nun »passend«, dass ich zu ihnen zurückkehrte.

Ausgerechnet am Tag vor Heiligabend rief Mami an, um zu sagen, ich könne nach Hause kommen. Ich packte meine Sachen und ging. Beim Abschied setzten Jon und ich, wenn auch widerstrebend, auch gleich einen Schlussstrich unter unsere Beziehung. Dümmer hätte ich kaum handeln können. Da hatte ich nun einen Mann gefunden, der mir zu helfen versuchte und mich bedingungslos liebte. Und ich verließ ihn, als sei er nichts wert.

Wieder zu Hause, war mir ständig übel. Während der simulierten Abschlussprüfungen im Januar musste ich manchmal fluchtartig das Klassenzimmer verlassen. Ich schaffte es gerade noch bis auf den Flur, wo ich mich auf den Boden erbrach. Die Lehrer erkundigten sich mitleidig, ob mir die Nerven durchgingen. Wenn ich dann erzählte, dass ich schwanger war, blickten sie mich verachtungsvoll an.

Ich hatte die ganze Schwangerschaft über Schwierigkeiten. Der Stress, unter dem ich stand, führte dazu, dass ich schließlich in den meisten Abiturprüfungen versagte und nur in Englisch bestand. Ich war im neunten Monat schwanger, und die Schule war in Alarmbereitschaft, weil man fürchtete, dass durch die Überbelastung die Wehen einsetzen würden.

Jon, so erfuhr ich, war für sechs Wochen nach Amerika gereist. Er hatte seit unserer Trennung sicher Höllenqualen gelitten, weil ich mit seinem Kind unter dem Herzen zu meinen Eltern zurückgekehrt war. Bei der Ultraschalluntersuchung in der zwanzigsten Woche hatte ich erfahren, dass es ein kleines Mädchen war – für Jon sicher ein weiterer Grund zur Sorge, da ich jetzt wieder mit einem Kinderschänder unter einem Dach lebte.

Ich verdrängte alles. Ich mochte nicht daran denken, was zwischen Papi und mir gewesen war. So krank und schwach, wie ich mich jetzt meistens fühlte, konnte ich keine weiteren Sorgen ertragen. Alle Ängste im Zusammenhang mit meinem Vater verbannte ich in den hintersten Winkel meines Bewusstseins. Und ich war entschlossen, dafür zu sorgen, dass sie dort auch blieben.

10

Und dann waren wir drei …

Das Haus meiner Eltern erschien mir anfangs wie ein sicherer Hafen, ein Ort, wo ich die vor mir liegenden Verpflichtungen vergessen und mich mit dem Gedanken vertraut machen konnte, Mutter zu werden. Es war für mich die »Normalität«, und obwohl ich in den zurückliegenden Jahren zu Hause so unglücklich gewesen war, fühlte ich mich dort auf meine Weise sicher und geborgen.

Wenn wir als Kinder krank gewesen waren, hatte sich Mami immer rührend um uns gekümmert. Nun, da ich schwanger war, genoss sie es, mich zu verwöhnen, mich zu den Vorsorgeuntersuchungen zu bringen und die notwendigen Dinge einzukaufen. Ich glaube, meine Schwangerschaft weckte in ihr die mütterlichen Gefühle, die sie früher kaum empfunden hatte. Es war, als könnte sie mich jetzt zum ersten Mal wirklich als Tochter unterstützen. Ich sog all ihre Fürsorglichkeit und Aufmerksamkeit auf wie ein Schwamm. Mami und ich rückten näher zusammen, und ich begann, mich wirklich auf das Baby zu freuen. Manchmal schien es mir sogar, als wäre dies eine neue Chance für unsere Familie.

Aber da gab es noch meinen Vater.

Obwohl ich mich nach Kräften bemühte, zu vergessen, dass er mich als kleines Mädchen missbraucht hatte, konnte ich keine normale Beziehung zu ihm aufbauen. Ich wusste nicht, wie ich mich in seiner Gegenwart verhalten sollte. Am liebsten hätte ich so getan, als sei nie etwas geschehen. Doch da ich ihm nicht einmal in die Augen sehen konnte, war das unmöglich. Wann immer er an mir vorbeiging, spannte sich alles in mir an. Ich fühlte mich in seiner Gegenwart unwohl, und er machte kein Hehl daraus, dass meine Rückkehr nicht seinem Wunsch entsprach. Sobald sein Blick auf meinen immer runderen Bauch fiel, schämte ich mich. Obwohl ich auf diesen Bauch insgeheim stolz war, erschien er mir im Beisein meines Vater als eine sexuell gefärbte Aussage. Die altbekannten Gefühle von Schuld und Scham stiegen dann wieder in mir auf, und ich fühlte mich beschmutzt, genau wie früher.

Wohl hauptsächlich meiner Mutter zuliebe duldeten wir einander, doch zwischen uns gab es weder große Zuneigung noch andere Gefühle. Ich betrauerte den Verlust meines Vaters, als wäre er gestorben. Der Papi aus meinen ersten Lebensjahren in Essex war nur noch eine ferne Erinnerung. Der Mann, den ich einst gekannt hatte, hatte mich verlassen, als ich acht Jahre alt war, und in dem Lügner, der an seine Stelle getreten war, erkannte ich ihn nicht wieder. Für mich war er wie ein Fremder. Nach außen hin hatte sich nichts geändert, und ich war immer noch die Einzige, die von seiner Verwandlung wusste. Und dass ich keine Möglichkeit hatte, über diese Gefühle zu sprechen, schmerzte mich sehr.

Seit ich wieder zu Hause war, konnte ich mehr Zeit mit meinem jüngeren Bruder Andrew verbringen. Er war mir schon immer sehr nahe gewesen, fast wie ein eigener Sohn. Im Lauf der Jahre hatte auch er einiges durchmachen müssen, bis bei ihm eine autistische Störung diagnostiziert wurde: Asperger Syndrom und Apraxie. Nachdem die Diagnose gestellt worden war, konnten wir sein Verhalten besser verstehen. Als er kleiner war, hatte sich seine Entwicklung verzögert, was dazu führte, dass er stets »anders« war als Gleichaltrige.

Nun war mein zehn Jahre jüngerer Bruder gerade acht. Für ihn galten die gleichen Vorschriften und Regeln wie für Paul und mich, aber er beklagte sich nie. Fast schien es, als ob ihm seine Entwicklungsstörung die Reglementierungen erträglicher machte. Da er ohnehin Schwierigkeiten hatte, soziale Normen zu verstehen, konnte er wohl auch noch nicht einschätzen, wie gestört unser Familienleben war.

Da Jon in den Vereinigten Staaten war, fühlte ich mich sehr einsam. Mein Vertrauter und Seelengefährte, auf den ich mich voll und ganz verlassen hatte, war nicht mehr da. Ich hatte den einzigen Menschen von mir gestoßen, der mich so angenommen hatte, wie ich war. Seine bedingungslose Liebe war für mich etwas ganz Neues gewesen, doch nun durfte ich nicht mehr hoffen, mit Jon eine gemeinsame Zukunft aufzubauen. Nachdem ich jahrelang emotional und sexuell ausgebeutet worden war, wusste ich nicht mehr, wer ich war. Die wahre Julia war irgendwo unterwegs verloren gegangen, und ich hatte keine Ahnung, wie ich sie wiederfinden sollte.

Zur Geburt unseres Kindes wollte Jon zurückkommen. Ich hoffte, dass uns das Baby wieder zusammenbringen würde, dass wir noch einmal von vorn anfangen konnten.

Nach seiner Rückkehr rief er mich an. Wir verabredeten uns in einem Café, obwohl Mami und Papi große Vorbehalte dagegen hatten. Sie wollten unbedingt verhindern, dass wir wieder zusammenfanden. Mir aber war es egal, was sie dachten. Ich musste ihn einfach sehen.

Bei unserer Trennung war ich nicht in der Lage gewesen,

über die möglichen Konsequenzen nachzudenken. Dass es endgültig sein könnte, war mir nicht in den Sinn gekommen. Damals wusste ich lediglich, dass ich nach Hause zurückkehren musste, um mit meiner Schwangerschaft zurechtzukommen. Ich brauchte jene Sicherheit, die man bei seinen Eltern empfindet – auch wenn ich ein völlig verzerrtes Verständnis von »Sicherheit« hatte. Um meine Lage zu bewältigen, hatte ich meine Gefühle für Jon »abschalten« müssen. Diese Verhaltensweise war mir im Lauf der Jahre zur Gewohnheit geworden. Jetzt, also sieben Monate später, war mir klar, dass ich ihm gegenüber etwas gutzumachen hatte. Bei meiner Rückkehr nach Hause war ich im zweiten Monat gewesen; jetzt, da die Geburt kurz bevor stand, konnte ich nur hoffen, dass er mich trotz allem, was ich ihm zugemutet hatte, noch liebte. Aber was war mit mir? Würde ich für ihn genauso empfinden wie damals, wenn ich ihm erst einmal gegenübersaß?

Ich sah, wie er eintrat und den Blick durchs Café schweifen ließ, bis er mich entdeckt hatte. Dann steuerte er auf meinen Tisch zu. Sein Lächeln war so liebenswert, dass ich mich fragte, wie ich ihn nur hatte verlassen können.

Plötzlich wurde ich mir meines runden Neun-Monats-Bauchs bewusst. Wahrscheinlich wirkte ich ebenso erotisch wie ein Nilpferd. Verlegen sank ich in mich zusammen. Wie gerne wäre ich jetzt schlank und verführerisch gewesen, um sein Herz zu erobern, so wie er gerade meines erobert hatte. Als er sich hinsetzte, machte er mir ein Kompliment zu meinem Aussehen. Ich merkte, wie ich rot wurde. Plötzlich fühlte ich mich wie ein Teenanger – der ich ja auch immer noch war.

Wir unterhielten uns eine Ewigkeit – über Amerika, über das Baby, über alles Mögliche, nur nicht über den wahren Grund für dieses Treffen: dass ich ihn wiederhaben wollte. Als ich ihm einen Spaziergang vorschlug, nickte er bereitwillig. Wir schlenderten durch die Stadt, am Flussufer entlang und setzten uns schließlich auf eine Bank mit Blick auf das Meer. Ich nahm all meinen Mut zusammen und erzählte ihm von meinen Gefühlen – dass ich ihn nach wie vor liebte und dass ich immer nur ihn gewollt hatte. Jons Blick war schmerzerfüllt. Ich begriff, wie sehr ich ihn verletzt hatte. Und offensichtlich fürchtete er, es könnte wieder geschehen.

Weinend klammerte ich mich an ihn. Ich bat ihn, mir zu vertrauen, uns eine Chance zu geben. Er war der Mann, mit dem ich bis an mein Lebensende zusammenbleiben wollte.

Nach einer Weile wandte er sich mir zu und sagte, dass er mich liebte. Als wir uns dann küssten, war es wie beim ersten Mal.

Auf dem Heimweg war mir klar, dass meine Eltern alles andere als begeistert sein würden, wenn sie erfuhren, dass wir wieder zusammen waren. Aber irgendwie machte mir das nichts aus. Ich bekam ein Baby, und Jon war wieder an meiner Seite. Damit hatte ich alles, was ich mir wünschte.

Als ich das Haus betrat, muss ich wohl vor Freude gestrahlt haben. So glücklich war ich seit Monaten nicht gewesen.

Meine Eltern gingen in die Luft. Sie prophezeiten, das Ganze würde nur ins Unglück führen, und sie wollten Jon nicht in ihrem Haus sehen. Doch ihre Worte prallten an mir ab. Ihre Meinung war mir inzwischen gleich. Jetzt zählten nur noch Jon und das kleine Mädchen, das ich bald bekommen würde.

Ich blieb zu Hause wohnen, und Jon zog zu seiner Mutter und seinem Stiefvater Paul. Trotz meines Neun-Monats-Bauchs fuhr ich mit dem Bus so oft wie möglich zu ihnen. Eine Woche vor dem errechneten Geburtstermin gab es einen falschen Alarm. Dann kam der Termin und ging vorüber. Sechs Tage später setzten erneut Wehen ein.

Im Krankenhaus presste ich mit zusammengebissenen Zähnen. Es schien Stunden zu dauern. Und dann war Molly-Jane auf der Welt. Alle Schmerzen der Geburt waren vergessen, als ich sie sah. Ich verspürte eine Liebe zu ihr, die all meine Erwartungen übertraf. In dem Augenblick, als man sie mir in den Arm legte, fühlte ich mich wieder ganz. Mein Leben hatte nun einen Sinn. Ich untersuchte jedes einzelne Fältchen ihrer Haut. Jeder ihrer winzigen Finger und Zehen war so vollkommen, dass ich mir kaum vorstellen konnte, dass sie in den vergangenen neun Monaten zusammengerollt in meinem Bauch gelegen hatte.

Ich betrachtete ihr Gesicht und war ungeheuer stolz auf unsere kleine Familie. Dass wir selbst noch nicht ganz erwachsen waren, kümmerte mich nicht. Ich empfand nur das überwältigende Bedürfnis, dieses kleine Wesen zu beschützen. Jetzt hatte ich Gelegenheit, meiner Tochter das Leben zu bieten, das ich mir selbst immer gewünscht hatte. Eine Gelegenheit, wiedergutzumachen, was in meiner eigenen Kindheit geschehen war, und dieses Baby so zu behüten wie das kleine Mädchen in mir, das selbst nie die Möglichkeit gehabt hatte, erwachsen zu werden.

Doch am nächsten Tag musterte mich einer der Ärzte, der sie untersuchen wollte, und meinte: »Du meine Güte, sind Sie etwa die Mutter?« Ich schämte mich, als würde mir der Titel »Mutter« nicht zustehen. Mein Selbstwertgefühl und mein Selbstbewusstsein waren so schwach, dass sein Kommentar all meine Glücksgefühle auslöschte. Nicht einen Augenblick kam mir in den Sinn, für mich einzustehen, so sehr war ich auf Gehorsam getrimmt. Deshalb nickte ich lediglich. »Wie alt sind Sie denn?«, fragte er daraufhin. »Vierzehn?« Ich murmelte, ich sei achtzehn, doch er hörte gar nicht mehr zu. Kopfschüttelnd fuhr er mit der Untersuchung fort, als sei ich nicht anwesend.

Am nächsten Tag besuchten mich meine Eltern im Krankenhaus. Ich konnte meinem Vater nicht in die Augen sehen. Seine Anwesenheit führte dazu, dass ich in meiner Vorstellung dieses zauberhafte Baby mit dem Sexualakt in Verbindung brachte. Diese Assoziation stellte sich immer ein, wenn er da war. Ich fühlte mich unbehaglich, und plötzlich erschien mir die natürlichste Sache der Welt als verwerflich. All die altbekannten Gefühle wie Scham, Überforderung und Angst stiegen wieder in mir auf.

Trotz dieser unguten Empfindungen konnte ich es kaum erwarten, nach Hause zu kommen und mich mit meiner neugeborenen Tochter dort einzurichten. Aber Mami erklärte, sie sei noch nicht so weit, mich aufzunehmen. Sie teilte dem Personal mit, ich müsse noch ein paar Tage im Krankenhaus bleiben, da mein Vater mich nicht früher abholen könne. Ich war am Boden zerstört. Ich wollte so gerne mit meiner Tochter nach Hause fahren, um sie richtig kennenzulernen, ohne dass ständig die skeptischen Blicke des Pflegepersonals auf uns ruhten. Doch ich wusste ja, dass es keinen Sinn hatte, mit Mami zu streiten. Ich fühlte mich zurückversetzt in die Zeit, als sie mich bei Papi im Auto gelassen hatte und ich nicht ins Haus kommen durfte, ehe sie mit den Einkäufen »so weit« war. Damals war mein Leben völlig auf den Kopf gestellt worden. Und jetzt, Jahre später und obwohl ich inzwischen erwachsen war, bestimmte sie noch immer über mein Schicksal.

Als es dann so weit war, kam es mir komisch vor, mit Mami und Papi nach Hause zu fahren, obwohl Jon und ich wieder zusammen waren. Ich fand es schrecklich, dass wir nicht zu dritt wie eine normale Familie zusammenwohnten, wo sich beide Eltern um ihr Kind kümmern konnten. Daher lud ich ihn ein, mich am kommenden Tag, wenn meine Eltern unterwegs sein würden, zu besuchen.

Wie verabredet, stand Jon am nächsten Tag vor der Tür. Stundenlang schmusten wir mit Molly und schmiedeten Pläne. Die Zeit verging wie im Flug, und plötzlich hörte ich zu meinem Entsetzen, dass meine Eltern zurückkamen.

Ich wusste zwar, dass sie über Jons Anwesenheit in ihrem Haus nicht erfreut sein würden, hoffte aber, sie würden keine Szene machen und sich die unvermeidlichen Vorwürfe aufsparen, bis Jon gegangen war.

Als Mami die Tür zu meinem Zimmer öffnete, hielt ich die Luft an und wartete auf ihre Reaktion. »MIKE!«, schrie sie. »Er ist hier, bei uns im Haus!« Dann erschien mein Vater und tobte, weil Jon die »Frechheit« besaß, in sein Heim einzudringen.

»Aber Molly ist meine Tochter«, wiederholte Jon unzählige Male. Auch ich beharrte darauf, dass er das Recht hatte, bei uns zu sein, doch offenbar konnte keiner von uns zu ihnen durchdringen. Mein Vater wies Jon die Tür. Weinend verabschiedete ich mich von ihm. Ich wusste, er würde uns nie mehr bei meinen Eltern besuchen können. Deshalb versprach ich, am nächsten Tag mit Molly den Bus zu nehmen und ihn im Haus seiner Mutter zu treffen.

Nachdem ich hinter ihm die Tür geschlossen hatte, wandte ich mich zu meinen Eltern um. Alle Ängste und Sorgen waren wie weggeblasen. Stattdessen war ich wütend. Es entwickelte sich eine heftige Auseinandersetzung. Schließlich erklärte meine Mutter: »Wenn es dir hier nicht passt, weißt du ja, wo die Tür ist. Pack deine Sachen und verschwinde.«

Und so stürzte ich von Euphorie in tiefste Verzweiflung. Ich konnte diese Art zu leben nicht mehr ertragen, daher beschloss ich, sie beim Wort zu nehmen. Ich ging in mein Zimmer, packte möglichst viele Sachen für Molly und mich zusammen und legte mich ohne weitere Erklärungen schlafen. Am nächsten Morgen stand ich auf, zog Molly an und teilte meinen Eltern mit, ich würde ausziehen. Sie zuckten nicht einmal mit der Wimper.

Zwei Tage zuvor war ich aus dem Krankenhaus entlassen worden. Als Jugendliche mit einem sechs Tage alten Baby im Arm und so vielen Habseligkeiten, wie ich tragen konnte, muss ich einen erbärmlichen Anblick geboten haben, als ich da an der Bushaltestelle stand. Doch kaum hatte sich die Tür meines Elternhauses hinter mir geschlossen, fasste ich den Beschluss, nie wieder zu ihnen zurückzukehren.

Die Hilfe, die wir brauchten, bekamen wir von Jean, Jons Mutter. Schon wenige Tage später hatte sie ein entzückendes Cottage gefunden, das wir mieten konnten. Jon und ich verliebten uns sofort in das Häuschen. Nach knapp einer Woche zogen wir ein und machten uns sofort daran, das Kinderzimmer mit leuchtend bunten Bildern von Pu der Bär zu dekorieren.

Ich fühlte mich noch immer sehr verletzlich und nicht in der Lage, mit Belastungen und Ängsten umzugehen. Daher verdrängte ich einen Großteil meiner Gedanken und versuchte, mich auf meine Gefühle und Instinkte zu konzentrieren. Jon wusste nichts von den Kämpfen, die in meinem Innern tobten. Ich versuchte, mein Leben so gut wie möglich ohne meine Eltern fortzuführen und konzentrierte all meine Energie auf meine Beziehung zu Jon und Molly.

Jon und ich machten nun Pläne für unsere Zukunft.

Obwohl wir in so jungem Alter Eltern geworden waren, wollten wir nicht auf eine gute Ausbildung verzichten. Jon bewarb sich um einen Studienplatz in Llanelli, und damit er nicht jeden Tag die lange Strecke dorthin mit dem Bus zurücklegen musste, kamen wir überein, dorthin zu ziehen. Nachdem diese wichtige Entscheidung gefallen war, sprachen wir nachts im Bett bis in die frühen Morgenstunden darüber, wie unser Leben dort aussehen sollte. In Llanelli würden wir auf uns allein gestellt sein, ohne die Hilfe unserer Familien. Allmählich fanden wir es richtig aufregend, an einen anderen Ort zu ziehen, und begleitet von Mollys leisen Atemzügen sanken wir in den Schlaf.

Schließlich mieteten wir ein hübsches Reihenhaus mit zwei Schlafzimmern und einem kleinen Garten. Es gefiel uns auf Anhieb, zumal auch die Lage ideal war, denn nur wenige Meter entfernt gab es einen großen See mit Enten und Schwänen. Ich malte mir bereits aus, wie wir mit Molly am Wochenende die Tiere füttern würden.

Nach einer Weile meldeten sich meine Eltern bei mir. Von da an rief mich meine Mutter gelegentlich an, und bald kamen sie zu Besuch. Mein Verhältnis zu meinen Eltern war höchst ambivalent. Sie fehlten mir, und die Welt war für mich nur in Ordnung, wenn ich wieder einen gewissen Kontakt zu ihnen hatte. Durch die räumliche Distanz herrschte gerade das richtige Maß: Ich musste sie nicht täglich sehen, doch wenn es uns allen recht war, konnten wir uns treffen. Ich kam mit dem Arrangement gut zurecht, während Jon nicht besonders glücklich darüber war. Zwar lernten meine Eltern und er, einander zu dulden, aber von Zuneigung konnte keine Rede sein.

Im Großen und Ganzen waren Jon und ich glücklich, und eine Zeit lang war das alles, was zählte. Doch Jons Stipendium für das Studium reichte nicht für uns drei, und da wir keine anderen Einnahmen hatten, wurde unsere finanzielle Lage immer schlechter. Vor Weihnachten 1999 waren wir so pleite, dass wir uns nicht einmal mehr etwas zu essen kaufen konnten. Seltsamerweise nahm mich das nicht sonderlich mit, da ich auch weiterhin jeden Gedanken ausblendete, der Stressgefühle oder Ängste in mir hätte wecken können. Jean lud uns ein, sie in der Woche vor und den beiden Wochen nach Weihnachten zu besuchen. In der gemütlichen Atmosphäre ihres Heims konnten wir uns erholen.

Jeden Abend unterhielten wir uns bis in die Nachtstunden mit Jean und Jons Stiefvater Paul. Kurz nachdem wir ein Paar geworden waren, hatte Jon ihnen meine Geschichte erzählt. Jean hatte mir erklärt, wenn ich darüber sprechen wolle, könne ich mich jederzeit an sie wenden. Wenn ich früher mit Menschen über den sexuellen Missbrauch geredet hatte, war ich stets äußerst sachlich und distanziert geblieben, fast so, als ginge es gar nicht um mich persönlich. Jon war der Einzige, dem ich je meine wahren Gefühle offenbart hatte. Selbst wenn es mir gut ging, fiel es mir schwer, diese verworrenen und schmerzhaften Empfindungen zu schildern. Daher schien es mir unvorstellbar, mit Jean über etwas zu sprechen, was ich nicht an mich heranlassen konnte. Damals verdrängte ich den Missbrauch noch weitgehend und wollte trotz allem nicht wahrhaben, dass meine Eltern zu solchem Verhalten in der Lage waren. Ich klammerte mich nahezu sklavisch an mein Verständnis von Familienzusammenhalt. Jean schlug mir vor, meine Erlebnisse in einer Art Bericht festzuhalten, die ich ihr dann ja zeigen könne. So bräuchte ich nicht darüber zu sprechen.

Dies war ein Vorschlag, der mir schon eher entgegenkam. Noch am gleichen Abend setzte ich mich mit Notizheft und Kugelschreiber hin und versuchte in Worte zu fassen, was mir mein Vater angetan hatte. Seltsamerweise fiel mir das Schreiben relativ leicht, und es hatte eine beinahe therapeutische Wirkung. Nach Stunden fieberhafter Arbeit war der Bericht fertig. Es war, als sei der Stöpsel aus einer Badewanne gezogen worden – so sehr man sich auch bemüht, man kann das Wasser nicht aufhalten.

Als ich alles niedergeschrieben hatte, war ich sehr stolz und konnte es kaum erwarten, den Text Jean zu geben. Ich hoffte, er würde mir helfen, mich meiner Vergangenheit zu stellen, sodass ich mit den Ereignissen umgehen lernte. Womöglich konnte Jean mir dabei helfen. Ich hatte nie eine Therapie bekommen und mich nur über die Runden gerettet, indem ich meine Vergangenheit verdrängte. Dass das nicht gesund war, wusste ich. Wenn Jean meinen Bericht gelesen hatte, konnte ich vielleicht einen Teil des Schmerzes loslassen, den ich mit mir herumtrug. Denn wenn ein anderer Mensch meine Geschichte kannte und ihm dann immer noch etwas an mir lag, so bedeutete das doch sicher, dass ich mir nichts vorzuwerfen hatte, oder?

Am Neujahrsmorgen lag ich im Halbschlaf im Bett, während Jon mit Molly spielte. Er hielt sie unter den Armen auf seinem Schoß, hob sie vorsichtig auf ihre eigenen Beinchen und ließ sie dann wieder ins Sitzen zurückfallen. Sie jauchzte vor Vergnügen. Doch plötzlich gingen Mollys Juchzer in ein schrilles Kreischen über. Ich sprang aus dem Bett, um nachzusehen, was passiert war. Sie lag auf Jons Schoß, den Arm merkwürdig angewinkelt.

»Was hast du getan?«, schrie ich Jon an. »Was hast du mit meinem Baby gemacht?«

Jon war ebenso erschrocken wie ich. Er erklärte mir, wie er mit Molly gespielt hatte, sie jedoch plötzlich beim Hochheben die Bewegung nicht mitgemacht habe. Dabei war ihr wohl der Arm ausgerenkt worden oder gebrochen. Verstört und wütend riss ich ihm das Baby aus den Armen und rannte in die Küche. Molly hatte Schmerzen, und ich wollte sie so rasch wie möglich ins Krankenhaus bringen.

Hastig berichtete ich Jean, was geschehen war. Auch sie war außer sich und schrie, Paul müsse uns sogleich in die Ambulanz fahren.

Zum Glück war der Arm nicht gebrochen, sondern nur der Ellenbogen ausgerenkt. Die Ärztin meinte, dies käme bei Kindern häufig vor. Als sie sah, wie aufgeregt und bekümmert wir waren, versicherte sie uns, das könne jedem passieren.

Trotzdem fiel es mir schwer, Jon zu vergeben, dass er unserem kleinen Mädchen wehgetan hatte. Obwohl er völlig zerknirscht war, richteten sich all meine aufgestauten negativen Gefühle nun gegen ihn. Da ich wusste, dass es ein Versehen gewesen war und Molly auch keine Schmerzen mehr hatte, nachdem ihr Ellenbogen wieder eingerenkt worden war, bemühte ich mich, ihm zu verzeihen. Doch innerlich kochte ich. Wir beschlossen, früher als geplant nach Llanelli zurückzukehren. Ich konnte es kaum erwarten, Molly ganz für mich allein zu haben, als könne ich alles wiedergutmachen, wenn sie bei uns zu Hause in meiner Nähe war.

Einige Tage später klopfte es an unsere Tür. Wer konnte das sein? Jon hatte einen Schlüssel, und wir kannten niemanden in der Stadt. Wenn meine Eltern uns besuchen wollten, riefen sie vorher an. Zögernd ging ich zur Tür. »Wer ist da?«, fragte ich leise.

Die Antwort überraschte mich. »Das Jugendamt.« Mir stockte das Herz. Was wollten die Sozialarbeiter von mir? Seit meiner Zeit in der Pflegefamilie hatte ich nichts mehr mit dem Jugendamt zu tun gehabt, und daran wollte ich auch nichts ändern. Meine Erfahrung mit diesen Ämtern war alles andere als positiv gewesen. In meinen Augen hatten die Sozialdienste damals nichts getan, um mir zu helfen, sondern mich einfach zurück nach Hause zu meiner Mutter und meinem Vater geschickt. Ich hatte mein Leben fortgeführt, so gut es ging, und mich inzwischen mit meinen Eltern ausgesöhnt.

Nun öffnete ich die Tür und sah zwei Personen vor mir stehen. Ich erkundigte mich, was sie wollten.

Doch sie sagten nur: »Dürfen wir hereinkommen?«

Widerstrebend ließ ich sie ein und musterte sie argwöhnisch. Ich führte sie ins Wohnzimmer, und nachdem wir uns gesetzt hatten, wiederholte ich meine Frage: »Was wünschen Sie?«

Angesichts meiner Vergangenheit nahm ich an, dass es bei dem Besuch um mich ging. Daher war es ein Schock für mich, als sie sagten: »Es geht um Ihre Tochter Molly.«

Offenbar hatte jemand den Vorfall mit dem Ellenbogen gemeldet. Vielleicht setzte das Krankenhaus die Behörden routinemäßig von solchen Fällen in Kenntnis. Doch das wussten wir nicht. Daraufhin hatte das Jugendamt wahrscheinlich meinen Namen überprüft und war auf meine Geschichte gestoßen. Nun fragten sie, ob es stimme, dass ich in meiner Kindheit von meinem Vater sexuell missbraucht worden sei. Außerdem wollten sie wissen, welche Art von Kontakt zwischen ihm und Molly bestand. Ich fühlte mich in der Defensive. Ich räumte ein, dass mein Vater Molly gelegentlich sah, betonte aber, dass ich sie niemals mit ihm allein ließe. Ihre Sicherheit sei für mich wichtiger als alles andere. Nach einer Weile brachen die beiden wieder auf, ließen mir aber ihre Telefonnummer zurück. Ich könne sie jederzeit anrufen, wenn ich mit ihnen sprechen wollte.

Ich war aufgebracht. Offenbar lastete meine Kindheit wie ein Fluch auf mir. Jedes Mal, wenn ich einen Schritt nach vorn wagte, geschah etwas Unangenehmes. Erneut schwor ich mir, nie mehr über die Ereignisse der Vergangenheit zu sprechen, mein Geheimnis tief in meinem Innern zu vergraben. So stopfte ich all meine Gefühle, all meinen Schmerz in eine imaginäre Schachtel und drückte den Deckel fest darauf.

11

Ganz in Weiß

Trotz der massiven Widerstände, mit denen Jon und ich zu kämpfen hatten, wuchsen wir als Paar zusammen. Das Band zwischen uns wurde mit jedem Tag fester. Eines Tages erkundigte er sich ganz beiläufig, ob ich ihn heiraten wolle. Seine unverblümte Frage amüsierte mich. Ich nahm seinen Antrag an, denn ich war ohnehin überzeugt, dass Jon und ich für immer zusammenbleiben würden. Allerdings musste die Hochzeit warten, bis wir genügend Geld angespart hatten. Doch dafür besaßen wir etwas, was für mich weit mehr wert war als Geld. Die Verlobung gab mir das Gefühl, geliebt und geborgen zu sein.

Wir kamen zu dem Schluss, dass Jon sein Studium abbrechen und sich einen Job suchen musste, denn wir brauchten jetzt unbedingt ein regelmäßiges Einkommen. Schließlich waren wir jung genug, um irgendwann in der Zukunft doch noch zu studieren, wenn wir das wirklich wollten.

So begaben wir uns also auf Arbeitssuche. Doch in kleinen Orten wie Llanelli gab es keine passenden Stellen. Wir mussten unsere Suche bis nach Swansea ausweiten, und als man Jon einen Job bei der Kfz-Zulassungsstelle anbot, waren wir erneut zum Umzug gezwungen.

In diesen schwierigen Monaten übten meine Eltern einen großen Einfluss auf unser Leben aus. Da sich mein Vater in

Swansea bestens auskannte, konnte er uns hilfreiche Informationen über den Wohnungsmarkt geben. Mami und Papi fuhren uns sogar zu Miethäusern, die wir besichtigen wollten.

Ich war in der Lage, die verschiedenen Persönlichkeiten meiner Eltern auseinanderzuhalten. Daher konnte ich »Papi, den Kinderschänder« in eine Kiste packen und nach wie vor meinen »normalen« Papi vor mir sehen. Das Gleiche machte ich mit meiner Mutter, bei der ich zwischen einer zwangsgestörten und einer »normalen« Mami unterschied. Nur auf diese Weise konnte ich mein Leben fortsetzen, ohne den Verstand zu verlieren.

Jon allerdings kam mit dieser Methode nicht zurecht. Er konnte die beiden Facetten der Persönlichkeiten nicht voneinander trennen. Für ihn war mein Vater nur eines: ein Kinderschänder. Diese unterschiedliche Wahrnehmung führte zwischen uns zu unbeschreiblichen Spannungen. Trotzdem hielt Jon zu mir. Mithilfe meiner Eltern fanden wir schließlich ein Haus mit drei Zimmern im Stadtteil Waun Wen, das wir im Februar bezogen.

Weil ich mich so fern von all meinen Freunden einsam fühlte, begab ich mich ebenfalls auf Jobsuche. Mein Vater vermittelte mir den Kontakt zu einer Bank, bei der er früher gearbeitet hatte. Das Bewerbungsgespräch verlief erfolgreich, und ich freute mich auf eine Gelegenheit, zu zeigen, was in mir steckte. Also sah ich mir verschiedene Kindertagesstätten an. Glücklicherweise gab es eine Kinderkrippe gleich um die Ecke, die ich bequem zu Fuß erreichen konnte, und nachdem ich mit der Leiterin gesprochen hatte, meldete ich Molly an. Ich hatte ein schlechtes Gewissen, dass ich sie fortgab, doch es würde uns finanziell weitaus besser gehen, wenn wir beide arbeiteten. Die Steuergutschrift für berufstätige Familien deckte nahezu den

Monatsbeitrag von Mollys Kinderkrippe, daher konnten wir mit dem Geld, das wir verdienten, unseren Lebensstandard verbessern. Uns war sehr daran gelegen, auf eigenen Füßen zu stehen und nicht mehr von Zuwendungen unserer Angehörigen abhängig zu sein. Da ich schon als Teenager jahrelang gejobbt hatte, scheute ich harte Arbeit nicht; vielmehr war ich froh, dass sich mir die Möglichkeit eröffnete, beruflich voranzukommen. Am 10. April 2000 war es so weit. Als ich an meinem ersten Arbeitstag die Bank betrat, war ich aber doch ziemlich nervös – schließlich war ich gerade erst neunzehn und hatte noch nie eine Vollzeitstelle gehabt. Außerdem durfte ich meinem Vater, der ja auch dort gearbeitet hatte, keine Schande machen. Andererseits freute ich mich darauf, meine Kollegen kennenzulernen. Ich hätte mir meine Sorgen sparen können. Bald war die Arbeit in der Bank für mich mehr als nur ein Job, sie gab mir den so dringend benötigten Freiraum, einfach nur »Julia« zu sein, und nicht die Verlobte, die Mutter, die Tochter, das Opfer von sexuellem Missbrauch.

Rasch entwickelte ich ein neues Selbstvertrauen. Ich hatte das Gefühl, dass meine Arbeit geschätzt wurde. Ich übernahm zusätzliche Aufgaben und ließ keine Gelegenheit aus, mich zu beweisen. Ich wurde geradezu süchtig nach Lob und Anerkennung; ständig hielt ich Ausschau nach neuen Aufgaben und Projekten, denen ich mich widmen konnte. Ich ging an die Grenzen meiner Belastbarkeit und übernahm so viele Projekte, wie es mir mit gutem Gewissen gerade noch möglich war. Sobald eins beendet war, gab ich keine Ruhe, ehe ich nicht ein neues bekam, das mich ausfüllte. Die ständige Umstellung, die Beschäftigung mit anderen Dingen lenkten mich von dem Aufruhr ab, der in meinem Innern herrschte.

Was als sinnvolle Lebensplanung begonnen hatte, wurde zu

einer selbstzerstörerischen Manie, die jahrelang meine wahren Gefühle überlagern sollte. Der destruktive Kreislauf war bald Mittelpunkt meiner Existenz. Eine andere Möglichkeit, mit dem Leben zurechtzukommen, sah ich nicht. Ich fürchtete den Gedanken, dass ich irgendwann gezwungen sein könnte, wieder ein ruhiges, nur Jon und Molly gewidmetes Leben wie damals in Llanelli zu führen. Denn ich bezweifelte, ob ich dann die Dämonen in mir in Schach halten konnte. Daher sorgte ich dafür, dass es dazu nicht kam.

Alles und jeder in meiner Umgebung wurde zum Feind. Wenn ich den Eindruck hatte, dass Menschen mir zu nahe kamen, schlug ich nur noch um mich, weil ich fürchtete, von ihnen verletzt zu werden. Eine weitere Enttäuschung hätte ich nicht verkraftet. Meine Eltern hatten mich in den Jahren immer wieder im Stich gelassen, und trotzdem liebte ich sie. Ich hatte mich daran gewöhnt, Menschen zu lieben und mich nach ihrer Nähe zu sehnen und dennoch stets auf den Tag zu warten, an dem sie mich enttäuschten. Es fiel mir schwer, irgendjemandem wirklich zu vertrauen.

Das betraf auch Jon.

Ich vergötterte und liebte ihn mit einer Leidenschaft, die mir Angst machte. Und diese Angst führte dazu, dass ich ihn immer häufiger von mir fortstieß. Wie konnte ich sicher sein, dass er mich nicht auch enttäuschen würde? Solange ich diejenige war, die Grenzen setzte, hatte ich die Kontrolle. Auf diese Weise behielt ich die Zügel in der Hand und konnte die Verletzungen, die man mir zufügte, beeinflussen. Außerdem sah ich einen möglichen Verrat so eher kommen und konnte mich dagegen wappnen, ehe es zu sehr schmerzte.

Jon und ich begannen zu streiten, Auseinandersetzungen, die ich oft vom Zaun brach, um zu testen, wie viel ich ihm bedeutete. So stieß ich ihn mit der Zeit immer weiter von mir fort. Ich wollte mir beweisen, dass ich ihn nicht brauchte, dass er nicht unbedingt Teil meines Lebens sein musste. Wenn es nur Molly und mich gab, um die ich mich kümmern musste, konnte mich auch niemand enttäuschen.

Im September trennte ich mich ein weiteres Mal von Jon, obwohl wir Freunde blieben. Ich fand es schwierig, in einer Beziehung zu leben, doch ebenso schwer war es, ohne Partner zu sein. Ich steckte in einer Zwickmühle. Einerseits war ich süchtig nach Zuwendung – um mich innerlich sicher zu fühlen, brauchte ich die Gewissheit, geliebt zu werden. Zugleich aber konnte ich niemanden wirklich nahe an mich heranlassen.

Schon früh hatte mein Vater mir beigebracht, Liebe mit sexuellem Interesse gleichzusetzen, und nun sehnte ich mich nach Befriedigung dieses Bedürfnisses. Es mit einem Fremden zu erleben erschien mir sicherer, als mit jemandem, den ich wirklich liebte. Und wer mir das Gefühl gab, etwas Besonderes zu sein, spielte dabei eigentlich keine Rolle.

Zuneigung wurde für mich zur Droge. Ohne sie fühlte ich mich leer, und sobald sie mir fehlte, suchte ich nach dem nächsten Kick. Zwar hatte Jon diese Sehnsucht in mir durchaus befriedigt, doch ich hatte nicht mit der damit verbundenen Intimität umgehen können. Nachdem ich ihn erneut von mir gestoßen hatte, begann ich eine Beziehung zu einem Kunden der Bank – Peter. Eine befreundete Arbeitskollegin warnte mich vor ihm, da sie ihn kannte und wusste, dass er viel Zeit in seiner Stammkneipe verbrachte. Ich fand es zwar nett, dass sie mich darauf aufmerksam machte, weil ich aber zu wissen meinte, was ich tat, schlug ich ihre Warnung in den Wind. Ich musste mein Leben mit jeder nur denkbaren Aktivität füllen, um mich von den Themen abzulenken, mit denen ich mich eigentlich hätte befassen sollen. Eine neue Beziehung half mir über die Einsamkeit hinweg und gab mir die Möglichkeit, noch eine Weile länger meine Probleme zu verdrängen.

Bereits bei unserer ersten Verabredung hätte ich merken müssen, dass etwas nicht stimmte. Peter betrank sich bis zur Bewusstlosigkeit, sodass ich ihn praktisch nach Hause tragen musste. Aber das machte mir nichts aus. Schließlich zeigte er Zuneigung und gab mir das Gefühl, gebraucht zu werden.

Mit der mir anhaftenden Negativität zog ich Negatives an. Dass Peter ebenfalls Probleme hatte, störte mich nicht. Ich war viel zu sehr in meinen eigenen versunken. Jon war einfach zu gut für mich gewesen, daher meine Schwierigkeiten, mit ihm umzugehen. Er war ein so feiner Mensch mit nur den besten Absichten, dass es mir in jenen Tagen vorkam, als hätte ich nichts mit ihm gemeinsam.

Doch als ich meinen Lebensstil einer Prüfung unterzog, kam ich zu dem Schluss, dass ich den Teufelskreis durchbrechen musste. Es ging eindeutig bergab mit mir. Der Druck, unter dem ich stand, zeitigte allmählich körperliche Folgen, sodass ich mich schon fragte, ob ich wohl wieder unter dem Reizmagen meiner Kindertage litt.

Also bat ich Peter, nicht mehr zu trinken. Es war mir wichtig, dass er damit aufhörte und unsere Beziehung weiter funktionierte. In den folgenden drei Monaten verbrachte ich immer mehr Zeit in seiner Wohnung und blieb meistens auch über Nacht. Molly nahm ich stets mit; ich ließ ihr Reisebett einfach bei ihm stehen. Unsere sexuelle Beziehung war ausgesprochen einseitig. Er kümmerte sich grundsätzlich nicht um die Verhütung, und ich war nicht in der Lage, darauf zu bestehen. Ich war darauf programmiert, mich beim Sex willfährig zu zeigen. Und ich vermochte es nicht, mich seinen Wünschen zu widersetzen. Anderenfalls fürchtete ich, seine Liebe und Zuneigung zu verlieren, ohne die ich nicht leben zu können glaubte.

Bald war mir klar, dass Peter nicht mit dem Trinken aufhören würde und dass es keine Zukunft für uns gab. Doch ich wusste nicht, wie ich den Kreislauf durchbrechen konnte. Ich stand unter furchtbarer Anspannung und hatte ständig Magenschmerzen. Um mögliche andere Ursachen auszuschließen, besorgte ich mir einen Schwangerschaftstest.

Ich traute meinen Augen nicht, als der Test ein positives Ergebnis zeigte. Die Möglichkeit einer Schwangerschaft hatte ich – ebenso wie alles andere – schlichtweg ausgeblendet. Jetzt kam ich mir so dumm vor! Warum hatte ich nicht darauf bestanden, dass wir Verhütungsmittel benutzen? Ich hätte etwas sagen müssen. Mein Verhalten war wirklich verantwortungslos gewesen, und jetzt war ich wütend auf mich, weil ich mich in eine solche Zwangslage gebracht hatte. Auf diese Art und Weise sollte man keine Kinder bekommen. Eine Schwangerschaft sollte eine Zeit des Glücks und keineswegs von Schuldgefühlen und Scham belastet sein. Unter diesen Umständen, so wurde mir klar, konnte ich die Beziehung zu Peter nicht fortsetzen. Ich konnte kein Kind von einem Mann bekommen, den ich nicht liebte. Im Grunde genommen mochte ich ihn nicht einmal mehr leiden. Was hatte ich mir nur dabei gedacht? Es war unmöglich, dass ich dieses Kind zur Welt brachte und für den Rest meines Lebens an Peter gebunden blieb. Der einzige Weg, mich voll und ganz von ihm zu befreien, war eine Abtreibung.

Ich machte also einen Termin bei meinem Arzt. Der zeigte sich alles andere als kooperativ. »Menschen wie Sie machen mir den Beruf so schwer«, sagte er und weigerte sich, mir eine Überweisung für den Abbruch auszustellen. Stattdessen sollte ich »heimgehen und über mein Verhalten nachdenken«. Einige Tage später erschien ich jedoch erneut in der Praxis und beharrte auf meinem Entschluss. Widerstrebend stellte er mir den Überweisungsschein aus.

Warum lief es bei mir immer wieder aufs Gleiche hinaus? Warum zerstörte ich stets aufs Neue mein Leben und das der Menschen in meiner Umgebung? Es wurde Zeit, dass ich lernte, anderen zu vertrauen. Nur wenn ich Menschen näher an mich heranließ, würde ich auf Dauer ein normales Leben führen können. Und so beschloss ich, den Versuch zu wagen und Jon zu vertrauen. Wir waren nach wie vor gute Freunde, und an diesem Punkt meines Lebens brauchte ich einen Freund dringender denn je. Als wir uns einen Tag später trafen, berichtete ich ihm alles – von Peter, von der Schwangerschaft, einfach alles.

Erneut wurde Jon für mich zum Fels in der Brandung. Weder verurteilte er mich, noch warf er mir Verantwortungslosigkeit vor. Er hörte einfach nur zu und bot mir, wo nötig, Rat und Unterstützung an. Ich hatte vermutet, er würde sich gegen die geplante Abtreibung aussprechen, doch er war bereit, mir dabei zur Seite zu stehen. Er begleitete mich, als ich zur Untersuchung ins Krankenhaus musste, um das Gutachten eines zweiten Arztes zu erhalten. Während des Ultraschalls wandte ich den Kopf von der Radiologin fort, weil ich mich zu sehr schämte. Wahrscheinlich hielt sie mich für einen dummen Teenager, der selbst an seiner Situation schuld war. Aus ihrer Sicht war das Ganze vollkommen simpel, aus meiner jedoch furchtbar kompliziert.

Auch meine Mutter hatte ich in die Schwangerschaft eingeweiht, und wieder einmal unterstützte sie mich. Ohne Vorwürfe akzeptierte sie meine Entscheidung und bot mir an, mich zu dem Eingriff zu begleiten. Allerdings musste ich bis zur neunten Schwangerschaftswoche warten und in dieser Zeit mit der Tatsache leben, dass ich ein Kind in mir trug, das sich mit jedem Tag ein wenig weiterentwickelte. Zwar versuchte ich, alle Gedanken an das Baby in den hintersten Winkel meines Bewusstseins zu verbannen, stand jedoch vor dem Problem, dass dort langsam nicht mehr viel Platz war.

Am Tag der Abtreibung begleitete mich Mami ins Krankenhaus. Als ich in meinem Krankenzimmer saß, war ich froh, dass sie da war. Unbeirrbar stand sie zu mir und meiner Entscheidung, was mir eine ganz neue Seite an ihr zeigte. Gewiss, meine Kindheit war ein einziger Kampf gewesen, und ihre zwanghafte Art hatte mich fast in den Wahnsinn getrieben. Doch jetzt, da ich sie brauchte, war sie für mich da, und dafür schätzte ich sie.

Dann war es Zeit, mich von meinem Baby zu verabschieden.

Als ich aus der Narkose erwachte, war ich merkwürdig ruhig und in mich gekehrt. In mir herrschte eine bodenlose Leere. Zwar wusste ich, dass meine Entscheidung richtig gewesen war, und bereute den Schritt nicht, doch trotzdem trauerte ich um mein Kind. Mami erkundigte sich immer wieder, ob alles in Ordnung sei, und ich musste den Menschen in meiner Umgebung ständig versichern, dass mir nichts fehlte. Schließlich hatte ich mir diesen Schlamassel selbst eingebrockt. Deshalb wohl das Gefühl, nicht trauern zu dürfen.

Als ich aus dem Krankenhaus entlassen wurde, lud mich Mami für ein paar Tage ein, damit ich mich bei ihr erholen konnte. Ich fragte Jon, ob er damit einverstanden sei. Molly war gerade mal achtzehn Monate alt, und Mami meinte, es würde mir guttun, wenn ich mich eine Zeit lang nicht um das Baby kümmern musste. Da Jon bereit war, Molly zu sich zu nehmen, fuhr Mami mit mir in das Haus meiner Eltern.

Als ich wieder zu Kräften gekommen war, begann ich, Molly fürchterlich zu vermissen, und wollte so schnell wie möglich zu ihr nach Hause. Meine Eltern redeten auf mich ein, um mich zum Bleiben zu bewegen. Doch als ich bei meinem Entschluss blieb, gaben sie schließlich nach und fuhren mich heim. Sie hatten wohl gehofft, mich noch länger von Jonathan fernhalten zu können. Unsere erneute Annäherung war ihnen nicht verborgen geblieben, und sie hätten alles getan, um das zu verhindern.

Wir verbrachten mehr und mehr Zeit zusammen. Wenn Jon nicht bei uns blieb, übernachteten Molly und ich in seiner Wohnung. Nach kurzer Zeit fassten wir den Entschluss, es noch einmal miteinander zu versuchen. Jon zog wieder bei uns ein, und mit vereinten Kräften machten wir uns daran, unsere Probleme aufzuarbeiten.

Peter gehörte der Vergangenheit an. Was ich mit ihm durchgemacht habe, werde ich allerdings nie vergessen.

Bald darauf ging ich zu einer Wahrsagerin. Was sie sagte, versetzte mir einen Schock.

»Ihr Sohn ist hier«, erklärte sie.

Ich sah sie misstrauisch an, denn ich dachte, sie meinte Molly. Das war nur ein Schuss ins Blaue, dachte ich und schwieg. Sollte sie doch versuchen, in mir zu »lesen«.

»Er ist kein Kind dieser Welt, denn da gibt es schon Ihre kleine Tochter. Ich meine das Kind in der Welt der Geister«, fuhr sie fort.

Mir kam es vor, als würde mein Herz einen Schlag lang aussetzen. Ungläubig starrte ich sie an.

»Er sagt, es ist alles gut. Sie sollen sich keine Vorwürfe machen. Verstehen Sie, was er damit meint?«

Ich nickte stumm. Tränen strömten mir über die Wangen.

Nachdem Jon und ich wieder zusammengezogen waren, fühlten wir uns stärker als je zuvor. Molly wuchs rasch heran. Bald entstand in uns der Wunsch, ein weiteres Kind zu bekommen. Schon immer hatten wir von einer großen Familie geträumt. Ich wünschte mir mindestens vier Kinder und hielt es für besser, wenn der Altersunterschied zu Molly nicht zu groß war. Es war schöner, wenn sie mit ihrem Geschwisterchen spielen konnte, anstatt es zu beaufsichtigen. Ich träumte von einer großen liebevollen Familie, die mich für all die Probleme in meiner eigenen entschädigen würde. Meine Kinder sollten mir jederzeit vertrauen können und sicher sein, dass ich stets und überall für sie da war. Denn das war es auch, was ich mir in der Beziehung zu meiner Mutter gewünscht hatte.

Da die Erinnerung an die Abtreibung noch frisch war, kam es mir so vor, als hätte ich etwas gutzumachen. Mit einem weiteren Kind würde mir das sicherlich zum großen Teil gelingen. Zu unserer Freude wurde ich sehr bald darauf schwanger. Wir freuten uns auf die Aussicht, wieder Eltern zu werden.

Zur gleichen Zeit machten meine Eltern eine schwierige Phase durch. Papi verlor seine Stelle bei der Bank. Da ihm jedoch kein Fehler nachzuweisen war, wehrte er sich gegen die Kündigung. Es hieß, er habe seine Anleger schlecht beraten, und zwar zu seinem eigenen finanziellen Vorteil. Er hingegen beharrte darauf, stets im Interesse seiner Kunden gehandelt zu haben. Da ich wusste, wie geschickt er manipulieren konnte, hatte ich da allerdings meine Zweifel. Seine Bemühungen blieben jedenfalls erfolglos, und so stand er schließlich ohne Arbeit und Einkommen da. Bisher war es meinen Eltern finanziell recht gut gegangen, doch nun bestand die Gefahr, dass sie das Haus verloren.

Paul besuchte mittlerweile die Universität in York. Eines Tages ließ Mami die Bombe platzen: Sie verkündete, Papi, Andrew und sie würden nach York ziehen. Oma sollte mit ihnen kommen. Sie war schon ziemlich gebrechlich und nach einer Reihe von kleineren Schlaganfällen gelegentlich verwirrt. Da man täglich nach ihr sehen musste, konnten meine Eltern sie nicht allein lassen. Meine Mutter erklärte, es gebe keinen Grund mehr für sie, in Wales zu bleiben, zumal seit meinen Anschuldigungen als Kind ein Schatten über ihnen liege. Der Umzug nach York gebe ihnen Gelegenheit zu einem Neuanfang.

Ich war aufs Tiefste verletzt. Schließlich wusste ich nur zu gut, dass diese »Anschuldigungen« der Wahrheit entsprachen, so sehr ich mich heute auch bemühte, sie zu verdrängen. Dass ich aber nun als Sündenbock herhalten sollte, um Papis Fehlverhalten zu vertuschen, empfand ich als verletzend und demütigend. Allerdings war das typisch für seine manipulative und gefühllose Art. Es frustrierte mich, dass außer Jon und mir niemand Bescheid wusste.

Nur zu gern hätte ich meine Mutter während der Geburt des Babys in der Nähe gehabt, und die Aussicht, ohne meine Familie in Wales zu leben, ängstigte mich. Doch es nützte nichts, den Kopf hängen zu lassen. Mir blieb keine andere Wahl, als mich mit meiner neuen Familie zu beschäftigen.

Anfang 2002 kam Katelyn Marie zur Welt. Mit den beiden wunderhübschen Töchtern, die ich nun hatte, fühlte ich mich reich beschenkt. Katelyn war ein pflegeleichtes Baby und schlief oft schon in meinem Arm zufrieden ein. Meine Liebe zu ihr war so überwältigend, dass mir gelegentlich allein bei ihrem Anblick Tränen in die Augen stiegen.

Jon und ich fassten den Entschluss, unsere Beziehung ein für allemal festzuschreiben und zu heiraten – lieber heute als morgen, wenn es nach mir gegangen wäre. Das hieß, dass wir irgendwann die Einzelheiten besprechen mussten: wen wir einluden, wie die Sitzordnung aussehen sollte, wer mich zum Altar führen und wer eine Rede halten würde, und so weiter. Ich schob diesen Augenblick so lange wie möglich vor mir her. Zwar wusste ich, wie Jon über meine Familie dachte, doch ich hing an dem Traum von einer Märchenhochzeit, bei der ich auf nichts verzichten wollte. Leider beschlossen Jean und Jons jüngerer Bruder Matthew, nicht zur Hochzeit zu kommen. Beide wussten über meine Vergangenheit Bescheid und konnten sich nicht damit abfinden, dass mein Vater bei der Trauung eine aktive Rolle übernehmen würde. Wir hatten zu Jean einen engen Kontakt, und sie unterstützte uns in vieler Hinsicht, doch dies war einfach zu viel verlangt.

Als der Hochzeitstag näher rückte, mussten wir uns mit den Themen befassen, denen wir bisher beide ausgewichen waren. Zögernd gestand ich Jon meinen Wunsch, mein Vater solle mich zum Altar führen. Der Schmerz in seinem Blick sprach Bände. Ich wusste, was Jon für mich empfand, seine Ergebenheit bedeutete mir viel, doch noch wichtiger war mir ein normales Leben. Ich wollte mich nicht ständig als Opfer sexuellen Missbrauchs fühlen und glaubte, das nur erreichen zu können, indem ich die Vergangenheit verleugnete. Indem ich meine Kindheitserinnerungen unter Verschluss hielt, bewahrte ich mir die Illusion, »normal« zu sein und »normale« Eltern zu haben. In Wahrheit war nichts weiter von der Realität entfernt als das.

Jon wusste, wie viel mir die Hochzeit bedeutete, und konnte mich nicht daran hindern, die Pläne zu verwirklichen, die mir für den schönsten Tag meines Lebens vorschwebten. Um ihn nicht aufzuregen, sprach ich nur höchst selten über Einzelheiten, aber schließlich wurde der Druck immer größer. Jon kümmerte sich um die Anzüge der Männer für die Hochzeitsparty. Es brach ihm fast das Herz, als ich mir die Maße meines Vaters besorgte und für ihn den gleichen Anzug wie für Jon in Auftrag gab.

Meine Eltern behaupteten, sie könnten es sich nicht leisten, zu meiner Hochzeit zu kommen. Wir müssten also auf sie verzichten. Jon hielt das für eine ausgezeichnete Lösung, doch ich konnte den Gedanken nicht ertragen, meine Familie an diesem großen Tag nicht bei mir zu haben. So flehte ich sie immer wieder an, doch bitte zu kommen. Als sie dann zusagten, erklärte mein Vater kurz darauf, sie würden es doch nicht schaffen. So ging es einige Male hin und her. Am Ende beschloss ich, meinen Eltern den Besuch mit meinen Ersparnissen zu finanzieren. Auf diese Weise konnten sie nicht mehr das Geld als Ausrede benutzen. Also bezahlte ich den Anzug meines Vaters sowie die Pension, in der sie mit meiner Oma und meinen Brüdern übernachten würden. Ich organisierte sogar einen Minibus, der sie am Hochzeitstag zur Kirche bringen sollte. Da sie sich nun nicht mehr herausreden konnten, sagten sie schließlich zu.

Ich hätte besser auf Jon gehört. Oder auch auf meine Eltern. Aber ich war zu allem bereit, damit dieser Tag vollkommen wurde und alle meine Erwartungen an eine Hochzeit erfüllte.

Morgens vor der Trauung bekam ich meine Mutter kaum zu Gesicht. Da unsere Beziehung nie einfach gewesen war, hatte ich Cath, die Frau von Jons Vater, gebeten, mir beim Anlegen des Brautkleids zu helfen. Mami war erzürnt. Ihr schien nicht klar, dass ich mich bei einer so intimen Angelegenheit mit ihr unwohl gefühlt hätte. Nur wenn ich krank gewesen war, hatte sich eine größere Nähe zu meiner Mutter eingestellt, doch zu anderen Zeiten war dies nie der Fall. Als ich wegen der Abtreibung ins Krankenhaus musste, war mir ihr Beistand wichtig. Doch an meinem Hochzeitstag erschien es mir nicht selbstverständlich, meine Mutter in meiner Nähe zu haben. Sie wusste bei solchen Anlässen ebenso wenig mit mir anzufangen wie ich mit ihr. Es war, als würde unsere Beziehung nur auf einer praktischen Ebene bestehen, nicht aber auf einer emotionalen. Cath kannte ich mittlerweile seit fünf Jahren, und mit ihr kam ich viel besser zurecht als mit meiner eigenen Mutter.

Mamis schlechte Laune hielt den ganzen Morgen über an. So ärgerte sie sich, dass der Minibus sie zur Kirche abholen kam, ehe auch Cath und Jons Vater aufbrachen. Ich sah durchs Fenster, wie sie ins Auto stieg; sie wusste sehr wohl, dass die beiden bis zum letzten Augenblick bei mir bleiben würden. Natürlich wird es sie geschmerzt haben, dass die eigene Tochter bei ihrer Hochzeit von einer anderen Frau betreut wurde. Doch meine Mutter hatte nun einmal nie ein so enges Verhältnis zu mir entwickeln können, und auch ich war nicht dazu in der Lage.

Mein Vater wartete unten auf mich, um im Brautwagen mit mir zur Kirche zu fahren. Als der Fotograf erschien, wurde mir plötzlich klar, wie verlogen dies alles war. Es war mir schrecklich unangenehm, als er Papi und mich beim Einsteigen fotografierte. Dabei hatte ich erwartet, dass alles perfekt sein würde.

Auf dem Weg zur Kirche schwiegen wir, denn ich wusste nicht, was ich sagen sollte. Ich malte mir aus, was andere Mädchen wohl an ihrem großen Tag empfinden mochten. Vielleicht schmiegten sie sich an ihren Papi und fühlten sich geliebt und geborgen.

Als wir vor der Kirche anlangten, erschien der Pfarrer, um uns zu empfangen. Sobald die Musik einsetzte, sollte mich mein Vater gemeinsam mit den Brautjungfern und den Pagen zum Altar führen. Als es so weit war, nahm ich zögernd Papis Arm, ohne ihn anzusehen.

Doch als ich dann Jon vor dem Altar auf mich warten sah, wusste ich plötzlich wieder, worum es an dem Tag ging. Er sah fantastisch aus, die blaue Farbe seines Fracks betonte das Blau seiner Augen. Als er mich anlächelte, trat alles andere in den Hintergrund. Seinetwegen war ich hier, und nur mit ihm hatte mein Leben einen Sinn.

Als wir uns das Jawort gaben, wurde mir warm ums Herz. Früher hatte ich mich oft gefragt, wie ich mich wohl bei meiner Trauung fühlen würde. Würde ich Zweifel haben? Wie konnte ich sicher sein, dass es der Richtige war? Bei Jon aber wusste ich es einfach. Es »fühlte sich richtig an«, und das war alles, was zählte.

Auf der Rückfahrt zum Hotel ging es mir weitaus besser als auf dem Weg zur Kirche. Jon und ich tranken Champagner, und ich war glücklich und zufrieden, mich an meinen Mann schmiegen zu können. Ich würde mich daran gewöhnen müssen, dass ich nun Latchem-Smith hieß, aber der Name gefiel mir. Vor allem war ich froh darüber, meinen alten Namen ablegen zu können.

Der Fotograf machte seine Bilder, doch Jon und mir bedeuteten sie nichts. Auf den Fotos mit seiner Familie fehlten seine

Mutter und sein Bruder, und auf denen mit meiner Familie war Papi zu sehen. Letztlich holten wir die Aufnahmen nach der Hochzeit gar nicht erst vom Fotografen ab. Wir wussten, welche Geheimnisse sich hinter dem gezwungenen Lächeln verbargen, Geheimnisse, die wir am liebsten vergessen hätten. So behielten wir von diesem Tag nur das im Gedächtnis, woran wir uns auch erinnern wollten.

An der Hochzeitstafel saßen meine Mutter und mein Vater nicht an der Stirnseite. Mein Vater war nicht aufgefordert worden, eine Rede zu halten.

Sicherlich werden uns einige der Gäste für unkonventionell gehalten haben, aber das störte uns nicht. Durch die Rolle meines Vaters hatte unser großer Tag ohnehin schon gelitten. Nun waren wir entschlossen, zumindest den Abend ohne weitere Unannehmlichkeiten zu genießen. Wir tanzten bis spät in die Nacht und kosteten jeden Augenblick des wunderbaren Fests aus. Erschöpft fielen wir schließlich ins Bett. Jetzt waren wir Mann und Frau, und nichts konnte uns mehr trennen.

12

Der Anruf

Als Jungverheiratete gingen wir ganz in unserer Beziehung auf und entschlossen uns schließlich sogar, ein Haus zu kaufen. Unser neues Heim lag gleich vor den Toren von Swansea, und wir fühlten uns dort schon bald zu Hause. Doch meine vom Missbrauch geprägte Kindheit warf weiterhin einen Schatten über unser Leben. Darunter litt auch das gemütliche Umfeld, das wir uns mit so viel Mühe geschaffen hatten. Ich konnte meiner Vergangenheit einfach nicht entfliehen. Jedes Mal, wenn ich glaubte, endgültig damit abgeschlossen zu haben, schob sie sich wieder zwischen uns. Ich wollte nicht einsehen, warum Jon sie nicht einfach zu den Akten legen und nach vorn blicken konnte. Er wiederum verstand nicht, dass ich das fertigbrachte. Unser Leben glich einem Kampf gegen Windmühlen, und im Zentrum des Konflikts stand meine Familie. Jedes Mal, wenn das Telefon klingelte, schlug mir das Herz bis zum Hals. Wenn es meine Eltern waren, wusste ich, dass gleich schlechte Stimmung herrschen würde. Vor der Hochzeit hatte Jon mein Verhalten hingenommen und meine Eltern mehr oder weniger geduldet, doch jetzt, da wir verheiratet waren, konnte er seinen Abscheu vor ihnen nicht mehr verbergen.

Dass wir zwei Töchter hatten, bestärkte ihn wesentlich in seiner unnachgiebigen Haltung. Er wollte mit meiner Familie keinerlei Kontakt haben, und wenn wir uns stritten, verlangte er häufig, ich solle mich zwischen ihm und ihnen entscheiden. Sie waren die Ursache aller unserer Auseinandersetzungen. Außer meinen Eltern gab es nichts, was uns entzweien konnte, nichts, womit wir gemeinsam nicht fertig geworden wären. Trotz all meiner Bemühungen, mir ein neues Leben aufzubauen, hatte ich, was meine Eltern betraf, weder auf der Ebene des Bewusstseins noch der Gefühle Fortschritte gemacht. Ich zog es vor, in meinem engen Schutzkokon zu verharren, wo ich mich vor der Wahrheit sicher fühlte.

Eines Abends hatten wir einen fürchterlichen Streit, den schlimmsten, seit wir uns kannten. Obwohl wir erst seit wenigen Monaten verheiratet waren, warf ich in meiner Verzweiflung meinen Ring nach Jon. Ich konnte einfach nicht mehr, und ihm ging es genauso. Seit Jahren liefen wir nun schon im Kreis. Jon wollte nichts mit meinen Eltern zu tun haben, und ich wollte sie unbedingt in mein Leben einbeziehen. Aus dieser Pattsituation fanden wir einfach keinen Ausweg, denn wir waren beide zu stur, um einen Kompromiss zu schließen.

Wir schliefen eine Nacht darüber und hatten bis zum Morgen bereits beschlossen, das Problem zu ignorieren und unser »normales« Leben wieder aufzunehmen – mit anderen Worten, wir kehrten ganz nach Art meiner Familie alles unter den Teppich. Es war wirklich absurd. In meiner Kindheit hatte ich meine Mutter stets dafür gehasst, dass sie der Wahrheit nicht ins Gesicht sah; dass sie nicht erkennen wollte, was mit mir geschah; dass sie so tat, als wäre alles in bester Ordnung. Und jetzt, dreizehn Jahre später, verhielt ich mich genauso.

Das war der Punkt, an dem ich an meinem Verstand zu zweifeln begann. Die anderen hatten mich immer eine Lügnerin genannt, sie hatten behauptet, ich sei krank und brauche Hilfe. Als ich heranwuchs, hatten meine Eltern bei meinen

Äußerungen oft den Kopf geschüttelt. »Julia übertreibt«, hieß ein geflügeltes Wort in der Familie, und Kommentare wie dieser waren die Regel. Aber wenn sie nun recht hatten? Wenn all das nur in meiner Vorstellung existierte und nie wirklich passiert war? Beweise hatte ich keine, nichts, womit ich hätte zeigen können, dass meine Erinnerungen der Realität entsprachen. Wie konnte ich den bruchstückhaften Erinnerungen eines gepeinigten Kindes mehr Glauben schenken als den vertrauenswürdigen, respektablen Erwachsenen, die schworen, nichts dergleichen sei je geschehen?

Die Vorstellung war zu schmerzlich, um auch nur darüber nachzudenken. Wenn ich meine Kindheit betrachtete, musste ich mich entweder damit abfinden, dass ich nicht ganz bei Verstand war und tatsächlich Hilfe brauchte oder dass ich in der Tat kranke und perverse Eltern hatte. Beide Alternativen schreckten mich und hätten die Seifenblase, in der ich lebte, zum Platzen gebracht. Da war es einfacher für mich, auf dem Zaun sitzen zu bleiben und keine der beiden Straßen zu nehmen. Wenn ich stillhielt, hatte ich mein Schicksal wenigstens halbwegs unter Kontrolle. Zumindest glaubte ich das.

Ich entschloss mich, nur noch halbtags zu arbeiten, um mehr Zeit mit den Mädchen verbringen zu können. Eines Nachmittags hatte sich Katelyn gerade zu ihrem Mittagsschlaf hingelegt, als das Telefon klingelte. Es war Papi. Das war an sich nichts Unübliches – wir sprachen fast jeden Tag miteinander. Allerdings hörte er sich ungewöhnlich besorgt an. Ich erkundigte mich, wo Mami sei, und erfuhr, dass sie zum Friseur gegangen war. Er erklärte mir, er gehe jetzt jede Woche in die Kirche, er sei Christ geworden und sein Glaube bedeute ihm viel. Das war eine ganz neue Seite an meinem Vater. Meine Brüder und ich waren zwar getauft, aber unsere Familie war nie besonders fromm gewesen. Bei meiner Hochzeit hatten wir alle zum ersten Mal seit Jahren wieder eine Kirche betreten.

»Ich muss dir etwas sagen«, fuhr Papi fort. »Mir ist klar, dass du kein einfaches Leben hattest, und du sollst wissen, dass ich mir meiner Schuld bewusst bin.«

»Was willst du damit sagen?«, fragte ich.

»Alles, was passiert ist, als du klein warst ... du sollst wissen, dass es tatsächlich passiert ist. Und es tut mir wirklich leid, was ich dir angetan habe. Ich will nicht, dass du die Schuld bei dir suchst«, erwiderte er.

Plötzlich war meine Haut schweißnass, und mein Herz begann zu rasen. Ich konnte hören, wie es in meiner Brust hämmerte. Fast wäre mir der Hörer aus der Hand gefallen. Ich konnte nicht glauben, was da an mein Ohr drang. Und ich wusste auch nicht, wie ich reagieren sollte. Ich hatte geglaubt, dass dieser Tag niemals kommen würde, und nun war ich erst einmal ratlos. Ich musste unbedingt wissen, was er da gerade eingestand. Wollte er mir sagen, dass jede kleine Einzelheit, die sich mir ins Gedächtnis gebrannt hatte, wahr war? Dass ich also keineswegs den Verstand verlor?

»Soll das heißen, du hast all die Dinge wirklich getan, Papi? Ich bin also nicht verrückt? Ich muss wissen, was du mir sagen willst.«

»Ja, es ist alles so gewesen, Julia. Aber mehr kann ich nicht tun, verstehst du? Mami, Paul und Andrew dürfen nie davon erfahren. Es muss unter uns bleiben. Ich wollte nur, dass du weißt, dass es passiert ist, damit du es ein für allemal hinter dir lassen und dein Leben leben kannst.«

Ich war wie vor den Kopf gestoßen. Wie gefühllos musste er sein, um anzunehmen, dass er sich durch dieses Geständnis aus der Affäre ziehen konnte! Offenbar hoffte er allen Ernstes, dass ich einfach sein Geständnis zur Kenntnis nahm und dann das Ganze vergaß. Plötzlich wollte ich das Gespräch nur noch beenden. Ich wollte nichts mehr hören. Ich konnte es nicht ertragen. Aber eine Frage musste ich vorher noch loswerden, eine Frage, die mir in den vergangenen dreizehn Jahren ständig im Kopf herumgegangen war.

»Eins musst du mir noch sagen, Papi, ich muss es unbedingt wissen. Warum? Warum hast du das getan?«

Er seufzte müde, und meine Frage hing in der Luft wie ein übler Geruch. Aber ich bestand auf einer Antwort.

»Bitte. Wenn du etwas wiedergutmachen willst, dann antworte mir.«

Er hüstelte verlegen, um Zeit zu gewinnen, während er offenbar um Worte rang. Schließlich sagte er: »Ich habe dich einfach zu sehr geliebt.«

Wie sollte ich darauf reagieren? Eine Welle von Scham- und Schuldgefühlen spülte über mich hinweg. Ich wollte ihn so gern hassen, ihn verabscheuen für das, was er mir angetan hatte, aber er war mein Vater ... Und ich liebte ihn noch immer. Seine Worte, er habe mich »zu sehr geliebt«, hatten mich in meinem tiefsten Innern getroffen. Er spielte mit meinen Gefühlen. Er wusste, dass ich ihn nicht hassen konnte, wenn er sagte, er habe mich geliebt. Warum konnte er nicht zugeben, dass ich ihm egal war, dass ich eben da gewesen war und er mich benutzt hatte? Ich brauchte einen Grund, ihn zu hassen, aber noch immer fühlte ich mich dazu nicht in der Lage.

Ich hatte immer schon Angst gehabt, dass das eines Tages kommen könnte – obwohl es mir ja auch Gelegenheit verschaffte, endlich alles für mich zu klären. Als ich aufgelegt hatte, sank ich auf den Boden. Erschöpft und ausgelaugt, wie ich war, wusste ich nicht, was ich von dem Gespräch halten sollte.

Doch langsam sah ich einen Sinn in dem Ganzen. Jetzt verstand ich, warum er nicht zur Hochzeit kommen wollte. Warum er nicht mein Brautführer sein und keine Rede halten wollte. Jahre meines Lebens hatte ich damit zugebracht, mich zu fragen, ob meine Erinnerungen richtig waren, während ihm die ganze Zeit über klar gewesen war, was er mir angetan hatte.

In mir tobten die unterschiedlichsten Gefühle. Zunächst war es Erleichterung, weil ich endlich wusste, dass ich nicht verrückt wurde und dass meine Erinnerungen der Wahrheit entsprachen. Dann war ich glücklich und freute mich darüber, dass er den Mut gehabt hatte, mich anzurufen. Ich begann Entschuldigungen für ihn zu suchen. Schließlich hätte er mich nicht anzurufen brauchen, oder? Er hätte mich für den Rest meines Lebens in Unsicherheit und Verwirrung schmoren lassen können. Aber das hatte er nicht getan, nicht wahr? Das zeigte doch, dass er ein guter Mensch war, oder? Das alles versuchte ich mir einzureden. Dabei hatte ich eigentlich keine Ahnung, was ich davon halten sollte.

Und dann kam die Wut. Wie konnte er nur glauben, damit sei alles wieder in Ordnung? Wie konnte er mich dreizehn Jahre lang in diesem Zustand lassen und meinen, mit einem kleinen Anruf sei alles gut? Wie sollte ich denn seiner Ansicht nach reagieren? So tun, als sei nie etwas geschehen? Wie konnte ich das, nachdem er mir doch gerade den Beweis dafür geliefert hatte, dass er ein Kinderschänder war? Aber genau da lag immer noch das Problem: Ich hatte keinen Beweis. Ein Telefonanruf bedeutete gar nichts, das wusste er genauso gut wie ich. Ich würde nie irgendetwas von dem beweisen können, was er gerade zugegeben hatte. Meine Mutter würde mir unter keinen Umständen glauben, und Papi würde ihr niemals gestehen, was er mir gesagt hatte. Ich saß also genauso in der Klemme wie vorher.

Als ich Jon von dem Telefonat erzählte, war er außer sich vor Zorn. Er konnte kaum glauben, dass mein Vater die Stirn besaß, alles zuzugeben und dann von mir zu erwarten, es »gut sein zu lassen« wie ein braves Mädchen. Damit erniedrige er mich, als sei ich ein Tier und nicht seine Tochter. Jon erkannte, dass mein Vater mich manipulierte, damit ich Stillschweigen bewahrte. Dennoch klammerte ich mich weiterhin an die Überzeugung, dass er nur das Beste für mich wolle und daher meinen Respekt verdiene.

Zu diesem Zeitpunkt war ich schon so verstört, dass nichts mehr zu mir durchdringen konnte. Ich hielt mich an dem Gedanken fest, dass mein Vater mich nach wie vor liebte. Ich war immer noch das Kind im zarten Alter von acht Jahren, dem er die Unschuld geraubt hatte. Trotz allem, was sich seither verändert hatte, war ich dreizehn Jahre später emotional auf dem Stand von 1989 und kämpfte verzweifelt um Papis Anerkennung.

In meinem Kopf schob ich alle weitergehenden Motive, die möglicherweise hinter seinem Anruf steckten, beiseite und hielt mich an den Rat meines Vaters. Ich wollte das Geschehene hinter mir lassen und nach vorn blicken. Die Vergangenheit, so sagte ich mir, spielt keine Rolle mehr.

Ich nahm also die Enthüllungen meines Vaters und legte sie im hintersten Winkel meines Bewusstseins ab. Er hatte das Boot zum Schwanken gebracht, und dabei wollte ich seit jeher nichts anderes als Normalität. Unser Leben ging weiter, als hätte es den Anruf nie gegeben. Und wieder einmal kehrten wir die Sache unter den Teppich.

Ich brauchte etwas, womit ich mich beschäftigen konnte, um nicht von meiner Vergangenheit überrollt zu werden. Zum Glück bot man mir an, in die Zentrale meiner Bank in Manchester überzuwechseln. Dort würde ich mir endlich eine Karriere aufbauen können. Nie hatte mich die Vorstellung, meinem Leben eine neue Wendung zu geben, so gereizt. Seit ich mit sieben Jahren nach Wales gezogen war, hatte mir das Schicksal immer wieder Steine in den Weg gelegt. Ein Umzug, so nahm ich an, würde uns einen Neubeginn ermöglichen. Außerdem war Manchester nur wenige Fahrtstunden von York entfernt. Ich würde meine Eltern öfter sehen können, und auch das war ein verlockender Gedanke.

Ich besprach die verschiedenen Möglichkeiten mit Jon. Als wir nach Swansea gezogen waren, hatte er zunächst für die Zulassungsstelle gearbeitet, dann für die Bank HSBC und schließlich als auf Breitbandtechnik spezialisierter Berater für den Telekommunikationsanbieter BT. Der Hauptsitz dieser Firma, bei der er nach wie vor beschäftigt war, befand sich ebenfalls in Manchester – ein Stellenwechsel innerhalb des Unternehmens war also vorstellbar. Wir beschlossen, es zu versuchen. Im August war alles unter Dach und Fach, wir luden unsere Siebensachen in den Umzugswagen und fuhren einem Neuanfang entgegen.

Allerdings hatte ich Schwierigkeiten, mich in Manchester einzugewöhnen. In Wales waren alle freundlich, und man fand schnell Kontakt. Dagegen schien es unmöglich, in einer Großstadt wie Manchester Freunde zu finden. Auch in der Bank war alles anders. Die launigen Neckereien, die ich gewohnt war, fehlten mir hier ebenso wie die mütterliche Art der Frauen, mit denen ich zusammengearbeitet hatte. Offenbar kümmerte sich jeder nur um sich selbst, und ich hatte die größten Schwierigkeiten, damit zurechtzukommen.

Eines Morgens – ich war erst ein paar Wochen an meinem neuen Arbeitsplatz – konnte ich mich nicht in das Computersystem einloggen. Jedes Mal, wenn ich meinen Benutzernamen und das Passwort eingab, erschien auf dem Bildschirm die Meldung »Zugriff verweigert«. Da ich annahm, dass ein Fehler vorlag, bat ich meine Chefin, die Zugangscodes zu überprüfen. Sie forderte mich auf, mit in ihr Büro zu kommen. Ich war verwirrt, denn ich hatte keine Ahnung, was nun kommen würde. Sie schloss die Tür und bot mir einen Stuhl an.

Dann eröffnete sie mir, ich hätte mich in Zusammenhang mit dem Konto einer Person unkorrekt verhalten und man habe eine interne Untersuchung gegen mich eingeleitet. Ich starrte sie mit offenem Mund an. Da ich meine Arbeit stets äußerst gewissenhaft erledigt und mich so professionell und korrekt wie möglich verhalten hatte, konnte ich mir kaum vorstellen, dass einer meiner Kunden sich ohne mein Wissen über mich beschwert haben sollte. Wenn ich jemanden verärgert hatte, so hätte ich das doch sicher bemerkt?

Das Problem war aber, dass ich für ein Familienmitglied ein Konto eröffnet hatte – und das verstieß gegen die Regeln. Die betreffende Person hatte beim Telefonbanking gegenüber einem anderen Mitarbeiter der Bank meinen Namen erwähnt, und der Chefin war signalisiert worden, ich würde möglicherweise betrügerisch handeln oder versuchen, über ein Familienmitglied an Geld zu kommen. Ich hatte mit dieser Kontoeröffnung lediglich jemandem einen Gefallen tun wollen, ohne zu wissen, dass das nicht erlaubt war. Offensichtlich verstieß ich damit gegen die Vorschriften.

Ich konnte mich damit abfinden, einen Fehler begangen zu haben. Da ich aber in gutem Glauben gehandelt hatte, war mein Vergehen wirklich nicht so schlimm, wie man es darstellte.

Wieder einmal hatte ich das Gefühl, mir würde der Boden unter den Füßen weggezogen.

Während der Vorfall untersucht wurde, meldete ich mich krank und kam nur zu wichtigen Konferenzen und Gesprächen in die Arbeit. Ich versank in einer Depression. Morgens hatte ich keine Lust aufzustehen, mich zu waschen, zu essen, ich mochte nicht einmal die Kinder sehen. Ich hatte kein Ziel mehr in meinem Leben und wusste nicht, wie ich mich wieder aufrappeln sollte.

Nun, da ich den ganzen Tag zu Hause war, hatte ich Zeit für mich selbst, die ich mir früher nicht zugestanden hatte. Und das bedeutete die Wiederkehr all der Schmerzen und Qualen, die ich von mir weggeschoben hatte. Tagelang lag ich nur im Bett und ließ meine Vergangenheit an mir vorüberziehen, um zu verstehen, was geschehen war. Ich wollte endlich damit zurechtkommen, doch der Ansturm der Gefühle überwältigte mich. Ich war in einer Welt der Lügen, des Verrats und der Vertuschung gefangen und hatte keine Ahnung, wie ich mich daraus befreien sollte.

Ich tat das Übliche und klammerte mich an meine Eltern. Immer öfter kamen sie zu uns nach Manchester und ermutigten mich, den Kopf nicht hängen zu lassen und weiterzukämpfen. Wie üblich führte das zwischen Jon und mir zu noch größeren Spannungen. Sie erreichten ihren Höhepunkt, als Mami eines Tages vorschlug, die Mädchen sollten eine Zeit lang bei ihr und Papi wohnen, damit wir uns erholen konnten.

Jons Gesichtsausdruck sprach Bände. Meine Beziehung zu

meinen Eltern war eine Zeitbombe. Irgendwann würde das Unvermeidliche geschehen. Auch Jon hatte sicher eine Grenze, und diese, so fürchtete ich, war jetzt erreicht. Er war an meiner Seite geblieben, hatte geduldig darauf gewartet, dass ich mich meiner Vergangenheit stellte, doch inzwischen fragte er sich wohl, ob das jemals der Fall sein würde. Statt der üblichen tränenreichen Auseinandersetzungen sprachen wir diesmal allerdings ganz ruhig über unsere Beziehung.

»Julia, ich liebe dich«, sagte er. »Aber ich schaffe das nicht mehr. Ich kann nicht ruhig zusehen und gutheißen, dass unsere Töchter Kontakt zu deiner Familie haben. Wer bedeutet dir mehr, deine Eltern oder ich? Du willst beide, aber das wird nicht möglich sein.«

Mir war klar, dass er vollkommen recht hatte. Wir taten uns gegenseitig weh. Ich dachte über seine Worte nach. Aber was war das denn für eine Wahl, vor die er mich stellte? Entschied ich mich für Jon, büßte ich meine gesamte Familie ein, denn wenn ich mit meinen Eltern brach, verlor ich auch meine Brüder und die restliche Verwandtschaft. Ob ich das mit meinen zweiundzwanzig Jahren verkraften würde? Und was war, wenn Jon mich trotzdem verließ? Dann stand ich ganz allein da. Weinend rannte ich aus dem Zimmer. Dann erklärte ich Jon, ich müsste einen klaren Kopf bekommen und alles genau durchdenken. Er nickte schweigend. Es tat ihm weh, dass ich über meine Entscheidung überhaupt nachdenken musste.

Ich ging nach unten und tat das, was ich in solchen Situationen immer tat: Ich rief meine Eltern an. Papi, der den Hörer abnahm, fragte besorgt, warum ich weinte. Seit dem Anruf vor einem Jahr hatten wir nicht mehr über meine Vergangenheit gesprochen, aber er wusste, dass sie in meiner Ehe ein zentrales Thema war. Jon war meinem Vater stets demonstrativ aus dem Weg gegangen, und es bedurfte keiner großen Fantasie, um den Grund zu erraten. Jetzt eröffnete ich ihm, dass wir uns wahrscheinlich trennen würden, weil Jon so nicht mehr weitermachen konnte.

Vielleicht schaltete sich an diesem Punkt sein Gewissen ein, oder aber er wollte vermeiden, dass ich in das Leben meiner Eltern zurückkehrte. Wie auch immer, jedenfalls überredete er mich, es noch einmal mit Jon zu probieren. Er meinte, wir sollten uns an eine Eheberatung wenden, um dort unsere Probleme zu klären. Und ich hoffte, dass der Berater Jon davon überzeugen konnte, wie unsinnig ein endgültiger Bruch mit meinen Eltern wäre, wie irrational seine Forderung, ich sollte nie wieder ein Wort mit ihnen wechseln. Dann würde ich die Schlacht gewinnen, ohne zwischen ihm und meinen Eltern wählen zu müssen.

Weder Jon noch ich wollte die Trennung, aber wir wussten, dass wir an einem Scheideweg standen. Nun richteten wir alle unsere Hoffnungen auf die Beratung. Gleich am nächsten Morgen rief ich bei Relate an und vereinbarte einen Eiltermin.

Ich bat meine Mutter, während des Termins auf Molly und Katelyn aufzupassen, und so reisten Mami und Papi am Freitag aus York an. Die Mädchen waren schon gebadet und im Bett, meine Eltern setzten sich bis zu unserer Rückkehr vor den Fernseher. Als Jon und ich das Haus verließen, wusste ich, dass dies die letzte Chance war, unsere Ehe zu retten. Ich hoffte, dass der Berater Jon von meiner Sicht der Dinge überzeugen konnte.

Es war Jon, der dem Berater unser Problem erläuterte. Er schilderte meine Geschichte, den Missbrauch, unsere Lebensumstände und welche Ereignisse dazu geführt hatten, dass unsere Ehe am Ende war. Der Berater hörte aufmerksam zu und signalisierte mit gelegentlichem Nicken, dass er verstanden hatte. Abschließend erklärte Jon, dass er mich vor die Wahl zwischen ihm und meinen Eltern gestellt hatte. Das sei der Konflikt, der uns zu Relate geführt habe.

Zufrieden hörte ich ihm zu. Auf diesen Augenblick hatte ich mit Spannung gewartet. Jetzt würde der Berater Jon erklären, wie unsinnig seine Forderung sei, wie ungerecht es war, mich zum Bruch mit meiner Familie zu zwingen.

Doch plötzlich wandte sich der Berater an mich. »Wo sind Ihre Töchter jetzt, Julia?«

In meiner Verwirrung zögerte ich einen Augenblick. »Zu Hause«, sagte ich dann. Worauf wollte er nur hinaus?

»Aha«, erwiderte er. »Und wer, wenn ich fragen darf, ist bei ihnen?«

Jon senkte den Kopf. Ich hingegen erwiderte selbstbewusst: »Meine Eltern. Aber das ist schon in Ordnung. Meine Mutter ist dabei. Mit meinem Vater habe ich sie noch nie allein gelassen.«

Das Schweigen des Beraters sagte mehr als tausend Worte.

»Dann kann ich wohl davon ausgehen, dass Ihre Mutter nie in der Nähe war, wenn Ihr Vater Sie missbraucht hat?«, fragte er.

Es war, als würden mir die Augen geöffnet. Ich brach in Tränen aus, denn nun dämmerte mir, was ich getan hatte. Meine beiden kleinen Mädchen lagen in ihrem Bett, während im Wohnzimmer ein Kinderschänder saß, den ich selbst herbeigerufen hatte. Reumütig sah ich Jon an. Plötzlich konnte ich nachempfinden, wie er sich in den vergangenen sechs Jahren unserer Beziehung gefühlt haben musste. Er erwiderte meinen Blick. Auch ihm strömten Tränen über das Gesicht. Was hatte ich bloß getan? Was tat ich ihm an? Was mutete ich meinen Kindern zu?

Scham und Schuldgefühle stürmten auf mich ein, wie ich es noch nie erlebt hatte. Ich hasste mich selbst, weil ich so lange gebraucht hatte, um meine Eltern als das zu sehen, was sie wirklich waren – ein Kinderschänder und eine Mutter, die zu zwanghaft war, um den Missbrauch an ihrer Tochter zu bemerken. Ich hatte mich nach einem perfekten Leben gesehnt und mir in meiner Vorstellung perfekte Eltern geschaffen. In Wirklichkeit aber hatte ich meine eigenen Töchter in Gefahr gebracht, ohne auch nur einmal darüber nachzudenken. Nicht ein einziges Mal war mir in den Sinn gekommen, dass ein Mann, der seine achtjährige Tochter missbraucht hatte, durchaus fähig sein konnte, seinen Enkelinnen das Gleiche anzutun. Stets war ich davon ausgegangen, dass ich es war, die ihn zu dieser unerwünschten »Zuwendung« verleitet hatte.

Erst jetzt wurde mir klar, dass die Schuld allein bei ihm lag. Ich hatte nie verstanden, warum sich Jon, besonders nach der Geburt der Mädchen, so heftig gegen den Einfluss meiner Eltern auf unser Leben gewehrt hatte. Nun begriff ich es. Ich hatte als Mutter eindeutig versagt. Ich war nicht besser als meine eigene Mutter, die mich in ihrer Betriebsblindheit schmählich im Stich gelassen hatte, als ich sie am dringendsten gebraucht hätte. Zum Glück hatte ich aber noch eine Chance. Noch war es mir möglich, alles in Ordnung zu bringen.

Der Berater konnte sehen, welche Veränderung in mir vorging. Die Erkenntnis war sehr schmerzhaft. Und dann erklärte er auch noch, er könne die Beratung nicht fortsetzen, solange wir unsere Kinder einer massiven Gefahr aussetzten, um ihn aufzusuchen. Diese Worte waren für mich wie ein Schlag ins Gesicht. Aber wir brauchten die Sitzungen bei ihm sowieso nicht mehr. In einer Stunde hatte er mehr für mich getan als jeder andere Mensch in zweiundzwanzig Jahren.

Als wir das Büro verließen, klammerte ich mich wie eine Ertrinkende an Jon. Ich flehte ihn an, mir zu vergeben, und bat ihn, mich so schnell wie möglich nach Hause zu fahren, damit ich Papi von meinen Kindern wegschicken könnte.

Daheim angekommen, konnte ich meinen Eltern gar nicht in die Augen sehen. Ich schämte mich so sehr, sie mit meinen Mädchen allein gelassen zu haben. Zum ersten Mal, seit ich mich erinnern kann, flößte mir Papis bloßer Anblick Abscheu ein. Ich sah meine Eltern jetzt in einem völlig anderen Licht. Das idyllische Bild, das ich mir von ihnen gezeichnet hatte, war von der grausamen Wirklichkeit zerstört worden. Er war nicht länger mein Papi. Dass er mein Vater war, konnte ich nicht ändern, aber das liebevolle »Papi« hatte er nicht mehr verdient. Jetzt sah ich nur noch einen perversen alten Mann, der sich an kleinen Mädchen verging und den ich vor die Tür setzen wollte. Meine Mutter war zwar nicht verantwortlich für seinen Missbrauch, doch sie hatte sich entschieden, nicht mir, sondern ihm zu glauben. Mich überkamen Zorn und Schmerz, dass sie die Augen vor der Wahrheit verschlossen hatte.

Meine Eltern müssen unsere Feindseligkeit gespürt haben, auch wenn sie wahrscheinlich nicht merkten, dass sie sich gegen sie richtete. Wir sagten kaum ein Wort, und sie brachen rasch auf, ohne Fragen zu stellen. Ich lief ins Kinderzimmer, wo ich die beiden Mädchen friedlich in ihren Bettchen schlafend fand. Bei ihrem Anblick brach mir fast das Herz. Sie waren so klein und verletzlich. Ich ahnte nun, in welch furchtbare Gefahr ich sie gebracht hatte, und versprach ihnen stumm, dass dies nie wieder geschehen würde. Nie wieder würde ich sie Großeltern anvertrauen, die, wie mir nun klar war, zu ihrer Betreuung nicht geeignet waren.

Auch Jon sah ich jetzt in einem neuen Licht. Jahrelang hatte er mir zur Seite gestanden, und nun wurde mir klar, wie schwer und schmerzvoll dieser Weg für ihn gewesen sein musste. Ich setzte mich neben ihn und bat ihn, mir zu verzeihen. All die Jahre hindurch war ich der Wahrheit ausgewichen, um mich bloß nicht mit meiner Vergangenheit auseinandersetzen zu müssen. Doch an jenem Abend war der Kokon, in den ich mich gehüllt hatte, endgültig geplatzt. Jetzt gab es kein Zurück mehr. Ich erkannte in vollem Ausmaß, wie schwerwiegend das Vergehen meines Vaters war, und wusste, dass ich etwas unternehmen musste.

Zu viele Jahre hatte ich darauf gewartet, dass das Leben mir gab, was es mir meiner Meinung nach schuldete. Jetzt stand ich vor der Aufgabe, selbst Verantwortung zu übernehmen und das kleine Mädchen in mir zur Ruhe zu betten. Es brauchte kein Geheimnis mehr zu bewahren, keine Bürde mehr zu tragen. Zum ersten Mal fühlte ich mich als die Frau, die ich sein wollte: nicht als Tochter meiner Eltern, sondern als Ehefrau und Mutter zweier Töchter. Diese Gelegenheit, zu reifen und mich zu entwickeln, musste ich nutzen. Es war Zeit für mich, die Flügel auszubreiten und in die Freiheit zu fliegen.

13

Nimm zwei

Am nächsten Morgen erwachte ich mit düsteren Vorahnungen. Ich wusste, dass mein Leben sich zum Besseren verändert hatte und dass es kein Zurück gab. Doch was würde die Zukunft für mich bereithalten? Ich wusste nicht, welche Richtung ich einschlagen sollte – so als hätte ich mich verlaufen. Zugleich aber spürte ich auch eine merkwürdige Macht, denn nun lag die Entscheidung bei mir. Ich brauchte meine Eltern nicht mehr um Erlaubnis zu fragen und um ihre Zustimmung zu bitten. Da ich ihr Verhalten nun in einem klaren, realistischen Licht wahrnahm, war ich zum ersten Mal in der Lage, auf eigenen Füßen zu stehen.

Jon und ich kamen überein, Gerechtigkeit zu suchen. Daher überlegten wir uns Mittel und Wege, wie wir das bewerkstelligen konnten.

Nach sechs langen Jahren standen Jon und ich also endlich auf derselben Seite. Das einzige Hindernis, das stets zwischen uns gestanden hatte, war verschwunden. Wir waren uns einig in unserer Entschlossenheit, das Familiengeheimnis, das unsere gesamte Beziehung überschattet hatte, früher oder später zu lüften. Mir war klar geworden, dass das Schuldbekenntnis meines Vaters nicht ausreichte, wenn Jon und ich als Paar weiter wachsen wollten. Noch dazu, da mein Vater darauf bestanden hatte, es müsse unser kleines Geheimnis bleiben. Er hatte angenommen, ich würde nach seinem Geständnis in der Lage sein, die Sache zu begraben und ihm zu vergeben. Er hatte sich getäuscht. So einfach war das nicht.

Noch am gleichen Abend setzten Jon und ich uns zu einer Lagebesprechung zusammen. Jon war vor allem an einer vollständigen Aufdeckung gelegen; mein Vater sollte gezwungen werden, der Welt sein wahres Gesicht zu zeigen. Ich hingegen wollte versuchen, den Rest von Familie zu retten, der mir noch geblieben war. Dabei hoffte ich, es würde mir gelingen, zu meiner Mutter durchzudringen und ihr die Augen über meinen Vater zu öffnen. Wenn sie sich eingestand, was mein Vater seiner Tochter angetan hatte, musste sie sich auch mit ihrem eigenen Verhalten auseinandersetzen. Ob sie dazu jemals in der Lage sein würde, schien mir allerdings fraglich.

Jon meinte, alles wäre einfacher, wenn wir das Telefonat, das ich im Jahr zuvor mit meinem Vater geführt hatte, aufgezeichnet hätten. Wenn wir irgendeinen handfesten Beweis vorlegen konnten, musste der Rest meiner Familie dieses Mal zwangsläufig die Wahrheit akzeptieren – selbst wenn mein Vater oder meine Mutter sie weiter leugneten.

Über dieses Thema hatten wir auch früher schon gesprochen. Selbst als ich schon erwachsen war, hatte niemals irgendeine maßgebliche Person mir gegenüber eingeräumt, dass ich alles andere war als »ein Mädchen, das Lügen über seinen Vater erfindet«. Die Aufzeichnung eines Telefongesprächs würde mir jedoch ein Mittel an die Hand geben, um Angehörigen und Freunden meine Glaubwürdigkeit zu beweisen, wenn es an der Zeit war, mich auch auf offizieller Ebene mit meiner Vergangenheit auseinanderzusetzen. Jetzt, da ich innerlich endlich dazu bereit war, brauchte ich vor allem einen handfesten Beweis.

Ich wandte mich Jon zu. »Versuchen wir's doch noch einmal«, sagte ich.

Meine Eltern hatten keine Ahnung, dass ich mich immer noch mit den Themen aus meiner Vergangenheit beschäftigte. Sie wussten zwar, dass Jon sie nicht mochte, doch ich blieb für sie die brave Tochter, die ihnen treu ergeben war. Und sie vermuteten wohl kaum, dass ich jetzt den Missbrauch meines Vaters aufdecken wollte. Wir mussten eine Möglichkeit finden, das Telefongespräch vom vergangenen Jahr zu wiederholen, ohne dass Papi Verdacht schöpfte. Allerdings mussten wir rasch handeln, bevor meinen Eltern unsere veränderte Haltung auffiel.

Wir entschlossen uns, bei der lokalen Polizeidienststelle um Rat zu fragen. Zwar war ich mir immer noch nicht sicher, wie weit ich wirklich gehen wollte, doch ich hielt es für sinnvoll, die juristische Seite der Sache zu klären, ehe wir irgendwelche Schritte unternahmen.

Als wir die Wache betraten, wurde mir übel. Die vertrauten Angstgefühle stiegen in mir auf, doch diesmal war es anders. Diesmal hielt ich die Zügel in der Hand. Keiner schrieb mir vor, was ich tun oder sagen sollte. Und ich fürchtete mich nicht vor den Konsequenzen. Dieses Mal konnte ich bestimmen, was geschehen würde.

Wir erkundigten uns nach einem Ansprechpartner für einen Fall von Kindesmissbrauch, der sich in der Vergangenheit ereignet hatte. Neugierig sah man uns an, dann bat man uns, Platz zu nehmen. Wenig später winkte uns eine Beamtin in ein Gesprächszimmer. Zunächst machte ich deutlich, dass wir vorerst keine Anzeige erstatten wollten. Es ginge uns lediglich um einen Rat für unser weiteres Vorgehen. Nachdem ich ihr kurz meine Kindheit geschildert hatte, berichtete ich von dem Telefonat, in dem mein Vater den Missbrauch zugegeben hatte.

Und dann kam meine Frage: »Wenn ich dieses Gespräch aufgezeichnet hätte, wäre das ein ausreichender Beweis für eine Verurteilung gewesen, falls ich mich entschlossen hätte, ihn anzuzeigen?«

Die Beamtin verließ kurz den Raum, um sich mit ihren Kollegen zu beraten. In diesem Augenblick begriff ich erst so richtig, was mit meiner Frage verbunden war. Wenn ich einen stichhaltigen Beweis in der Hand hatte, würde ich mich mit meiner Vergangenheit auf die Art und Weise auseinandersetzen können, die mir richtig erschien. Ich würde mich nicht mehr damit abfinden müssen, als »Lügnerin« zu gelten. Ich würde ein aufrechtes und wahrhaftiges Leben führen und all die Lügen und Täuschungen hinter mir lassen können, die die vergangenen zweiundzwanzig Jahre geprägt hatten.

Als die Beamtin nach einiger Zeit zurückkam, konnte sie uns keine verbindliche Antwort geben. Sie vermutete jedoch, das Band würde vor Gericht nicht als Beweismittel zugelassen werden, da mein Vater über die Aufzeichnung nicht informiert gewesen sei. Das hatten Jon und ich schon fast erwartet. Doch im Lauf unserer Diskussion über diese Idee war ich zu der Überzeugung gelangt, dass ich nur auf diesem Weg weiterkommen würde. Außerdem hatte ich mich noch gar nicht entschieden, ob ich das Band wirklich verwenden wollte, um meinen Vater zu überführen. Dennoch schien es mir immer wünschenswerter, einen Beweis in der Hand zu haben – und wenn auch nur meiner geistigen Gesundheit zuliebe.

Wir kauften also die notwendigen technischen Geräte und probierten sie zu Hause aus, um sicherzugehen, dass sie keine Störungen in der Telefonleitung auslösten. Da meine Eltern womöglich Argwohn schöpfen würden, wenn ich sie nicht anrief, mussten wir noch am gleichen Abend handeln.

Wir konnten es kaum erwarten, die Mädchen schlafen zu legen, denn wir wollten sichergehen, dass sie uns bei dem Anruf nicht unterbrachen. Ob es überhaupt klappen würde? Es konnte schließlich einiges schiefgehen. Was war, wenn mein Vater nicht ans Telefon ging? Oder wenn er es nicht zugab? Oder wenn er nicht reden konnte, weil meine Mutter in der Nähe war? Es gab so vieles zu berücksichtigen, und deshalb sprachen wir alle erdenklichen Möglichkeiten durch. Wie konnte ich ihn auch unter schwierigen Umständen zu einem Geständnis bewegen? Als wir schließlich sicher waren, dass wir alles bedacht hatten, beschlossen wir, zur Tat zu schreiten. Uns war klar, dass wir nur diese eine Chance hatten. Wenn wir scheiterten, würde es viel schwieriger sein, das Thema überhaupt noch einmal anzuschneiden. Jetzt oder nie ...

Ich bat Jon, für die Dauer des Telefonats den Raum zu verlassen. Obwohl er mich unterstützte und meine Entschlossenheit bewunderte, musste ich dabei allein sein. Es war eine Reise, auf die ich niemanden mitnehmen konnte.

Um keinen Verdacht zu erwecken, machte ich alles wie immer, als ich zum Hörer griff: Ich wählte die Handynummer meines Vaters und ließ es drei Mal klingeln, damit er mich zurückrief. Bereits Sekunden später läutete mein Telefon. Mit zitternden Fingern drückte ich die Aufnahmetaste.

Mike: »Hallo!«

Julia: »Grüß dich.« Meine Stimme klang so niedergeschlagen, wie ich mich fühlte.

Mike: »Na, was ist los?«

Ich schniefte und seufzte, während ich mich für den steilsten Berg wappnete, den ich je habe erklimmen müssen: den Mann, der mich missbraucht hat, direkt darauf anzusprechen ...

Julia: »Ach, alles.« Mike: »Alles? Das klingt aber wirklich gewaltig, ›alles‹.«

Er wirkte so verärgert, als wüsste er bereits, was kommen würde.

Julia: »Ich weiß.«

Mike: »Willst du dich nicht ein bisschen klarer ausdrücken?«

Julia: »Wo bist du? Bei Oma?«

Mike: »Ja.«

Ich hielt inne, denn plötzlich überkam mich Panik. Wie konnte ich ihn zur Rede stellen, wenn er sich im Kreis meiner Angehörigen befand? Das Schweigen wurde allmählich ungemütlich. Verzweifelt rang ich um die richtigen Worte.

Er brach das Schweigen, wobei er das Thema wechselte.

Mike: »Wo sind die Kinder? Im Bett?«

Julia: »Ja.«

Mike: »Und Jon?«

Wenn ich ihn zu einem Geständnis bewegen wollte, musste ich ihm glaubhaft machen, dass nur ich allein seine Worte hörte. Zwar wusste er, dass Jon sich an diesem Tag wegen eines Vorstellungsgesprächs freigenommen hatte, doch irgendwie musste ich ihm einreden, Jon sei nicht in der Nähe. An einem normalen Arbeitstag würde er gewöhnlich erst sehr viel später nach Hause kommen. Diese Tatsache machte ich mir zunutze.

Julia: »Er arbeitet.«

Mike: »Ich dachte, er ist heute nicht in der Arbeit?«

Julia: »Nein, um zu dem Vorstellungsgespräch gehen zu können, musste er einen Arzttermin vorschieben.«

Mike: »Aha, verstehe. Und du? Warst du bei deinem Vorstellungsgespräch?«

Julia: »Ja.«

Mike: »Zeitverschwendung? Oder ...?«

Julia: »Wie bitte?« Mike: »Ob das Zeitverschwendung war?« Julia: »Absolut. Den Job würde ich nicht einmal dann haben wollen, wenn sie mich nehmen würden.«

Mike: »Aha. Soso. Und Jon?«

Julia: »Er weiß noch nichts. Er weiß nicht, wie es gelaufen ist.«

Mike: »Aha. So weit, so schlecht ... Gibt's was Neues von der Bank?«

Julia: »Nein.«

Mike: »Nein? Hast du Nachrichten aus Swansea, wie weit sie dort sind?«

Da ich das Bankkonto, um das es ging, in der Zweigstelle Swansea eröffnet hatte, waren die dortigen Mitarbeiter meiner neuen Chefin bei der Untersuchung behilflich. Die Leute in Swansea unterstützten mich nach Kräften und hielten mich über alles auf dem Laufenden. Darüber wollte ich jedoch nicht mit ihm sprechen. Langsam wurde ich ungeduldig. Es musste jetzt etwas vorangehen, aber wie sollte ich bloß das Thema anschneiden? Mit jeder Frage, die er mir stellte, wurde es schwieriger, dem Gespräch die entscheidende Wendung zu geben.

Julia: »Nein, Nein.«

Mike: »Nein?«

Julia: »Nein.«

Ich hatte nicht die Absicht, mehr dazu zu sagen, obwohl ich merkte, dass er darauf wartete. Schließlich hatte ich ihn nicht wegen der internen Untersuchung gegen mich angerufen und nahm inzwischen an, dass ihm das nur allzu klar war.

Mit einem Seufzer unterbrach ich ihn, als er zur nächsten Frage ansetzte.

Julia: »Kann ich mit dir allein sprechen?«

Mike: »Ja, klar, in Ordnung ...«

Er versicherte mir, er habe das Zimmer verlassen und sei jetzt allein.

Julia: »Und wo bist du nun?«

Mike: »In Omas Schlafzimmer.«

Julia: »Oh ...«

Das war keine ideale Voraussetzung, denn Oma lebte in einer kleinen Zweizimmerwohnung – meine Mutter, Oma und meine Brüder waren also noch in Hörweite. Und ich wollte unbedingt ein umfassendes Geständnis.

Julia: »Kannst du nicht rausgehen?«

Mike: »Wie bitte?«

Julia: »Kannst du nicht rausgehen?«

Mike: »Ach, hier kann keiner mithören. Warum?«

Julia: »Ich bin nur noch ... ein Nervenbündel.«

Mike: »Wie bitte?«

Julia: »Ich bin mit den Nerven total am Ende.«

Mike: »Du bist mit den Nerven am Ende? Und wieso?«

Julia: »Wegen allem. Ich kann einfach nicht mehr.«

Mike: »Du kannst nicht mehr? Probleme mit Jon?«

Julia: »Ja.«

Mike: »Ach? Und welche Art von ... äh ... welche Art von Problemen?«

Er seufzte, wahrscheinlich weil er merkte, worauf das Gespräch hinauslief.

Julia: »Wegen der Vergangenheit.«

Mike: »Ich dachte, das hätten wir inzwischen geklärt?«

Julia: »Tja, als wir bei Relate waren, ist alles wieder hochgekommen.«

Mike: »Ach? War das an dem Abend, als wir bei euch waren, oder seid ihr inzwischen noch mal hingegangen?«

Julia: »Wie bitte ...?«

Mike: »Wart ihr ein zweites Mal dort, oder geht es um das eine Mal, als wir bei euch waren?«

Julia: »Nein, nur um den Abend, als ihr bei uns wart.«

Mike: »Na, das reicht ja auch, oder nicht? Natürlich wirkt sich die Vergangenheit auf die Gegenwart aus. Wenn man zu einer sogenannten Eheberatung geht, kramen die natürlich alles hervor, was Probleme verursacht. Klar, diese Geschichte hat über die Jahre jede Menge Probleme geschaffen, zwischen dir und Jon, zwischen Jon und uns, und – wie heißt sie doch gleich – mit Jean, und mit weiß Gott wem noch ...«

Julia: »Ja.«

Mike: »Ich dachte, äh, ich dachte, wir hätten das geklärt.«

Julia: »Ja, bis man dann in einer Eheberatung sitzt und über das Thema spricht. Dann kommt alles wieder hoch.«

Mike: »Ja, aber, äh, aber, äh, ich dachte, Jon hätte eingesehen, dass, äh, dass es keinen Sinn hat, in der Vergangenheit zu leben und die Vergangenheit wieder aufzuwühlen und sich über die Vergangenheit Gedanken zu machen und zuzulassen, dass sie einen am Leben hindert, verstehst du?«

Julia: »Ja, aber er muss trotzdem darüber sprechen, wie es ihm damit geht, anstatt einfach, na ja, so zu tun, als wäre das alles nie passiert.«

Mike: »Mhm.«

Julia: »Ich weiß einfach nicht mehr weiter. Ich ... ich verstehe es einfach nicht. Ich habe so viele Fragen, auf die ich eine Antwort bräuchte. Und, äh, ich will das ja wirklich hinter mir lassen. Aber es gibt so vieles, was ich dazu noch wissen muss.«

Mike: »Ist das das einzige Problem zwischen dir und Jon, oder ist das Leben im Allgemeinen ...«

Julia: »Nein, das ist das einzige. Das einzige, das zu einer Trennung führen könnte. Und als wir es mit dem Berater ansprachen, stellte er mir eine Menge Fragen, weißt du, und ich verstehe es einfach nicht. Weißt du, letztes Jahr darüber zu reden war ja nicht weiter schwierig. Du hast gesagt, begrab die Geschichte, vergiss sie. Vergiss alles, was passiert ist, hast du gesagt. Aber so einfach ist das nicht, weil ich nicht verstehe ... also ... ich muss dir ein paar Fragen stellen ...«

Mike: »Mhm.«

Julia: »Mir geht so vieles durch den Kopf, immer und immer wieder, und erst wenn ich weiß, was ich damit anfangen soll, kann ich es gut sein lassen.«

Mike: »Du willst das doch nicht wirklich alles wieder aufwärmen, oder?«

Er lachte, versuchte das Gespräch auf die leichte Schulter zu nehmen.

Julia: »Nein, aber ich muss es wissen.«

Mike: »Was wissen?«

Julia: »Ich habe Hunderte von Fragen, ich ... ich verstehe einfach nicht ... Du sagst, dass du mich liebst ...?«

Mike: »Mhm ...«

Julia: »Warum hast du mich dann all die Jahre mit dieser Last herumlaufen lassen? Es ergibt einfach keinen Sinn. Wenn du mich liebst und an mich denkst als an deine Tochter, die du in deinem Leben haben willst, dann verstehe ich nicht, warum du nichts dagegen unternommen hast, dass die ganze Verantwortung bei mir blieb?

Mike: »Das ist ... das ist keine Frage der Verantwortung. Ich meine, um Verantwortung geht es doch gar nicht.«

Ich begann zu weinen.

Julia: »Doch, eben schon. Weil du nämlich alle in dem Glauben gelassen hast, deine Tochter ist irgendwie durchgeknallt und erfindet Lügen! Und das verstehe ich einfach nicht. Ich kann die Vergangenheit ruhen lassen, aber ich verstehe nicht, weißt du, wie du sagen kannst, du liebst mich, wie du sagen kannst, dass ist alles geschehen, weil du mich zu sehr geliebt hast. Wenn du mich wirklich zu sehr geliebt hast, wie konntest du dann die ganzen Jahre ruhig mit ansehen, wie ich langsam kaputtgehe? Und gleichzeitig so tun, als wäre ich verrückt und hätte mir alles nur ausgedacht. Dabei hast du doch gewusst, dass es alles wahr ist! Ich begreife es einfach nicht.«

Mike: »Tja, da gibt es nichts anderes, äh, nichts zu sagen, was nicht schon gesagt worden wäre, stimmt's? Das ist ein Thema, das wir jahrelang durchgekaut haben, was ausführlich besprochen wurde, und äh, du weißt, es gibt für uns alle nichts mehr zu sagen, was nicht schon gesagt worden wäre.«

Julia: »Ich weiß einfach nicht warum.«

Mike: »Wie bitte?«

Julia: »Warum, warum? Wie konntest und kannst du ruhig mit ansehen, wie schlecht es mir geht?«

Mike: »Ähm, mach ich doch nicht, Julia. Ich meine, äh, es ist nichts ... äh ... es ist etwas, da sind mir die Hände gebunden. Ich meine, das ist doch ein Problem zwischen dir und Jon, oder?«

Julia: »Nein! Das Problem ist, dass ich es nicht verstehe.«

Mike: »Also das ist ... das ist ein Thema, das wir schon totgeredet haben, und rausgekommen ist dabei nichts, außer, äh, dass alle unglücklich sind und Probleme haben.«

Julia: »Gar nicht wahr, es ist weiß Gott nicht totgeredet worden. Unter den Teppich wurde es gekehrt, und das hat mich so fertiggemacht.«

Mike: »Nun ...«

Julia: »Ich bin ein Nervenbündel. Ich zittere. Ich kann nicht schlafen. Ich kann nicht arbeiten. Gar nichts kann ich tun, und nur, äh, nur weil mich das alles so fertigmacht.«

Mike: »Aber daran bin nicht ich schuld, Julia. Tut mir leid. Jedes, aber auch jedes Mal, wenn es in deinem Leben Probleme gibt oder du nicht zurechtkommst, dann, äh, dann tust du nichts anderes, als wieder in der Vergangenheit herumzustochern und zu sagen, es liegt an mir. Weißt du, äh, das Leben besteht nicht nur daraus.«

Julia: »Stimmt, aber in meinem Leben spielt es eine verdammt große Rolle!«

Mike: »Ja, aber die Vergangenheit ... die Vergangenheit ist nicht verantwortlich für die Probleme, die du mit der Co-op Bank hast oder, äh ...«

Julia: »Ich rede ja auch nicht von der Co-op Bank! Ich rede von der Tatsache, dass Jon damit nicht fertig wird, und ich genauso wenig, und dass ich es einfach nicht begreife. Ich kann es nicht zu den Akten legen, weil es so eine Riesensache ist, und ich, also, ich habe einfach keine Ahnung, warum du mich all das hast machen lassen? Wirklich, ich verstehe es nicht. Ich weiß, du sagst, du liebst Mami. Ich liebe Mami auch. Und ich weiß, du sagst, dass du sie nur schützen wolltest – Ja, ich wollte Mami auch immer schützen. Aber mich hast du dabei total vernachlässigt. Und ich bin deine Tochter. Wenn du also sagst, du liebst mich, dann kann ich das einfach nicht verstehen.«

Die Tränen strömten mir über die Wangen, ohne dass ich etwas dagegen tun konnte.

Julia: »Es ist bloß, ich habe das Gefühl als wäre ich ... weißt du, dass du ... dass du dich einfach nur zurückgelehnt und die anderen in dem Glauben gelassen hast, ich wäre irgendein Monster aus der Hölle. Ich verstehe einfach nicht, warum.«

Mike: »Also, ich für meinen Teil kenne niemanden, der so über dich denkt.«

Julia: »O doch! Weil nämlich alle glauben, ich hätte mir das nur ausgedacht, und du weißt, dass es nicht so ist!«

Mike: »Julia, es gibt ... Das bringt doch nichts, wenn du wieder und wieder die gleichen Sachen durchkaust. Wirklich, es gibt nichts mehr zu sagen.«

Julia: »Kann sein, aber du bist der Einzige, mit dem ich darüber sprechen kann. Klar kann Jon sich hinsetzen und mit mir reden, aber wie du weißt, hat er nichts damit zu tun. Und mit Mami kann ich natürlich auch nicht sprechen. Ihr geht es sowieso nicht gut, und ich will ihr das nicht antun.«

Mike: »Das tust du aber, indem du mit mir sprichst.«

Julia: »Wie bitte?«

Mike: »Du tust das indirekt, indem du mit mir sprichst.«

Julia: »Wieso denn das?«

Mike: »Tja, weil sie natürlich nachher wissen will, warum ich aus dem Zimmer gehen musste, um mit dir zu sprechen, siehst du? Anstatt ...«

Julia: »Aber wirst du mir denn nie was dazu sagen ...? Wie kannst du bloß so tun, als wäre nichts geschehen? Das ist so schlimm für mich. Ich kann nicht schlafen. Ich verstehe es einfach nicht. Vor allem verstehe ich nicht, warum. Ich verstehe es nicht, aber ich muss es verstehen, um es hinter mir lassen zu können.«

Mike: »Nun, ich weiß ehrlich gesagt nicht, wie ich deine Fragen beantworten soll.«

Julia: »Also, warum hast du es getan?«

Mike: »Was getan?«

Julia: »Du weißt ganz genau, was!«

Mike: »Nein, wirklich nicht, Julia. Ich meine, äh, im Laufe der Jahre, ähm, ist dieses Thema immer weitergewuchert wie Gift, und jetzt, äh, sind wir an einem Punkt, wo äh, selbst, selbst ich nicht weiß, wie die Lage tatsächlich ist, und du erst recht nicht.«

Julia: »Wie, du kannst du dich wirklich nicht erinnern, was passiert ist?«

Mike: »Na ja, äh, wenn man ein paar von den, äh, Berichten und, äh, Schilderungen nimmt, die du in all den Jahren vor den Leuten abgegeben hast, da hört sich das mal so an und dann mal so und dann wieder so.«

Julia: »Stimmt! Aber jetzt sprichst du mit mir und machst keinen Bericht, und ich erinnere mich an alles. Als wäre es heute gewesen.«

Mike: »Na, da bin ich ja froh. Ja?«

Julia: »Kannst du auch. Ich war damals ein Kind! Wenn ich mich an alles erinnere und es in meinem Kopf immer wieder und wieder abläuft, dann kann ich mir nicht vorstellen, dass du es einfach vergessen hast und so weitermachst wie bisher.«

Mike: »Tja, einfach ist es nicht.«

Julia: »Aber du hast überhaupt keine Ahnung, was ich durchmache! Du warst damals schon erwachsen. Klar, heute bin ich das auch, aber innerlich bin ich es nicht, weil ich darüber nie hinweggekommen bin.«

Mike: »Also, ich weiß nicht, wie ich dir dabei helfen kann, Julia, ehrlich nicht.«

Julia: »Anscheinend tut es dir nicht einmal leid.«

Mike: »Wie bitte?«

Julia: »Anscheinend tut es dir nicht einmal leid.«

Mike: »Na ja, äh, wie ich bereits gesagt habe, also, ich meine, da, da gibt es nichts mehr, was ich dazu sagen kann, was nicht schon hunderttausendmal gesagt wurde.«

Julia: »Du hast nie etwas zu mir gesagt ... Was meinst du, wie ich mich fühle? Am liebsten wäre ich tot. Wirklich, ich wünschte, ich wäre tot. Ich habe nichts, wofür das Leben lohnt, denn mein ganzes Leben ist eine Lüge. Wenn nur endlich alles vorbei wäre!«

Mike: »Also, das sehe ich anders. Du hast eine ganze Menge, was deinem Leben Sinn gibt. Zum Beispiel die beiden, die schon in ihrem Bettchen liegen.«

Julia: »Glaub mir, sie sind der einzige Grund, weshalb ich mir noch nichts angetan habe. Ich verstehe es einfach nicht. Wenn du doch nur ehrlich zu mir sein könntest. Du bringst mich um damit ... ich erinnere mich an alles ... und niemand außer Jon wird es je erfahren. Ich möchte einfach nur wissen, warum. Warum hast du mich so leiden lassen? Und warum lässt du mich immer noch leiden? Und warum tut es dir anscheinend nicht einmal leid, was du mir angetan hast?«

Mike: »Ich ... Julia, ich weiß wirklich nicht, was, was ich darauf sagen soll. Denn leiden lassen habe ich dich nun wirklich nicht.«

Julia: »Du glaubst, du hast mich nicht leiden lassen?«

Mike: »Nein, wenn du leidest, dann bin nicht ich der Grund dafür.«

Julia: »Wie bitte? Weißt du noch, was alles passiert ist?«

Mike: »Nein!«

Julia: »Du wolltest mit mir Sex haben! Du hast mir gesagt, ich soll den Schlüpfer ausziehen und mich auf deinen Schoß setzen!«

Mike: »Also... daran erinnere ich mich nicht.«

Julia: »Wie bitte, du erinnerst dich nicht daran?«

Mike: »Nein.«

Inzwischen schluchzte ich haltlos.

Julia: »Du musst mich wirklich hassen.«

Mike: »Nein, das tue ich nicht.«

Julia: »Doch!« Mike: »Wieso?« Julia: »Weil du dich so verhältst! Warum, warum hast du ... Jahre und Jahre meines Lebens hast du mir das Gefühl gegeben, dass ich verrückt bin und mir alles nur einbilde, und dann sagst du mir vor einem Jahr am Telefon, dass es dir leid tut und dass du es nur getan hast, weil du mich zu sehr geliebt hast. Und wie du weißt, hast du mich gebeten, es ein für allemal zu begraben und nicht mit Mami darüber zu sprechen, weil du es ihr nie sagen könntest, und, und, und. Und jetzt sitzt du einfach da und behauptest, dass du nicht weißt, was passiert ist und was du mir angetan hast.«

Mike: »Kannst du mir bitte, bitte sagen, warum das immer wieder auf den Tisch kommen muss? Soll das so bleiben, bis einer von uns unter der Erde liegt, oder was?«

Julia: »Nein! Ich will es einfach nur verstehen.«

Mike: »Tja, ich verstehe es selbst nicht, also kann ich dir auch nicht helfen.«

Julia: »Aber es tut dir ja noch nicht mal leid! Wenn du bloß ... ich verstehe das alles nicht, Papi. Wenn, wenn du und ich das ausdiskutieren und klarstellen können, wo wir beide stehen, dann könnte ich es auch hinter mir lassen. Aber du lässt mich die ganze Zeit in der Luft hängen. Sonst kann ich mit niemandem sprechen. Niemand sonst war dabei, niemand sonst weiß, was geschehen ist, nur du und ich. Und es bringt mich fast um. Ich will so gern eine gute Mutter und Ehefrau sein, aber ich kann nicht, weil ich wegen dieser Sache so am Ende bin. Und dann ist da dieser Berater bei Relate und sagt zu mir: ›Mein Gott, wie konnte er bloß, wie konnte er Sie bloß all die Jahre mit diesem Schuldgefühl herumlaufen lassen?‹ Und ich sitze da und denke: Ja ... wie zum Teufel konnte er das? Und das soll jemand sein, der mich so geliebt hat, der seine Tochter vergöttert hat ... Wie konntest du mir das antun? Ich verstehe es nicht. Ich sehe ja ein, dass du Mami liebst, ich liebe Mami auch und würde alles für sie tun. Aber ich kann dich nicht verstehen. Ich meine, wenn ich morgen vom Bus überfahren werde, dann weiß ich nicht, wie du dir selbst noch in die Augen sehen kannst. Ich will, dass du es mir erklärst, weil ich dich liebe. Du bist mein Papi. Aber ich kann die Vergangenheit nicht überwinden, ehe ich nicht verstanden habe, was zum Teufel abläuft.«

Mike: »Nun, ich weiß es ja selbst nicht, Julia, darum weiß ich auch nicht, was ich ... was ich für dich tun kann, damit du es verstehst. Ich weiß ja nicht, wie es in dir aussieht.«

Julia: »Papi. Ich glaube dir keine Sekunde lang, dass du nicht mehr weißt, was passiert ist. So oft hast du mich angefasst, so oft sind diese Sachen passiert. Es will mir nicht in den Kopf, dass du dich nicht erinnerst, und ich verstehe nicht, warum du mich noch mehr verletzen willst, indem du das behauptest.«

Mike: »Ich will dich nicht verletzen ...«

Julia: »Doch, dass willst du! Denn es kann einfach nicht sein, dass du dich nicht erinnerst, und wenn doch, dann stimmt das, was Jon sagt. Jon hat bei der Beratung zu mir gesagt, dass er nicht will, dass du die Mädchen siehst, weil er glaubt, dass du psychisch nicht stabil genug bist, für das einzustehen, was du getan hast, und dass du es also in Zukunft wieder tun könntest. Und ich saß da bei Relate und habe ein ums andere Mal gesagt: ›Nein, wir haben letztes Jahr darüber gesprochen. Er weiß, was er getan hat, und er wird es nie wieder tun.‹ Aber wenn du mir jetzt sagst, du kannst dich nicht erinnern, was du getan hast, woher soll ich dann wissen, dass meine Kinder in Sicherheit sind? Ich bin jetzt Mutter ... Du hast mich all die Jahre vernachlässigt. Meinen Kindern will ich das nicht antun.«

Mike: »Tut mir leid, ich kann deiner Argumentation nicht folgen.«

Julia: »Wirklich? Wenn du nicht mehr weißt, was du in der Vergangenheit getan hast, wie willst du dann wissen, was du in der Zukunft tun wirst? Wenn du mir all diese Dinge antun konntest ... und glaub mir, ich erinnere mich ganz genau, an jede Einzelheit ... Ich habe es nie vergessen und werde es auch nie. Ich habe Albträume deswegen. Aber wenn du nicht weißt, was du mir angetan hast, dann kann ich dich nicht mehr in die Nähe meiner Mädchen lassen.«

Mike: »Gut, wenn du das für richtig hältst, dann kann ich ... Jedenfalls liegst du vollkommen falsch und lebst in einer völlig anderen Welt, als gut für dich ist.«

Julia: »Und warum verdammt noch mal hast du dann letztes Jahr das alles mir gegenüber zugegeben? Sag mir das! Warum hast du mich letztes Jahr angerufen und mir am Telefon gesagt, es täte dir leid und o mein Gott ... All die Sachen, die du gesagt hast, und dass es nur dazu kam, weil du mich so geliebt hast, und...«

Mike: »Aber aus welchem Grund sollen wir das dann heute wieder aufwärmen?«

Julia: »Weil ich nicht weiß, warum. Ich verstehe nicht, warum du mich hast leiden lassen. Und warum du es getan hast, verstehe ich erst recht nicht.«

Mike: »Also wirklich, was soll ich dazu sagen, Julia?«

Julia: »Es ist ganz einfach.«

Mike: »Ist es eben leider nicht.«

Julia: »Doch, ist es schon.«

Mike: »Das ist ... Das ist ... alles sehr kompliziert.«

Julia: »Aber wenn du mir doch letztes Jahr noch sagen konntest, dass es dir leid tut und so weiter, wie kann es sein, dass du plötzlich alles vergessen hast, was du getan hast? Im Lauf von ein paar Monaten?«

Mike: »Ich weiß nicht, was ich dir sagen soll, Julia, wirklich nicht. Im Leben passiert verdammt viel, und verdammt viel ist in den letzten zehn Jahren passiert, und, äh, weißt du, es ist ... diese Geschichte hat Jahre und Jahre in dir gebrodelt und eine völlig übersteigerte Bedeutung bekommen, und äh ...«

Julia: »Nein ... Nein. Das wirst du mir nicht noch einmal antun.«

Mike: »Nein, warte, hör zu. Wir alle haben versucht, die Vergangenheit hinter uns zu lassen und nach vorn zu blicken, und was hinter uns liegt, beschäftigt uns nicht vierundzwanzig Stunden am Tag, und zwar, weil wir auch in der Gegenwart genügend Probleme haben, mit Oma und Andrew und Mamis Gesundheit und so weiter.«

Julia: »Ja, bloß nicht mit mir.«

Mike: »Deine Vorstellungen und Ansichten haben sich über die Jahre weit von unseren entfernt, und heute haben wir eine komplett unterschiedliche Sicht der Dinge.«

Julia: »Ich verstehe nicht, warum du mir das antust.«

Mike: »Ich tue dir nichts an.«

Julia: »Doch!«

Mike: »Das bildest du dir nur ein.«

Julia: »Und warum hast du mir dann im letzten Jahr gesagt, was passiert ist? Sag es mir!«

Mike: »Sieh mal, ich habe dir mehr als einmal deutlich erklärt, dass es mir wirklich leidtut, wenn irgendetwas, was ich getan oder gesagt habe, Ursache für die Probleme ist, die du heute hast. Ich habe das schriftlich getan, und ich habe es am Telefon gesagt.«

Julia: »Ja, Ja, alles nur Show. Bitte, Papi, jetzt sprichst du mit mir. Ich bin kein kleines Kind mehr, das du um den Finger wickeln kannst.«

Mike: »Das habe ich auch nie versucht.«

Julia: »Aber wie kann es sein, dass du nicht mehr weißt, was du mir angetan hast? Du hast versucht, Sex mit mir zu haben! Mein Gott, ich schäme mich ja sogar, es auszusprechen ... All die Dinge, die du mir angetan hast! Du aber ziehst es vor, dass ich mich weiter mit dieser Verzweiflung durchs Leben schleppe, statt das Ganze mit mir durchzusprechen und dann abzuschließen. Warum? Ich verstehe es nicht. Egal, welche Beratungsstelle ich aufsuche ...«

Mike: »Weil ich, ehrlich gesagt, nicht nachvollziehen kann, warum es für Jon und dich eine Rolle spielen sollte.«

Julia: »Weil ich es erst hinter mir lassen kann, wenn wir es besprochen haben.«

Mike: »Tja ...«

Julia: »Weil du mir nämlich das Gefühl gibst, dass ich verrückt bin, obwohl ich weiß, dass es nicht stimmt. Ich erinnere mich an alle Einzelheiten.«

Mike: »Also, inzwischen weiß ich überhaupt nicht mehr, worauf du hinauswillst.«

Julia: »Papi – geh nach draußen! Wenn du so redest, dann lieber draußen, falls jemand dich hört. Ich will dir nämlich mal was sagen. Wenn dieses Gespräch so weitergeht, will ich keinen von euch jemals wiedersehen. Wie willst du damit leben, dass ich wegen dir meine Mami verloren habe ... Also ich könnte das nicht verkraften, und ich hoffe für dich, dass du es kannst. Ich jedenfalls könnte so nicht leben.«

Mike: »Mein Akku ist fast leer. Nur noch ein halber Strich. In ein paar Minuten wird es sich abschalten.«

Julia: »Dann geh endlich raus.«

Er seufzte und flüsterte meiner Mutter zu, er sei gleich zurück. Dann sagte er, er sei jetzt draußen.

Julia: »Gut.«

Mike: »Der Akku ist jetzt wirklich gleich leer, glaube ich, also ...«

Julia: »Gut. Dann red jetzt offen mit mir, denn so kann ich nicht weiterleben.«

Mike: »Gut. Was willst du hören?«

Julia: »Wie konntest du mich all die Jahre mit diesem Gefühl leben lassen? Ohne jemals mit mir zu sprechen? Warum hast du zugelassen, dass mich die anderen für verrückt halten? Fast hätte ich Paul verloren und Mami auch. Ich habe alles geopfert, um dich zu schützen.«

Mike: »Also, ehrlich, ich glaube nicht, dass ich ... Es war ganz bestimmt nicht meine Absicht, dass die anderen dich für verrückt halten.«

Julia: »Tja, aber du hast auch nie irgendwas zugegeben, oder?«

Mike: »Natürlich nicht. Was erwartest du von mir? Dass ich mich vor meine versammelte Familie hinsetze und sage: ›Ja, ich habe meine Tochter sexuell missbraucht!‹ Dann hätte Andrew keinen Vater mehr, weil deine Mutter sich sofort scheiden lassen würde. Und allein schafft sie es nicht, sich um Andrew zu kümmern, dazu ist sie weder gesund noch stark genug. Also, was um Himmels willen erwartest du von mir?«

Andrew war erst zwölf und brauchte wegen seiner Entwicklungsstörungen Betreuung rund um die Uhr.

Julia: »Ich werde es ihr nicht erzählen, weil mir sowieso niemand glauben würde, Papi. Das weißt du genauso gut wie ich. Ich bin ja nicht blöd.«

Mike: »Gut. Aber warum dann dieses Gespräch?«

Julia: »Weil du zugelassen hast, dass ich mich so fühle. Warum hast du nie zum Hörer gegriffen und gesagt: ›Julia, ich habe es getan, ich habe dich sexuell missbraucht‹, und mir damit klargemacht, dass ich nicht verrückt bin? Warum hast du das nicht getan? Du hast doch gesagt, du liebst mich. Wie kannst du da zulassen, dass ich mich so fühle? Ich verstehe es einfach nicht, Papi.«

Mike: »Also ehrlich, wenn du mir immer wieder erzählst, dass du dich an alles ganz genau erinnerst, dann hast du doch nicht nötig, dass ich zum Telefon greife und sage: ›Ja, ich habe dies oder jenes getan‹. Du weißt es doch sowieso!«

Julia: »Aber ich muss es von dir hören! Verstehst du das denn nicht?«

Mike: »Na ja ...«

Julia: »Weil du dafür gesorgt hast, dass ich mich als der totale Psycho-Fall in unserer Familie fühle. Und das war wirklich furchtbar. Es war die Hölle.«

Mike: »Eigentlich dachte ich, das hätte ich mit meinem Anruf vom letzten Jahr getan.«

Julia: »Ich weiß nicht, wie ich das Ganze hinter mir lassen soll. Aber ich würde es gerne.«

Mike: »Ich weiß nicht, wie ... Ich kann mich unmöglich vor Mami, Paul, Andrew, Oma oder jemand anderen aus der Familie hinsetzen und sagen, ich hätte dich sexuell missbraucht, als du klein warst.«

Julia: »Aber das hast du getan!«

Mike: »Ich weiß. Trotzdem kann ich das nicht vor anderen zugeben. Das ist doch klar.«

Julia: »Das verlange ich ja auch nicht. Mir ist nur wichtig, es von dir selbst zu hören. Zu hören, dass du zugibst, was ich durchgemacht habe. Bei alledem bist nämlich nicht du das

Opfer, sondern das Opfer bin ich. Ich bin diejenige, die durch die Hölle gegangen ist.«

Mike: »Ja, ich weiß, und ich weiß auch, dass es meine Schuld ist. Und ich denke jeden Tag daran. Das habe ich dir schon vor einem Jahr gesagt.«

Julia: »Ich will es aus deinem Mund hören.«

Mike: »Ich habe es dir gerade gesagt.«

Julia: »Was?«

Mike: »Dass ich weiß, dass alles meine Schuld ist.«

Julia: »Du gibst also zu, dass du mich sexuell missbraucht hast?«

Mike: »Ja.«

Julia: »Danke. Das ist es, was ich in all den Jahren hören wollte.«

Mike: »Das habe ich dir doch schon vor einem Jahr gesagt.«

Julia: »Stimmt, aber ich bin bei Relate noch mal durch die Hölle gegangen, und Jon hat sich aufgeregt. Es tut so weh, und es ist einfach ... Ich muss jetzt eine Therapie machen, um endgültig darüber hinwegzukommen.«

Mike: »Also, ich merke, ja, ich sehe, dass du dich nicht in meine Lage versetzen kannst. Ich erwarte das auch gar nicht von dir, aber für mich ist es auch unglaublich, unglaublich schwer. Schon seit Jahren. Zu wissen, dass ich dafür verantwortlich bin, dass du durcheinander bist und Probleme hast, und gleichzeitig zu wissen, dass ich um der Familie willen den Schein wahren muss. Das meine ich ernst ... Ganz bestimmt würde Mami einen Schlaganfall oder einen Infarkt erleiden, wenn ... wenn ich das in ihrer Gegenwart sagen müsste oder du es ihr sagen würdest ...«

Julia: »Sie würde mir niemals glauben, Papi, das weiß ich genau ...«

Mike: »Doch, würde sie, sie würde ...« Julia: »Würde sie nicht ...« Mike: »Ich kenne Mami besser als du. Sie könnte ... dann nicht mehr mit mir zusammenleben. Andrew kommt ohne seine beiden Eltern nicht zurecht. Mami kann sich nicht allein um Andrew kümmern.«

Julia: »Das weiß ich ja alles, aber manchmal ist es einfach ... Und mir ist klar, dass du es letztes Jahr getan hast, aber das Gespräch war so kurz, und ich war so überrascht, dass ich es nicht richtig aufnehmen konnte, und manchmal ist es einfach nur wichtig, ein Eingeständnis zu haben.«

Mike: »Ja ...«

Julia: »Weißt du, was ich meine?«

Mike: »Ja.«

Julia: »Ich habe nämlich praktisch mein ganzes Leben lang in der Hölle geschmort. Verstehst du, was ich meine? Klar, ich hatte auch gute Tage. Auch gute Jahre. Aber es war immer da. Begreifst du das? In einem hinteren Winkel meines Bewusstseins, und ich habe einfach ... ich habe jahrelang gedacht, lieber Gott ... was stimmt bloß nicht mit mir?«

Mike: »Nein ... also, ich übernehme dafür die volle Verantwortung. Innerlich habe ich es die ganze Zeit über schon getan.«

Julia: »Mir geht es nicht darum, dir noch mal Probleme zu machen. Es ist nur ... ich möchte, dass du begreifst, wie ich mich fühle.«

Mike: »Ich weiß, aber, äh ... weißt du ... das muss unbedingt zwischen uns bleiben. Eine andere Möglichkeit gibt es nicht.«

Julia: »Ich weiß.«

Mike: »In der Familie ist einfach zu viel im Argen, Krankheiten, Probleme ... und ähm, wenn wir diese Geschichte wieder aufrollen, geht alles den Bach runter.«

Julia: »Ich weiß.« Mike: »Aber du musst wissen, ich habe die ganze Zeit über Schuldgefühle gehabt wegen der Probleme, die ich dir aufgeladen habe.«

Julia: »Wirklich?«

Mike: »Weißt du, ich kann nicht schlafen. Jede Nacht wache ich auf und muss an dich denken, und die Probleme beschäftigen mich pausenlos.«

Julia: »Darum geht es mir nicht, ich will nicht ...«

Mike: »Das weiß ich doch. Ich weiß, dass du das nicht willst. Aber, ähm, so muss es eben sein. Aber, äh ...«

Julia: »Ich weiß. Es sind einfach nur diese vielen Jahre, in denen ich mir selbst die Schuld gegeben und mich gehasst habe. Ich komme mir ... ich komme mir so blöd vor ... ich habe Probleme in meiner Beziehung mit Jon, weil ich einfach ... ich kann einfach nicht so denken ... es hat mich total zerstört. Es hat mich vollkommen kaputt gemacht. Und dabei hätte ich lediglich gebraucht, dass du das Telefon nimmst und mir sagst: ›Julia, du bist nicht verrückt, es ist so gewesen. Ich weiß, dass es passiert ist, und es liegt nicht an dir‹.«

Mike: »Aber das habe ich doch vergangenen Dezember getan!«

Julia: »Ich weiß, aber es war so ein Schock, nach all den Jahren jemanden sagen zu hören, ich bin nicht verrückt, dass ich es einfach nicht aufnehmen konnte. Ich war mit den Nerven total am Ende. Nach dem Telefonat lag ich nur noch zitternd am Boden, weil ich einfach ... wenn dir plötzlich jemand sagt, dass du nicht spinnst, ist das so eine Erleichterung.«

Mike: »Na, jetzt habe ich es dir ja noch einmal gesagt!«

Er lachte, während er diese Worte aussprach.

Julia: »Stimmt. Jetzt muss ich einfach nur eine Therapie machen und das alles für mich auf die Reihe kriegen.«

Mike: »Genau. Alles klar.« Julia: »So, und jetzt gehst du besser wieder rein. Sag Mami, ich hätte mich mit Jon gestritten oder so was.«

Mike: »Nein, sie wird sowieso wissen, dass die Vergangenheit wieder hochgekommen ist. Ich werde einfach versuchen, es ihr vorsichtig zu erklären.«

Er lachte schon wieder.

Julia: »Mhm.«

Mike: »Oma weiß nämlich nicht, was los ist, und, äh, Mami regt sich total auf, und dann kriegt Andrew es mit und Paul auch und dann ... du weißt ja. Der Arzt will Mami jetzt Beta-Blocker geben, aber, äh, seit zwei Jahren ist ihr Blutdruck viel zu hoch, sogar mit ihren Tabletten, wusstest du das? Über all diese Sachen muss ich mir ja auch noch Gedanken machen.«

Julia: »Ich weiß, und ich fühle mich für vieles davon verantwortlich.«

Mike: »Nein, nein, es ist nicht deine Schuld!«

Julia: »Nein – aber ich tue es trotzdem, weil es Mami nicht mehr gut gegangen ist, seit das alles damals passiert ist.«

Mike: »Ja, aber wer ist dafür im Grunde verantwortlich? Ich!«

Julia: »Ja.«

Mike: »Ich meine, wenn du schon von Schuld sprichst. Also, man kann sich gar nicht richtig vorstellen, welch eine große Schuld ich mit mir herumschleppe.«

Julia: »Du hast die Hauptschuld, Ja. Ich kann Mami verstehen, denn Mami betet dich an, und sie sieht dich als ihren vollkommenen Ehemann und all das, und ich möchte ihr diese Illusion nicht nehmen. Mir geht es um Paul. Verstehst du? Paul und ich stehen uns nämlich wirklich nahe, und er hat mir schon oft gesagt, dass ich eigentlich einen Psychiater brauche, weil ich ein Problem habe mit all diesen Sachen, die ich mir ausgedacht habe. Weißt du, er glaubt mir nicht. Und das tut weh, weil Paul mir so wichtig ist. Und ich würde alles tun, um ihm näher zu sein, aber er denkt, also ... Das steht immer zwischen uns.«

Mike: »Er hat dich lieb.«

Julia: »Das weiß ich, aber ...«

Mike: »Er spricht sehr oft von dir.«

Julia: »Ich weiß ...«

Mike: »Mann, das Leben ist schon komisch, nicht?«

Und er lachte ... um alles, was geschehen war, herunterzuspielen.

Julia: »Also, jetzt geh mal lieber. Gleich kommt Jon nach Hause ...«

Mike: »Tschüs.«

Julia: »Tschüs.«

14

Bruder und Schwester

Nachdem ich den Hörer aufgelegt hatte, sank ich erschöpft zu Boden. Jon stürzte herein und nahm mich in die Arme, während ich haltlos schluchzte. Ich hatte es geschafft, ich hatte ein Geständnis, etwas, das mir niemand mehr nehmen konnte. Nie hätte ich geglaubt, dass es so schwer sein würde, ihm ein Schuldbekenntnis zu entlocken, aber jetzt lag die schlimmste Strapaze meinen Lebens hinter mir. Zum Glück hatte sich meine Beharrlichkeit ausgezahlt. Während des Gesprächs hatte es manchmal so ausgesehen, als ob alles umsonst sei und das Geständnis, an dem mir so gelegen war, nie kommen würde. Doch schließlich hatte er nachgegeben und die Aussage gemacht, die ich brauchte.

Meine Erschöpfung wich schlagartig, als mir bewusst wurde, welche Macht ich jetzt besaß. Freudige Erregung stieg in mir auf, und ich wandte mich überglücklich an Jon.

»Mein Gott, wir haben es geschafft! Das war's. Jetzt ist es vorbei, stimmt's?«

Jon lächelte mich an. »Ja, Liebling, es ist vorbei.« Er wirkte ungeheuer stolz.

Nie wieder würde ich so tun müssen, als sei nichts geschehen. Ich brauchte keine Angst mehr zu haben, dass man mir nicht glaubte. Denn nun hatte ich stichhaltige Beweise.

»Und was willst du jetzt damit anfangen?«, fragte Jon.

Ich hatte keine Ahnung. Es lag in unserer Macht, das Band wem auch immer vorzuspielen und Papi als den zu entlarven, der er tatsächlich war – als einen Kinderschänder.

»Ich gehe damit zu Paul.«

Es war mir ungeheuer wichtig, meinem Bruder zu beweisen, dass ich nicht die Unruhestifterin war, als die mich die Familie stets hingestellt hatte. Bestimmt würde er zu mir halten, mir vertrauen und sich um mich kümmern, egal, welchen Konsequenzen ich ins Auge blicken musste. Seit wir als Jugendliche zusammen gejobbt hatten, bestand zwischen uns eine besondere Bindung, und jetzt brauchte ich ihn nötiger denn je. Paul rief mich immer wieder an und fragte mich wegen seiner Freundinnen um Rat. Ich hatte ihn stets bewundert, obwohl ich wusste, dass er im Grunde Mamis und Papis Meinung über mich teilte. Jetzt wollte ich ihm unbedingt das Gegenteil beweisen. Wir beschlossen, am nächsten Tag nach York zu fahren und Paul die Aufzeichnung des Gesprächs vorzuspielen. Gemeinsam konnten Jon, Paul und ich dann entscheiden, wie wir am besten mit dem Band umgehen würden.

Während der Fahrt war ich zugleich ängstlich und gespannt. Das war der Moment, auf den ich fast mein ganzes Leben lang gewartet hatte. Wie würde Paul reagieren? Würde er sofort zur Polizei gehen wollen? Oder würde er meinen Vater verprügeln? Ich konnte mir nicht vorstellen, was ihm in den Sinn kam, wenn er erfuhr, was seine kleine Schwester durchlitten hatte. Glücklicherweise kam Jon mit, um mich zu unterstützen. Er war sicher gelassen genug, um meinen Bruder zu beruhigen, wenn dieser damit nicht umgehen konnte.

Von unterwegs aus rief ich Paul an, um unseren Besuch anzukündigen. Er war zwar überrascht, aber einverstanden, als ich sagte, ich würde ihm alles später erklären. Wahrscheinlich nahm er an, ich wollte ihm von einer weiteren Schwangerschaft berichten. Auf den Schock, den er gleich bekommen würde, hätte ich ihn schwerlich vorbereiten können. Als wir den Wagen vor Pauls Haus parkten, wechselten Jon und ich aufmunternde Blicke. Dann klopften wir, und Paul empfing uns lächelnd.

»Hereinspaziert!« Er führte uns ins Wohnzimmer. Dort bat ich Jon, sich um unsere beiden Mädchen zu kümmern, während ich mit Paul nach oben ging.

Paul wirkte nervös und schien sich zu fragen, warum ich nach York kam und ihn unter vier Augen sprechen wollte. Ich sah ihn an und ließ mich mit einem Seufzer auf sein Bett sinken. Dann holte ich tief Luft.

»Paul, ich muss dir etwas sagen.«

»Dann schieß los«, gab er zurück.

»Weißt du noch, all die Probleme in der Vergangenheit, die Sachen mit Papi, die ich erzählt habe? Das war alles wahr, Paul. Es ist tatsächlich geschehen. Aber ich wusste, dass mir niemand glauben würde. Jetzt habe ich den Beweis.«

Ratlos starrte er mich an.

»Was für einen Beweis?«

»Gestern Abend habe ich Papi angerufen. Er hat den Missbrauch eingestanden, Paul, und ich habe alles aufgezeichnet. Das Band ist hier. Willst du es hören?«

Paul nahm mir das Band aus der Hand, ging schweigend durchs Zimmer und schob es in den Kassettenrekorder. Dann drückte er auf »Play«.

Schweigend lauschten wir dem Gespräch. Ich begann zu weinen, denn die Gefühle, die ich während des Anrufs empfunden hatte, überwältigten mich erneut. Schon bald liefen auch Paul Tränen über die Wangen, und er nahm mich in den

Arm. So hielt er mich, bis die Kassette zu Ende war. Ich sah zu ihm auf.

»Bitte, Paul! Bitte kümmere dich um mich! Bitte mach was, damit alles wieder gut wird!«

»Keine Angst, das werde ich tun. Ich bin für dich da, Jules, und ich werde nicht zulassen, dass dir jemals wieder etwas geschieht.«

Ich schluchzte laut auf vor Erleichterung. Zwar hatte ich inständig gehofft, dass er zu mir halten würde, doch gleichzeitig war da die Furcht gewesen, er könnte sich abwenden und nichts davon wissen wollen. Ein ungeheurer Druck war von mir gewichen. Nun, da Paul auf meiner Seite stand, würde alles gut werden.

Mein Bruder stand auf und begann ruhelos im Zimmer auf und ab zu gehen. Er überlegte, was nun zu tun war.

»Tut mir leid, Julia, aber ich muss ihn zur Rede stellen. Ich will, dass er mir gegenüber zugibt, was er getan hat.«

Ich starrte ihn entsetzt an.

»Nein! Bitte, Paul, lass uns das gemeinsam regeln! Bitte triff dich nicht mit ihm.«

Aber ich konnte ihn nicht umstimmen. Er griff zum Hörer und rief meinen Vater an.

»Papi, ich muss dich sprechen, und zwar jetzt gleich. Wir treffen uns draußen vor dem Supermarkt Sainsbury's.«

Mein Vater war anscheinend einverstanden, denn Paul legte auf und griff nach seiner Jacke. Verzweifelt flehte ich, er möge hierbleiben, mich nicht allein lassen. Doch er umarmte mich nur und versprach, so bald wie möglich zurück zu sein. Ich folgte ihm die Treppe hinunter und setzte mich zu Jon ins Wohnzimmer. Die Tür fiel mit einem Knall ins Schloss.

Jon sah mich bestürzt an. »Was ist denn los?«, fragte er.

Ich erklärte, dass sich Paul das Band angehört habe und meinen Vater nun zur Rede stellen wolle. Auch Jon hatte das Gefühl, dass uns die Sache entglitt. Jetzt konnten wir nur noch dasitzen und auf Pauls Rückkehr warten.

Eine halbe Stunde später kam er in gänzlich veränderter Stimmung zurück. Mein zuvor so erschütterter, aufgebrachter Bruder wirkte nun ruhig und gelassen. Ich traute meinen Augen kaum.

»Julia, Papi ist draußen. Er will mit dir reden«, sagte er.

»Auf keinen Fall!«, schrie ich entsetzt. Wie hatte Paul auch nur auf den Gedanken kommen können, uns miteinander zu konfrontieren? Wie konnte er nur glauben, ich würde mit Papi sprechen wollen? Jetzt wusste mein Vater, dass ich unser Gespräch vom Vortag aufgezeichnet hatte. Aber Paul ließ nicht locker.

»Bitte, Julia, tu es für mich! Ich komme mit dir. Du bist nicht allein.«

Ich fühlte mich hilflos und hatte keine Ahnung, was ich tun und wie ich mich verhalten sollte.

Paul führte mich zum Auto meines Vaters, und gemeinsam setzten wir uns auf die Rückbank, während mein Vater auf dem Fahrersitz saß. Er wirkte erschöpft. Zusammen mit ihm in diesem Auto fühlte ich mich, als wäre ich wieder acht Jahre alt. Es war genauso wie in der Zeit, als ich seine sexuellen Übergriffe ertragen musste. Ich war wütend auf meinen Bruder, weil er mich in diese Situation gebracht hatte.

Paul sprach meinen Vater direkt an.

»Sag mir die Wahrheit, Papi«, verlangte er. »Was ist wirklich passiert?«

Ich empfand das als Verrat. Was meinte Paul, wenn er fragte, was »wirklich« passiert sei? Wollte er damit etwa andeuten, dass meine Version der Ereignisse nicht der Wahrheit entsprach, dass ich etwas erfunden hatte?

Papi gab zu, mich einige Male berührt zu haben, und erklärte schlicht, Ja, er habe manches falsch gemacht, doch es sei nicht annähernd so »dramatisch« gewesen, wie ich behauptete. Ich hätte die Geschichte im Laufe der Zeit ungeheuer aufgebauscht. Während er sprach, wirkte er verlegen und blickte die ganze Zeit nach vorn, obwohl Paul und ich auf der Rückbank saßen. Wir sahen nur seinen Hinterkopf. Als er rundheraus leugnete, jemals weiter gegangen zu sein, verlor ich die Fassung.

»Wie kannst du so etwas sagen? Du Schwein! Ich hasse dich. Warum tust du mir das an? Ich ertrage es nicht mehr!«

Paul wandte sich zu mir. »Jules, ich glaube, dass du diese Geschichte im Laufe der Jahre verdreht hast. Ich will nicht sagen, dass das deine Schuld ist, aber ich glaube, du brauchst Hilfe. Natürlich hat Papi Fehler gemacht, aber ich kann mir nicht vorstellen, dass er über bestimmte Grenzen hinausgegangen ist.«

Pauls Worte waren wie ein Dolchstoß in den Rücken. Sein Verrat war der Tropfen, der das Fass zum Überlaufen brachte. Von tiefster Verzweiflung ergriffen, begann ich zu schluchzen. Ich konnte sagen, was ich wollte, es änderte ja doch nichts. Nicht einmal jetzt, da ich über ein Geständnis verfügte. Wenn mein Vater nicht alle seine Vergehen haarklein gestand, würde sich Paul nicht überzeugen lassen. Kam es meinem Bruder denn nicht seltsam vor, dass Papi jahrelang alles geleugnet hatte und nun plötzlich einige seiner Verfehlungen zugab? Merkte Paul denn nicht, dass mein Vater einfach nur das Nötigste eingestand, um eine Erklärung für das Band zu liefern, ohne dass sein Ansehen größeren Schaden nahm? Paul schien die

Erklärung meines Vaters zu genügen, er wirkte zufrieden darüber, dass alles nicht so schlimm war, wie er ursprünglich befürchtet hatte. Er wandte sich wieder an meinen Vater.

»Auch wenn es nur einige Male waren, Papi, du musst es trotzdem Mami erzählen. Ich jedenfalls kann das nicht für mich behalten.«

Mein Vater willigte ein, es meiner Mutter zu beichten, und Paul bat, dabei sein zu dürfen.

»Ich komme auch mit«, sagte ich trotzig. Auf keinen Fall wollte ich zulassen, dass sie ihr nur die halbe Geschichte erzählten. Wenn meine Mutter erfahren sollte, was geschehen war, dann musste es die ganze Wahrheit sein, nicht nur eine verkürzte Version, die sich mein Vater und mein Bruder zurechtgelegt hatten.

»Kommt nicht infrage«, fuhr mich mein Bruder an. »Du bleibst hier. Papi und ich fahren allein.«

Wieder einmal musste ich ohnmächtig zusehen, wie die Dinge in unserer Familie unter den Teppich gekehrt wurden. Die Kontrolle über die Situation, die ich noch am Vorabend zu haben geglaubt hatte, war mir entglitten. Es war ein Fehler gewesen, meinem Bruder zu vertrauen. Bereitwillig akzeptierte er die erstbeste Erklärung, die ihnen allen das Leben leichter machte. Was das für mich bedeutete, war ihm egal.

Selbst wenn mein Vater die Wahrheit gesagt hätte, selbst wenn er mich nur wenige Male berührt hätte, wäre auch das schon Kindesmissbrauch gewesen. Paul nahm seine Handlungen hin, als hätte er bloß einen kleinen Fehler gemacht. Er wollte nicht wahrhaben, dass unser Vater ein Kinderschänder war. Ich ging wieder hinein zu Jon. Mir war, als könnte mein Leben ebenso gut hier und jetzt zu Ende gehen. Wir waren mit unserem Vorhaben, die Wahrheit zu enthüllen, komplett gescheitert. Was hatte ich falsch gemacht? Wie hatte das passieren können? Es ergab einfach alles keinen Sinn. Wir hatten den Beweis! Warum wollte niemand auf uns hören?

Als die Stunden vergingen, fragten wir uns, was wohl im Haus meiner Eltern vor sich ging. Was hatten sie meiner Mutter erzählt? Was hatte sie wohl gesagt? Ich fand es schrecklich, wie ein unartiges kleines Mädchen davon ausgeschlossen zu sein, und bedauerte schon, im Haus meines Bruders geblieben zu sein, wie dieser angeordnet hatte. Ich war doch ein erwachsener Mensch. Ich brauchte mich nicht mehr an Anweisungen zu halten. Wir beschlossen, ebenfalls zur Wohnung meiner Eltern zu fahren, um uns selbst ein Bild von den Ereignissen dort zu machen.

Als wir eintrafen, kam auch gerade Pauls Freundin, um ihn abzuholen. Er schien überrascht, uns zu sehen, doch ich ging schnurstracks an ihm vorbei die Treppen hinauf zur Wohnung meiner Eltern. Mami weinte, Papi stand hinter ihr. Mein erster Gedanke war, Mami weinte wegen mir – die Enthüllung, dass ihr Ehemann ihre Tochter so behandelt hatte, hätte sie in Verzweiflung gestürzt. Instinktiv schlang ich die Arme um sie und drückte sie an mich. Zwischen meiner Mutter und mir hatte es nie viel Körperkontakt gegeben, und ich konnte mich nicht erinnern, sie jemals umarmt zu haben. Wenn sie doch nur den Rest der Geschichte auch kennen würde, dachte ich. Doch sie war so aufgewühlt, dass ich es nicht für richtig hielt, sie jetzt auch noch damit zu belasten. Sie sollte erst einmal mit dem fertig werden, was sie gerade erfahren hatte. Alles Weitere wollte ich ihr am nächsten Tag erzählen. Also verabschiedete ich mich von ihr – meinen Vater würdigte ich keines Blickes – und ging die Treppe hinunter. Als ich mich wieder neben Jon ins Auto fallen ließ, war ich völlig erschöpft.

»Bring mich nach Hause«, bat ich. Wir machten uns auf den Rückweg nach Manchester.

Schon bald begriff ich, dass die Tränen meiner Mutter nicht mir, sondern meinem Vater gegolten hatten. Am nächsten Tag rief sie an und erklärte, sie wolle künftig keinen Kontakt mehr zu Jon und mir haben. Sie stünde unerschütterlich hinter meinem Vater und wolle von den Vorwürfen, die ich gegen ihn erhob, nichts wissen. Für mich war das schwer zu akzeptieren, denn in meiner Naivität hatte ich geglaubt, jetzt, da es einen Beweis gab, würde sie gezwungen sein, mich anzuhören. Obgleich mein Vater nur einen Bruchteil des Missbrauchs zugab, musste sie sich doch eingestehen, dass er sie jahrelang belogen hatte, Ja, ihr weiterhin ins Gesicht log. Traurig war, dass Paul ebenso dachte. Damit konnte ich nur ganz schwer umgehen. Ich hatte ihn stets für einen anständigen, loyalen Menschen gehalten, obgleich Jon da anderer Meinung war. Er hatte Paul nie sonderlich nahegestanden und von Anfang an vermutet, dass mein Bruder nur zu gern mit meiner Mutter gemeinsame Sache machen und alles unter den Teppich kehren würde, wenn er die Wahrheit erfuhr. Loyal war Paul nur meinen Eltern gegenüber, die nicht wollten, dass ihr »Leben im viktorianischen Stil«, wie Jon es nannte, durch irgendwelche Probleme aus den Fugen geriet.

Jon hatte jahrelang Gelegenheit gehabt, ihre starre Geisteshaltung zu beobachten, die an Figuren aus einem Theaterstück jener Zeit erinnerte. Sie gaben sich alle Mühe, ihre honorige Fassade aufrechtzuerhalten, und kultivierten weiter ihre Vorurteile und ihren Snobismus, obwohl mein Vater auf schmähliche Weise seine Arbeitsstelle verloren hatte. Inzwischen füllte er bei Marks & Spencer's Regale auf. Das großzügige freistehende Einfamilienhaus hatten sie aufgeben und gegen eine Etagenwohnung eintauschen müssen, doch trotz ihres gesellschaftlichen Abstiegs lebten sie weiterhin in einer Scheinwelt, stets darum bemüht, nach außen hin das Bild einer glücklichen, harmonischen Familie zu wahren. Alle Probleme, die dieses Bild zu gefährden drohten, wurden mit Verachtung gestraft und verleugnet. Obwohl diese Figuren die ganze Zeit vor meinen Augen agiert hatten, sah ich sie erst jetzt im richtigen Licht.

Die nächsten Tage verbrachten Jon und ich damit, die Ereignisse von York und ihre Folgen zu verarbeiten. Der Schock über die Reaktion meiner Familie wollte erst einmal verdaut sein, und dann mussten wir überlegen, welche Möglichkeiten uns nun noch blieben. Paul bat mich inständig, nichts weiter zu unternehmen und die Vergangenheit ruhen zu lassen. Ich musste ihm versprechen, nichts zu übereilen und es mir gut zu überlegen, ehe ich »irgendeinen großen Fehler« machte. Damit war ich einverstanden, denn auch ich wollte nichts überstürzen. Gleichzeitig machte ich ihm aber unmissverständlich klar, dass ich mich verraten fühlte. Meine Familie war jetzt kein unverzichtbarer Teil meines Lebens mehr.

Viel zu lange war ich von ihrer Liebe und Zuneigung abhängig gewesen. Der Preis, den ich dafür bezahlt hatte, war meine seelische Unversehrtheit gewesen. Jetzt, da ich einen handfesten Beweis hatte und ein neues Gefühl von Sicherheit empfand, spürte ich, dass die Wahrheit mich tatsächlich frei gemacht hatte. Ich brauchte die Familie nicht mehr, um mich ganz zu fühlen. Im Gegenteil: Ich empfand mich ohne sie sogar als lebendiger.

Nur wenige Monate nachdem ich das Band aufgenommen hatte, kam die interne Untersuchung bei der Bank zum

Abschluss. Ich wurde abgemahnt und aufgefordert, meine Arbeit wieder aufzunehmen. Natürlich hätte ich gegen die Entscheidung vorgehen können – schließlich hatte ich nicht in betrügerischer Absicht gehandelt –, aber es war mir nicht mehr wichtig. Es gab genügend andere Dinge, über die ich nachdenken musste. Also akzeptierte ich das Ergebnis, lehnte es jedoch vorerst ab, an meinen Arbeitsplatz zurückzukehren. So hatte ich den Kopf frei, und nun wurde mir allmählich klar, dass es mir nicht mehr um die Ereignisse aus meiner Kindheit ging. In gewisser Weise war jetzt nicht mehr das wichtig, was mir mein Vater angetan hatte, sondern vielmehr das, wozu er grundsätzlich fähig war. Dies war die Richtung, in die meine Gedanken gingen und die mein weiteres Vorgehen bestimmen würde.

Wenn ich nichts gegen ihn unternahm, was konnte ihn dann davon abhalten, andere Kinder unsittlich zu berühren? Was war, wenn Paul oder Andrew Kinder bekamen? Da Paul nicht wahrhaben wollte, dass unser Vater ein Kinderschänder war, würde er seine Kinder bedenkenlos der Gefahr aussetzen. Ich musste dafür sorgen, dass er anderen nichts antun konnte. Andrew war noch zu jung, um etwas über meine Vergangenheit zu wissen. Die Zeit, in der ich vom Jugendamt betreut wurde, hatte er nicht bewusst erlebt, und was damals geschehen war, hatte ihm niemand erzählt. Ich musste Andrew ebenso schützen wie meine eigenen Kinder ...

Und so beschloss ich, meinen Vater anzuzeigen.

Am gleichen Nachmittag rief ich bei der Polizeiwache von Didsbury an. Jon stand neben mir, während ich erklärte, ich wolle einen Fall von in der Vergangenheit verübtem Kindesmissbrauch anzeigen. Man versprach, noch am selben Tag einen Beamten vorbeizuschicken. Also saßen Jon und ich am

Abend da und warteten. Wir wussten, dass dies die schwerwiegendste Entscheidung unseres Lebens war. Dennoch waren wir beide ziemlich gelassen. Dieser letzte Schritt würde uns endgültig aus der Ohnmacht befreien. Wir nahmen unser Leben selbst in die Hand und stellten uns gegen meine Familie.

Meine Angehörigen hatten sich darauf verständigt, Papis Taten zu vertuschen und zu verdrängen. Wir aber vermochten das nicht. Jemand musste die Kraft aufbringen, zu sagen: »Nein, das darf man nicht hinnehmen.« Jon und ich waren offenbar die Einzigen in dieser Familie, die über so etwas wie moralische Werte verfügten. Niemand hat das Recht, ein Kind unsittlich zu berühren, ganz gleich unter welchen Bedingungen und unabhängig von einem vermeintlichen Einverständnis des Opfers. Das war mir im Laufe der Zeit klar geworden. Lange hatte ich geglaubt, ich müsse die Schuld bei mir suchen, weil ich ihn als Kind nicht daran gehindert, manchmal sogar ermutigt hatte. Da ich nicht Nein gesagt hatte, hatte ich gedacht, ich müsse auch einen Teil der Verantwortung übernehmen. Hätte er mich geschlagen oder gezwungen, dann hätte man eindeutig von Missbrauch sprechen können. Dass jemand, den ich liebte, mich auf diese Weise berührte, hatte in mir die widersprüchlichsten Gefühle hervorgerufen, zumal mir die wahre Bedeutung seines Tuns nicht bewusst gewesen war.

Wenn wir ihn entlarvten und dadurch auch nur ein einziges anderes Kind vor meinem Schicksal bewahrten, dann hatte unser Handeln einen Sinn. Menschen wie meine Mutter und Paul wollen nicht wahrhaben, wozu ihre Lieben, die sie so gut zu kennen glauben, in der Lage sind. Und damit sind sie dafür verantwortlich, dass Kinderschänder bei uns frei herumlaufen. Mein Vater war damals, als ich zehn Jahre alt war und man gegen ihn ermittelte, nur um Haaresbreite entkommen. Dieser Warnschuss hatte ihn jedoch nicht davon abgehalten, mich drei weitere Jahre lang sexuell zu missbrauchen. Daraus musste man folgern, dass er noch immer eine Bedrohung für die Gesellschaft darstellte. Jon und ich waren entschlossen, einen der Pädophilen unseres Landes hinter Gitter zu bringen.

Ich liebte meine Eltern trotz ihrer Wesensart und machte mir Gedanken um sie. Ich konnte gar nicht anders, denn die Liebe zu den eigenen Eltern lässt sich nicht einfach abschalten. Ich hatte mich meiner Vergangenheit lange nicht gestellt, weil ich hoffte, sie eines Tages anders sehen, sie hassen zu können, sodass meine Liebe zu ihnen starb. Doch es war nie so weit gekommen. Darum musste ich nun endlich akzeptieren, dass die beiden Gesichter meines Vaters, die auseinanderzuhalten mir stets gelungen war, zum gleichen Menschen gehörten, und etwas gegen ihn unternehmen. Der Mann, der mich als kleines Mädchen geknuddelt hatte und mit mir in den Park gegangen war, war derselbe Mann, der mich zu vergewaltigen versucht hatte. Diese Erkenntnis war ein harter Schlag für mich. Ich würde nie aufhören, meine Eltern zu lieben, doch dies bedeutete nicht, dass ich ihre Handlungsweise akzeptieren musste. Indem ich die Perversion meines Vaters entlarvte, leistete ich einen Beitrag zu einer besseren Welt für alle Betroffenen. Schuldgefühle hatte ich jetzt keine mehr. Ich empfand nicht einmal Bedauern darüber, Papi der Polizei auszuliefern. Zwar hatte ich lange gebraucht, um diesen Punkt zu erreichen, doch nun war ich überzeugt, dass ich das Richtige tat.

Ich schilderte zwei Polizeibeamtinnen meinen Fall. Sie hörten aufmerksam zu, während Jon und ich beschrieben, was geschehen war, was mein Vater alles getan hatte, und ihnen dann den Beweis lieferten. Sie machten sich viele Notizen und waren verblüfft darüber, wie gefasst wir wirkten. Ähnliches bekam ich in den folgenden Jahren immer wieder zu hören. Die Beamtinnen erwarteten, dass ich nach allem, was wir durchgemacht hatten, zusammenbrechen würde und psychisch am Ende wäre, doch die Überzeugung, das Richtige zu tun, gab uns Gelassenheit. Es war eigentlich nur traurig, dass es so weit gekommen war, traurig, dass Papi sein Leben ruiniert hatte – und meines ein gutes Stück weit auch.

Ich stand jetzt vor der Entscheidung, welche Richtung mein Leben nehmen sollte. Durch diesen Schritt, das wusste ich, hatte ich meine Familie unwiederbringlich verloren, aber seltsamerweise war ich mit diesem Entschluss im Reinen. Ich war nicht mehr für sie verantwortlich. Ich wollte aufrecht durchs Leben gehen und zeigen, dass ich ihr Verhalten nicht akzeptierte. Auch wenn das gleiche Blut in unseren Adern floss, ihre Ansichten und Meinungen teilte ich keineswegs. Wenn sie unfähig waren, der Wahrheit ins Auge zu sehen und etwas zu unternehmen, würde ich es an ihrer Stelle tun. Es gab kein Zurück.

15

Ein denkwürdiger Geburtstag

Nachdem wir meinen Vater angezeigt hatten, wollten Jon und ich uns auch wieder um unser eigenes Leben kümmern. Kurz nach Weihnachten 2004 zogen wir zurück nach Südwales.

Dieser neuerliche Umzug war das Beste, was wir tun konnten. Jons Vater Mike und seine Frau Cath wohnten in der Nähe, und die Mädchen freuten sich darüber, ihren Großvater um die Ecke zu haben. Allerdings hatten wir bisher noch nichts von der Polizei gehört. Die Ungewissheit hing über uns wie eine dunkle Wolke.

Zu diesem Zeitpunkt wussten meine Eltern noch nicht, dass ich mich an die Polizei gewandt hatte. Vermutlich gingen sie davon aus, ich würde nichts weiter unternehmen. Seit unserer Fahrt nach York hatte ich mit keinem meiner Angehörigen gesprochen und war froh, Abstand zu haben.

Unser Fall wurde an die walisische Polizei weitergeleitet, da der Tatort in ihrem Zuständigkeitsbereich lag. Dadurch ergab sich eine Verzögerung, und so fand meine offizielle Einvernahme erst im Februar statt.

Jon und ich waren sehr aufgeregt, als der Kriminalbeamte Robert Inkster und sein Kollege von der walisischen Polizei uns zu Hause aufsuchten. Jetzt ging es um alles oder nichts. Sobald ich meine offizielle Aussage gemacht hatte, würde die

Sache ins Rollen kommen. Mir graute davor, alles noch einmal wiederholen zu müssen, was geschehen war. Ich hoffte, ich würde die richtigen Worte finden.

Doch kaum hatten wir im Wohnzimmer Platz genommen, berichtete Rob – so nannten wir ihn bald –, er habe die Videoaufzeichnung meiner Aussage gefunden, in der ich meinen Vater belastete. Sie stammte aus der Zeit, als ich vom Jugendamt betreut wurde. Falls ich es wünsche, könne er auf dieser Grundlage eine schriftliche Aussage formulieren, die ich dann nur noch zu unterschreiben brauche. Auf diese Weise bliebe es mir erspart, noch einmal diese aufwühlenden intimen Einzelheiten zu wiederholen. Ich nahm das Angebot dankbar an, denn es fiel mir schon schwer genug, mit Jon über den Missbrauch zu sprechen. Noch größere Schwierigkeiten würde ich bei zwei mir unbekannten Polizeibeamten haben.

Rob erklärte, der Fall sei ihm übertragen worden. Sein Besuch diene dem Zweck, uns kennenzulernen und uns Gelegenheit zu geben, Fragen zu stellen. Ich erkundigte mich, wie die nächsten Schritte aussehen würden. Sobald meine Aussage getippt und unterschrieben sei, wollte er sich mit der Polizei in Yorkshire in Verbindung setzen, um einen Termin für die Verhaftung meines Vaters festzusetzen. Er würde selbst nach York fahren, um ihn zu vernehmen. Ich übergab Rob das Band und fragte, ob es als Beweismittel genutzt werden könne. Er erwiderte, darüber müsse die Staatsanwaltschaft entscheiden. Es hänge davon ab, ob sie in dem Fall weiter ermitteln würde oder nicht.

Das verwirrte mich, denn ich hatte angenommen, die Polizei würde Papi verhaften und sich um alles Weitere kümmern. Tatsache war jedoch, dass die Staatsanwaltschaft sich nicht einschalten würde, wenn mein Vater ein Geständnis ablegte. Er würde dann einfach in Gewahrsam bleiben, bis ein Richter das Urteil gesprochen hatte. Falls er allerdings leugnete, musste die Staatsanwaltschaft entscheiden, ob der Fall schwerwiegend genug war, um vor Gericht verhandelt zu werden. Nur unter dieser Voraussetzung würde auch geprüft, ob das Band als Beweismittel Verwendung finden konnte.

Zum ersten Mal hatte ich das Gefühl, dass jemand uneingeschränkt auf meiner Seite stand, und ich wusste Robs zielstrebiges Vorgehen zu schätzen. Bei seinem Aufbruch versprach er, in der Woche darauf mit der Abschrift meiner Aussage vorbeizukommen, damit ich unterzeichnen konnte. Jon und ich versuchten einstweilen, all das zu verarbeiten, was wir erfahren hatten. Wir waren höchst zufrieden, endlich ernst genommen zu werden.

Wie versprochen, kam Rob in der darauffolgenden Woche mit der Abschrift meiner Aussage vorbei. Während ich meine Ausführungen von 1994 las, wurde mir klar, wie jung ich damals gewesen war. Die meisten Vergehen waren in dem Dokument aufgeführt, nur hier und dort musste etwas ergänzt werden. Das war notwendig, doch Robs Fahrt nach York und die Verhaftung meines Vaters zögerten sich so noch weiter hinaus. Rob versprach, die Ergänzungen nachzutragen und mir das Dokument zur Unterschrift zuzuschicken. Ich sandte es ihm umgehend zurück, nachdem ich es erhalten hatte.

Mittlerweile waren wir bemüht, wieder zur Normalität zurückzufinden, und ich nahm meine Arbeit bei der Bank wieder auf. Ich wechselte zur Filiale in Bridgend, wo ich nun den gleichen Posten innehatte wie in der Zweigstelle Manchester. Und schließlich kam auch der Anruf, der uns über die Verhaftung meines Vaters informierte.

An seinem sechsundfünfzigsten Geburtstag, dem 8. März

2004 – das Datum werden wir nie vergessen –, nahm die Polizei von Yorkshire meinen Vater fest. Mitten in der Nacht wurde er abgeholt und in eine Zelle gebracht, um dort auf die Vernehmung durch Rob zu warten. Am 9. März verhörte Rob meinen Vater bei der Yorker Polizei. In Anwesenheit eines Pflichtverteidigers antwortete mein Vater auf alle Fragen, die ihm gestellt wurden, einfach nur: »Kein Kommentar«. Weiter konnte ihm Rob nichts entlocken, und so wurde Papi bis zum Abschluss der weiteren Ermittlungen aus der Untersuchungshaft entlassen. Zum Glück hatte er die Auflage, dass er weder direkt noch indirekt Kontakt zu mir aufnehmen dürfe. Vor Manipulationsversuchen, wie ich sie als Kind erlebt hatte, war ich also sicher. Diesmal würde ich auf keinen Fall einen Rückzieher machen.

Rob rief mich an und erzählte mir, wie die Vernehmung verlaufen war. Da Papi immer nur mit »Kein Kommentar« geantwortet hatte, oblag es nun der Staatsanwaltschaft, zu entscheiden, ob der Fall vor Gericht sollte. Diese Auskunft belastete mich mehr, als ich geahnt hatte. Selbst jetzt sorgte mein Vater noch dafür, dass ich um die Wahrheit kämpfen musste. Hätte er auch nur ein wenig Mitgefühl gehabt, so hätte er mir dieses quälende Warten auf die Entscheidung der Staatsanwaltschaft erspart.

Immer wieder fragte ich Rob, wie lange es dauern würde, wann ich mit einer Entscheidung rechnen konnte. Aber das ließ sich unmöglich abschätzen. Ich musste etwas tun, irgendeinen Beitrag leisten, damit ich mich nicht nutzlos fühlte. Trotz Vollzeitarbeit begann ich also zu recherchieren, welche Informationen über mich beim Jugendamt gespeichert waren. Ich hoffte, auf etwas zu stoßen, was der Polizei bei ihren Ermittlungen half, etwas, das die Staatsanwaltschaft dazu bewegte, sich des Falles anzunehmen. Zwar wusste ich, dass es dann zu einer Gerichtsverhandlung kommen würde, doch da wir schon so weit gegangen waren, mussten wir die Sache durchstehen. Wies die Staatsanwaltschaft den Fall ab, so wäre das gleichbedeutend mit der Einschätzung, dass meine Anschuldigungen der Grundlage entbehrten und nicht davon auszugehen sei, dass mein Vater die Taten begangen habe. Ich wagte gar nicht erst daran zu denken, wie ich einen solchen Schlag verkraften sollte, und diese Tatsache spornte mich an, nach weiteren Beweisen für meine Anschuldigungen zu suchen.

Es gelang mir, Buddug Ward ausfindig zu machen, die Sozialarbeiterin, die vor so vielen Jahren für mich zuständig gewesen war. Als ich sie anrief und um Hilfe bat, erklärte sie, ihr sei die Wahrheit stets klar gewesen. Die Bestätigung für den Missbrauch kam für sie also nicht überraschend. Sie riet mir, mich an das Jugendamt in Aberaeron zu wenden, wo vermutlich die Unterlagen zu meinem Fall aufbewahrt wurden. Ich rief sofort dort an und sprach mit Mary Williams, einer anderen Sozialarbeiterin, die mit meinem Fall befasst gewesen war. Sie bestätigte, dass meine Unterlagen vorlägen, und ich vereinbarte einen Termin zur Einsichtnahme.

Wenige Wochen später nahm ich mir einen Tag frei und fuhr mit Jon nach Aberaeron. Mary führte uns in einen Raum, in dem die Dokumente auf einem Tisch bereitlagen. Das Material, das wir nun zu durchforsten begannen, war – gelinde gesagt – äußerst umfangreich. Stundenlang studierten wir an diesem Tag Briefe, Berichte und verschiedene Einträge, die über die Jahre von Sozialarbeitern, Polizeibeamten, Psychologen, Ärzten und meinen Eltern verfasst worden waren.

Es gab sogar einen Brief meiner Großmutter, in dem sie erklärte, ich sei nicht glaubwürdig und würde zu Übertreibungen neigen. Der Einfluss meiner Eltern war darin so deutlich, dass ich beim Lesen förmlich hörte, wie sie ihr Wort für Wort diktierten. Leider war meine Oma mittlerweile geistig so schwach, dass ich mit ihr nicht über den Fall sprechen konnte. Ich hatte schon Glück, wenn sie mich überhaupt erkannte. Und das juristische Prozedere hätte sie ohnehin nicht verstanden.

Leider verließen wir das Büro, ohne etwas Brauchbares entdeckt zu haben. Ich hatte mir so sehr gewünscht, irgendeinen Anhaltspunkt zu finden, ohne richtig zu wissen, wonach ich suchte. Nun entschied ich mich, meine Bemühungen aufzugeben und die Ermittlungen der Polizei zu überlassen.

Das Warten auf die Entscheidung der Staatsanwaltschaft war mir unerträglich, und so stopfte ich meine Tage schon bald wie früher bis an die Grenzen meiner Belastbarkeit mit Terminen voll. Mein Schicksal lag in der Hand von anderen, ein Umstand, der mir verhasst war.

Mit jedem Tag, der verging, fiel es mir schwerer, den mir selbst auferlegten hektischen Lebensstil durchzuhalten. Die Vielzahl der Belastungen überstieg meine Kräfte, und mein Geist versuchte, alle Einflüsse von außen abzuwehren, um sich gesund zu erhalten. Manischer als je zuvor, befand ich mich in einem Zustand permanenter übersteigerter Aufmerksamkeit.

Dann erlitt ich wohl einen Nervenzusammenbruch, der als solcher aber nicht erkannt wurde. Ich war innerlich so zerrissen, dass selbst die einfachsten Verrichtungen zum Problem wurden. Da ich unfähig war, Begonnenes zu Ende zu führen, lebte unsere Familie im Chaos. Ich kümmerte mich nicht mehr um den Haushalt – die Kleider blieben ungewaschen, die Teller ungespült. Es kostete mich bereits ungeheure Überwindung, morgens aufzustehen. Jon tat sein Bestes, um die Dinge am Laufen zu halten, konnte es aber allein auch nicht schaffen. Ich kündigte bei der Bank. Da es nun keinen äußeren Grund mehr gab, stand ich morgens nur noch selten auf. Üblicherweise saß ich, wenn Jon von der Arbeit kam, noch immer dort, wo er mich verlassen hatte. Ich zog mich nicht einmal mehr an, und mein ungepflegtes Haar hing strähnig herab.

Die Wochen vergingen quälend langsam, ohne dass wir etwas von der Staatsanwaltschaft hörten. Unser Leben war zu einem Stillstand gekommen, der seinen Tribut forderte. Ich verfiel in eine so tiefe Depression, dass ich eines Nachts sogar erwog, mir das Leben zu nehmen.

Da ich nicht schlafen konnte, hatte ich mich in einen Sessel im Wohnzimmer gesetzt. Inzwischen war ich in einem selbstzerstörerischen Rhythmus gefangen: Weil ich den ganzen Tag über schlief, lag ich nachts wach – in der Zeit, in der es gefährlich werden kann, über sein Leben nachzudenken. Als ich so dasaß, weinte ich leise vor mich hin, denn ich sah keinen Ausweg aus meiner Misere. Wenn die Staatsanwaltschaft meinen Fall annahm, würde ich die traumatische Erfahrung einer Aussage vor Gericht durchstehen müssen, und wenn sie den Fall abwies, hatte ich sowieso alles verloren. Ich konnte einfach nicht gewinnen.

Ich ging in die Küche und holte die Antidepressiva aus dem Schrank, die mir verordnet worden waren. Jon hatte mich gedrängt, zum Arzt zu gehen. Doch als ich mit den Tabletten zurückkehrte, bat er mich, sie nicht zu nehmen. Er wollte, dass wir unsere Probleme gemeinsam lösten, ohne dass ich von Psychopharmaka abhängig wurde, um mich lebendig zu fühlen. Nachdem ich die Tabletten ausgeschüttet hatte, wog ich die kalten Kapseln in der Hand. Dann schloss ich die Augen.

Was ging in mir vor? Wie hatte es so weit kommen können? Mein Blick fiel auf ein Bild an der Kühlschranktür, das Molly für mich gemalt hatte. Widerstrebend ließ ich die Tabletten eine nach der anderen zurück in das Röhrchen fallen.

Das hatten Molly und Katelyn nicht verdient. Meine Eltern hatten mich durch die Hölle gehen lassen. Ich durfte meinen kleinen Mädchen nicht das Gleiche antun. Selbsttötung widersprach allem, woran ich glaubte. Ich wollte eine große Familie haben und ihr ein fröhliches Zuhause geben.

Rob hatte mir vorgeschlagen, mich an die Opferhilfe Victim Support zu wenden. Damals hatte ich abgelehnt, da ich glaubte, die Dinge auf meine Weise bewältigen zu können. Aber nach der Nacht mit den Tabletten besann ich mich eines Besseren. Ich wollte mich von diesen Gefühlen befreien, und wenn auch nur die geringste Möglichkeit bestand, dass Victim Support mir aus meinem depressiven Zustand heraushalf, dann war es den Versuch wert. Ich rief die Nummer an, die Rob mir gegeben hatte, und vereinbarte einen Termin. Es fiel mir damals sehr schwer, den Leuten in meinem Umfeld zu vertrauen, und so war ich auch der Beraterin gegenüber ständig auf der Hut. Sie hatte fast keine Chance, denn ich wurde das Gefühl nicht los, dass sie mir nicht glaubte. Doch dann begann ich, mich ihr gegenüber zu öffnen. Und schließlich konnte ich mich gehen lassen und bei ihr weinen.

Auf ihren Vorschlag hin versuchte ich einige meiner alten Hobbys wieder aufzunehmen. Sie meinte, wenn ich mich öfter mit Freunden treffen und Dinge unternehmen würde, die mir früher Spaß gemacht hatten, würde ich am ehesten aus dem Teufelskreis herausfinden. Tag für Tag allein zu Hause zu sitzen sei schädlich.

In dieser Zeit, Anfang 2004, lernte ich eine Frau namens

Yvonne Bailey kennen – eine Lifestyle-Beraterin, die etwa so alt wie meine Mutter war. Sie nahm mich unter ihre Fittiche. Bald waren wir enge Freundinnen, und sie gab mir die mütterliche Unterstützung, die ich so dringend brauchte und die in meinem Leben bisher gefehlt hatte. Sie war mir liebevoll zugetan, aber auf eine äußerst energische Weise. Weder redete sie mir nach dem Mund, noch bemitleidete sie mich. Ebenso wenig ließ sie zu, dass ich mich in Selbstmitleid erging. Sie rüttelte mich wach, und ich hörte mir an, was sie zu sagen hatte. Ich konnte doch von Glück sagen, denn ich war gesund und hatte eine eigene, wunderbare Familie. Das Leben war also nicht so schrecklich, wie ich mir eingebildet hatte. Yve war immer für mich da, wenn ich ein Tief hatte, sie richtete mich wieder auf und hielt mich geistig auf Spur. Sie war genau die Art Mensch, die ich damals in meinem Leben brauchte, und wurde für Jon und mich zu einem Fels in der Brandung. Jon konnte ein wenig Verantwortung abgeben, was uns die Möglichkeit gab, uns gegenseitig zu unterstützen, als das Verfahren voranschritt. Und mir wurde klar, dass ich mich stets darauf verlassen hatte, von anderen Menschen aufgebaut zu werden. Allmählich begriff ich, dass ich mir mein Leben selbst gestalten konnte. Ich war nicht auf der Welt, um vergewaltigt, missbraucht oder misshandelt zu werden. Ich war da, um Erfahrungen zu sammeln, die mich stärkten, Erfahrungen, aus denen ich lernen konnte, das Negative in Positives zu wandeln.

Das Gefühl, dass die Zukunft noch viel für mich bereithalten konnte, erfüllte mich mit freudiger Erregung. Zwar hatte ich eine gute Portion Schmerz und Verrat erlebt, doch dadurch hatte ich so viel gelernt, dass ich gegenüber einer ganzen Reihe von Menschen im Vorteil war. Ich konnte etwas bewirken, indem ich meine Erfahrung nutzte, um jenen zu helfen, die nur schwer zurechtkamen; indem ich andere aufklärte, die nicht wussten, wie Kindesmissbrauch das Leben der Betroffenen belastet. Ich gelobte, Gerechtigkeit zu suchen – nicht nur für mich, sondern auch für andere Kinder und Erwachsene, die missbraucht worden waren –, und ich wollte nicht ruhen, ehe ich mein Ziel erreicht hatte.

Diese Haltung gab meinem Leben eine neue Richtung und spornte mich an, für eine Verhandlung meines Falles zu kämpfen. Jetzt arbeitete ich nicht mehr für mich allein, denn ich hatte das Ganze vor Augen. Ich begann zu erkennen, wer diese »Julia« wirklich war, und kam zu dem Schluss, dass ich sie ziemlich gern mochte. Es war eine Reise auf dem Weg zu meinem Ich, auf der für Selbstmitleid kein Platz war. Ich lernte, mich ganz neu zu sehen, lernte, meinen Dämonen entgegenzutreten und gestand mir ein, dass auch ich zur Manipulation fähig war. Erst jetzt begann ich die Menschen wirklich zu schätzen, die mir beigestanden und mich als die genommen hatten, die ich war, obwohl ich mich damals selbst noch nicht kannte.

Am 3. November 2004 fällte die Staatsanwaltschaft ihre endgültige Entscheidung. Gegen meinen Vater Michael wurde offiziell Anklage in zehn Fällen von sexuellem Missbrauch erhoben, für die er sich vor dem Staatsgericht in Swansea verantworten musste.

16

Der Prozess

Die Anklage gegen meinen Vater lautete auf sexuellen Missbrauch in fünf Fällen, viermaligen schweren sexuellen Missbrauch und versuchte Vergewaltigung in einem Fall. Da er in allen zehn Punkten auf »nicht schuldig« plädierte, musste er im Dezember 2004 vor einem Magistratsgericht erscheinen. Auch dort plädierte er auf »nicht schuldig«. Angesichts der Schwere der Anklage verwies der Richter den Fall unverzüglich an ein übergeordnetes Staatsgericht. Als er dort im Januar 2005 erneut auf »nicht schuldig« plädierte, wurde der Prozess vertagt, um der Anklage und der Verteidigung Zeit für die Vorbereitung zu geben.

Der Verteidiger meines Vaters war ein junger dynamischer Kronanwalt, der während der gesamten Vorbereitungszeit eng mit ihm zusammenarbeitete. Ich hingegen hatte zu niemandem Kontakt. Ich hatte die Vorfälle zwar angezeigt, doch nun oblag es dem Staatsanwalt, die Anklage gegen meinen Vater auszuarbeiten, während ich lediglich seine Hauptbelastungszeugin war. Niemand durfte mit mir über den Fall sprechen, da man fürchtete, meine Aussage könnte dadurch beeinflusst werden.

Im Nachhinein betrachtet war das zwar durchaus sinnvoll, doch damals fühlte ich mich so isoliert und im Stich gelassen wie nie zuvor.

Jon stand mir in dieser schwierigen Zeit zur Seite. Ich war höchst erstaunt, dass mein Fall bis vor das Staatsgericht ging. Insgeheim aber fürchtete ich, dass man mir auch diesmal nicht glauben würde oder dass sich die schwache Beweislage zu unseren Ungunsten auswirken könnte. Durch einen seltsamen Zufall hatte ich im vergangenen Jahr Näheres über die Praxis der Staatsgerichte erfahren. Ich war nämlich in einem Prozess zur Geschworenen berufen worden. Darin ging es um einen länger zurückliegenden Fall von Kindesmissbrauch, der erstaunliche Parallelen zu meinen Erfahrungen aufwies.

Das Opfer war eine junge Frau, die wie ich fünfzehn Jahre gewartet hatte, ehe sie Anzeige gegen ihren Vater erstattete. Die Geschworenen waren einstimmig zu dem Ergebnis gekommen, ihr sei Glauben zu schenken, und hatten den Vater in allen Anklagepunkten schuldig gesprochen.

Nach dieser Erfahrung ging ich natürlich mit einer gewissen Zuversicht in meinen eigenen Prozess. Es bestand Hoffnung, dass die Gerechtigkeit trotz der langen Zeit, die verstrichen war, letztlich doch siegen würde. Leider mussten wir noch einige Monate warten, denn zunächst wurde mein Vater mehrfach zum Verhör vorgeladen. Dann endlich stand der Prozesstermin fest – der 18. Juli 2005, ein Datum, das ich nie vergessen werde. Während dieser Tag näher rückte, bereitete ich mich auf die unausweichliche Feuerprobe vor. Stundenlang überlegte ich, was der Verteidiger meines Vaters wohl vorbringen mochte und welche Fragen er mir stellen konnte. Zugleich versuchte ich, mich auf den schlimmstmöglichen Verlauf einzustellen, denn wenn ich darauf gefasst war, konnte ich eigentlich nur positiv überrascht werden.

An dem Montag, an dem die Verhandlung beginnen sollte, wurde ich schon in aller Frühe wach. Am Vortag hatten wir die

Mädchen zu Jons Mutter Jean nach Emlyn gebracht, wo sie bis zum Ende des Prozesses bleiben sollten. Deshalb herrschte Totenstille im Haus, als ich mich anzog. Jon wusste nicht, wie er mit mir umgehen sollte. Ich wollte keine übertriebene Aufmerksamkeit, denn ich fürchtete, die Fassung zu verlieren, wenn ich auch nur das geringste Gefühl zuließ. Dann holten wir Yve ab, die mitkam, um uns moralisch zu unterstützen. Wir trafen so früh in Swansea ein, dass wir noch frühstücken gehen und uns gegenseitig aufmuntern konnten, ehe wir vor Gericht erscheinen mussten. Zum ersten Mal seit September 2003 würde ich meiner Mutter, meinem Vater und Paul gegenübertreten müssen, eine Aussicht, die mich ängstigte. Jon versicherte mir ein ums andere Mal, dass meine Entscheidung richtig sei und es nichts gebe, dessen ich mich schämen müsse. Und ich rettete mich über die Runden, indem ich mir seine Worte in Gedanken immer wieder vorsagte und mich so auf den traumatischsten Moment meines Lebens vorbereitete.

Meine Furcht vor dem ersten Wiedersehen mit meinen Eltern seit vielen Monaten wurde ein wenig gelindert, als man mir anbot, den Richtereingang auf der Rückseite des Gebäudes zu benutzen, um eine vorzeitige Konfrontation zu vermeiden. Man führte uns in den offenen Zeugenbereich, wo wir ein eigenes Zimmer mit Toilette zugewiesen bekamen. Ich war furchtbar aufgeregt und wollte nur noch, dass es endlich losging. Doch aus unerfindlichen Gründen ließ man uns eine Ewigkeit warten. Ich verstand die Welt nicht mehr. Man hatte mir gesagt, ich würde zur Vereidigung der Geschworenen in den Gerichtssaal gerufen werden, doch weder der Gerichtsdiener noch Rob Inkster ließen sich blicken.

Als Rob schließlich zu uns stieß, wirkte er sehr ernst. Er erklärte, der Verteidiger meines Vaters wolle uns eine gütliche

Einigung anbieten. Mein Vater wolle sich in vier Punkten der Anklage wegen sexuellen Missbrauchs schuldig bekennen, sofern wir die anderen sechs Anklagepunkte zurücknahmen. Rob ermahnte uns, das Für und Wider des Angebots sorgfältig abzuwägen. Falls wir auf der vollen Anklage bestanden, war es durchaus möglich, dass die Geschworenen meinen Vater für nicht schuldig befanden und er in allen Punkten freigesprochen wurde.

Meine erste Reaktion war unbändige Wut. Was für ein Schwein! Dass es einen Prozess geben würde, stand seit mehr als einem Jahr fest, und während dieser ganzen Zeit hatte er in sämtlichen Anklagepunkten auf nicht schuldig plädiert. Nun, da er dem Prozess nicht mehr ausweichen konnte, versuchte er, mich erneut zu manipulieren, indem er mir eine Einigung anbot. Das kam für mich nicht infrage.

Rob ließ uns allein, damit wir meine Optionen unter vier Augen besprechen konnten. Die Unverfrorenheit meines Vaters hatte uns überrascht – und ungeheuer zornig gemacht.

Ich konnte einfach nicht klein beigeben, auch wenn mir klar war, dass ich mit einem Teileingeständnis seiner Schuld besser bedient sein würde als mit gar keinem. Doch auf das Angebot meines Vaters einzugehen hätte bedeutet, dass er mir erneut die Kontrolle entzog und die Zügel in der Hand behielt. Ich war inzwischen stärker geworden. Ich wollte endlich einmal meine ganze Geschichte erzählen und zwölf vollkommen fremde Menschen über sein Schicksal entscheiden lassen. Wenn man ihn für nicht schuldig befand, dann hatte ich wenigstens standgehalten und mein Bestes gegeben. Auf sein Angebot einzugehen wäre dem Eingeständnis einer Niederlage gleichgekommen.

In der Zwischenzeit hatten wir erfahren, dass die Tonaufnahme als Beweismittel vor Gericht zugelassen worden war. Dies hatte Rob durchblicken lassen, als er uns über das Einigungsangebot informierte. Die Kassette sollte den Geschworenen in voller Länge vorgespielt werden. Plötzlich wurde mir klar, was mein Vater mit seinem Vorschlag bezweckte. Dahinter verbarg sich keine Reue. Nun, da feststand, dass das aufgezeichnete Gespräch als Beweismittel dienen würde, war klar, dass er in ernste Erklärungsnot geraten würde. Mit seinem Angebot, die weniger schweren Vergehen zuzugeben, wollte er sich ein Hintertürchen offenhalten. Doch da hatte er die Rechnung ohne den Wirt gemacht.

Man schickte uns nach Hause, damit wir unsere Entscheidung noch einmal überdenken konnten. Am Mittwoch sollten wir wiederkommen und unseren endgültigen Entschluss bekannt geben. Unser endgültiger Entschluss stand allerdings bereits fest. Doch die Ankläger fürchteten, wir würden uns unbedacht in den Prozess stürzen, ohne uns über die möglichen Konsequenzen im Klaren zu sein. Daraus schloss ich, dass sie unsere Entscheidung falsch fanden. Sie wussten nur zu gut, wie schwer es war, für derart weit zurückliegende Ereignisse eine Verurteilung zu erreichen. Daher war ihnen daran gelegen, dass wir unsere Optionen gründlich überdachten. Wenn wir es auf den Prozess ankommen ließen und verloren, würde mein Vater als freier Mann und von allen Vorwürfen entlastet aus dem Gerichtssaal gehen. Ich glaube, die Ankläger sahen in der Einigung eine Garantie für einen positiven Ausgang, während es bei einem Prozess um alles oder nichts ging.

Am nächsten Tag diskutierten Jon und ich die Alternativen bis ins Detail. Doch wie ich es auch drehte und wendete, ich wollte lieber das Risiko eingehen, den Prozess zu verlieren, als mich den Wünschen meines Vaters beugen. An jenem Tag in

York, als mich meine Familie abermals enttäuscht hatte, hatte ich mir geschworen, mich künftig ohne Rücksicht auf sie mit meiner Vergangenheit auseinanderzusetzen. Und genau das wollte ich jetzt tun.

Am Mittwochmorgen wappneten wir uns für das, was kommen würde. Als wir im Justizgebäude eintrafen, gaben wir uns alle Mühe, zuversichtlich zu wirken. Um zehn wurden wir zur Vereidigung der Geschworenen in den Gerichtssaal gerufen. Während sie nacheinander auf ihrer Bank Platz nahmen, studierte ich ihre Gesichter. Diese Männer und Frauen würden nicht nur über die Zukunft meines Vaters entscheiden, sondern auch über meine eigene. Mein Schicksal lag in ihrer Hand. Kaum zu glauben, dass normale Bürger eine so bedeutende Entscheidung über das Leben eines Menschen treffen konnten. Ich hoffte und betete, dass sie meinen Vater als den erkannten, der er wirklich war.

Vor allem fürchtete ich, mein Vater könnte in der Lage sein, die Geschworenen so zu manipulieren, wie ihm das stets bei seinen Angehörigen gelungen war – zum Beispiel bei meinem Bruder, als dieser ihn wegen des aufgezeichneten Gesprächs zur Rede gestellt hatte. Als ich jedoch aufblickte und zum ersten Mal meinen Vater auf der Anklagebank sitzen sah, wusste ich, dass ich ihm mittlerweile gewachsen war. So, wie er beschämt den Kopf gesenkt hielt, wirkte er wie ein Schatten des Mannes, zu dem ich ihn in meiner Vorstellung gemacht hatte. Er wagte es kaum, den Blick zu heben. Keine Spur mehr von dem erfolgreichen Macher, der er für mich früher gewesen war – an seiner Stelle saß ein alter Mann, der, zumindest in meinen Augen, wie ein armer Sünder aussah. Ich konnte nur hoffen, dass die Geschworenen es ähnlich empfanden.

Nachdem die Geschworenen vereidigt worden waren,

mussten Jon und ich zusammen mit den anderen Zeugen, die an diesem Tag vernommen werden sollten, im Zeugenraum warten. Dies war gar nicht übel, denn das geschäftige Treiben in diesem Bereich verhinderte, dass wir uns vor der Aussage selbst verrückt machten.

Dann stellte sich der Betreuer der Zeugen vor, ein Mann namens John Holland. Wir waren froh über seine Gesellschaft, denn er beantwortete alle unsere Fragen und plauderte mit uns, damit die Zeit schneller verstrich. Das tat uns besonders gut, nachdem meine Angehörigen im Korridor an uns vorbeigegangen waren. Uns war klar gewesen, dass wir einer Begegnung mit ihnen nicht ausweichen konnten. Trotzdem war es ungeheuer schmerzhaft, die vertrauten Gesichter meiner Mutter und meines Bruders zu sehen und zu wissen, dass sie zu meinem Vater hielten und nicht zu mir. John Holland aber lenkte uns ab, sodass wir uns nicht weiter solchen Gefühlen hingeben konnten. Meine Mutter und mein Bruder hatten nicht einmal den Mut, den Gerichtssaal zu betreten, sondern warteten während der gesamten Verhandlung im für den Angeklagten reservierten Raum auf die Rückkehr meines Vaters. Von der Wahrheit, die vor Gericht verhandelt wurde, wollten sie nichts hören.

Schließlich kam John Holland, um mich in den Zeugenstand zu rufen.

Mein Magen krampfte sich zusammen. Als ich aufstand, umklammerte ich Jons Hand.

So zuversichtlich wie möglich und vereint in unserer Entschlossenheit, der Gerechtigkeit zum Sieg zu verhelfen, durchquerten wir den Gerichtssaal. Jon setzte sich zu den Zuschauern, während ich vom Gerichtsdiener in den Zeugenstand geführt wurde. Auf dem kurzen Weg sah ich nicht nach rechts und links, um jeden Augenkontakt zu vermeiden, denn ich war sicher, andernfalls von heilloser Panik überwältigt zu werden.

In der Vergangenheit hatte ich oft die Ausdrücke »Angst« und »Furcht« benutzt, doch erst jetzt verstand ich, was sie wirklich bedeuten. Angst strömt durch den Köper wie eiskaltes Wasser und lässt einem das Blut in den Adern gefrieren. Erst als ich keine Luft mehr bekam, merkte ich, dass ich seit einer Ewigkeit den Atem angehalten hatte. Ich hatte Schmerzen in der Brust. Doch dann gab ich mir einen Ruck. Dies war meine einzige Chance, und ich hatte nicht die Absicht, sie ungenutzt verstreichen zu lassen.

Man reichte mir eine Bibel und eine Karte mit dem Text des Eids. Mit zitternden Fingern hielt ich die Bibel in der rechten Hand und las zugleich mit so fester Stimme wie möglich: »... schwöre ich, die Wahrheit zu sagen, nichts als die Wahrheit ...« Dann erhob sich der Staatsanwalt, ein Mann, dem ich bisher noch nicht begegnet war, der aber, wie ich wusste, auf meiner Seite stand.

Er stellte mir eine Reihe von Fragen, die alle darauf abzielten, den Geschworenen das Ausmaß des Missbrauchs vor Augen zu führen. Obwohl ich innerlich zitterte, antwortete ich mit fester Stimme. So ehrlich und direkt wie möglich gab ich Auskunft. Mir war klar, dass ich all meinen Mut und meine Entschlossenheit aufbieten musste, um mein Anliegen zu vertreten.

Und plötzlich, dort im Zeugenstand, geschah etwas mit mir. Alle Panik und Anspannung wich einer neuen Zuversicht. Nun war ich auch mit der Wahrheit ganz im Reinen. Trotz meiner schrecklichen Erfahrungen fiel es mir zum ersten Mal leicht, die Wahrheit zu sagen – ich brauchte einfach nur offen und klar zu schildern, was sich ereignet hatte. Zugleich begriff ich, wie schwer es für meinen Vater werden würde. Er würde sich jedes Wort ganz genau überlegen müssen, um sich bei seinen Lügen nicht in Widersprüche zu verwickeln. Ich war also in der weit günstigeren Position und genoss mit der Zeit sogar die Gelegenheit, über meine Erfahrungen zu sprechen, ohne zurechtgewiesen oder unterbrochen zu werden. Das hatte ich bisher noch nicht erlebt.

Als der Verteidiger mit seinem Verhör begann, war ich voll im Fluss. Es gab keine Frage, die ich nicht auf Anhieb selbstbewusst und engagiert beantworten konnte, was, wie ich hoffte, meine Integrität unterstrich. Ich fühlte mich so stark, dass ich mich jeder Herausforderung gewachsen fühlte. Nur zu, dachte ich, stell mich auf die Probe. Es gab keine Frage, auf die ich nicht antworten konnte. Mein Vater auf der Anklagebank hielt die ganze Zeit den Kopf gesenkt.

Als der Verteidiger geendet hatte, legte der Staatsanwalt als nächstes Beweisstück das Tonband vor. Man baute einen Kassettenrekorder auf und teilte dann an die einzelnen Geschworenen, an mich, an den Richter und an die beiden Anwälte eine Abschrift der Aufzeichnung aus. Als das Gespräch zwischen meinem Vater und mir abgespielt wurde, hörten alle wie gebannt zu. Nach den abschließenden Worten: »Mann, das Leben ist schon komisch, nicht?« hätte man eine Stecknadel zu Boden fallen hören können, so still war es im Saal. Die Zuhörer waren offenbar entsetzt über so viel Gefühllosigkeit. Der Staatsanwalt wandte sich an mich und entließ mich aus dem Zeugenstand.

Als ich die Stufen hinunterstieg, staunte ich über mich selbst. Voller Erleichterung stellte ich fest, dass das Erlebnis bei Weitem nicht so furchtbar gewesen war wie erwartet. Jon, neben dem ich Platz nahm, flüsterte mir zu: »Du warst toll!«

Am nächsten Tag wurde Rob als Zeuge vernommen. Er sollte die Einzelheiten der Vorgänge bestätigen: Daten, Uhrzeiten und Vorgespräche. Nach wenigen Minuten wurde er entlassen. Da Rob jedoch auch den Rest der Verhandlung verfolgen wollte, nahm er auf einer der Zuschauerbänke Platz. Dass er so viel Anteil an meinem Schicksal nahm, rührte uns tief.

Plötzlich begannen die Anwälte, miteinander zu tuscheln, und man bat uns, den Saal zu verlassen, da man juristische Fragen erörtern wolle. Verwirrt standen wir auf, ohne eine Ahnung zu haben, was vor sich ging. Wenige Minuten später rief uns ein Gerichtsdiener zurück in den Verhandlungssaal. Als ich die Zuschauerbank ansteuerte, sagte er, ich solle erneut in den Zeugenstand treten. Was mochte das bedeuten? Ich hatte doch schon gestern meine Aussage gemacht. Was wollten sie denn noch von mir?

Ängstlich und bestürzt nahm ich meinen Platz im Zeugenstand ein. Meine Zuversicht vom Vortag war angesichts dieser unvermuteten Wendung wie weggeblasen. Der Richter erklärte mir entschuldigend, die Verteidigung wolle mich aufgrund neuer Erkenntnisse abermals befragen. Ich geriet in Panik. Was konnte das sein? Was kam jetzt? Der Verteidiger meines Vaters hatte offenbar gemerkt, dass er meine Aussage nur entwerten konnte, indem er das souveräne Bild, das ich bei den Geschworenen hinterlassen hatte, infrage stellte. Mit einem schadenfrohen Grinsen legte er mir eine Reihe von Fotos vor. Sie zeigten unser Haus in Llechryd, wo der Missbrauch stattgefunden hatte.

»Finden Sie es nicht seltsam, Mrs. Latchem-Smith, dass sich die Ereignisse trotz der dichten Besiedelung in diesem Wohngebiet am helllichten Tag im Auto abgespielt haben sollen?«

Mir war sofort klar, worauf er hinauswollte. Er versuchte,

den Geschworenen weiszumachen, dass es nicht zu sexuellen Übergriffen gekommen sein konnte, da wir den Blicken der Nachbarn ausgesetzt waren.

»Es stimmt, man hätte uns womöglich sehen können. Aber ich kann die Tatsachen nicht einfach so hindrehen, dass sie glaubwürdiger erscheinen«, erwiderte ich. »Natürlich würde es überzeugender klingen, wenn es irgendwo in einer dunklen Gasse passiert wäre, aber so war es nicht. Ich kann nur die Wahrheit sagen, nicht mehr und nicht weniger.«

Auf diese Weise ging es weiter. Ich weigerte mich, meine Aussage zu korrigieren oder irgendwie abzumildern, sondern wiederholte nur ein ums andere Mal, dass ich nichts anderes sagen könne als die Wahrheit. Schließlich wurde ich wieder aus dem Zeugenstand entlassen.

Erschöpft kehrte ich an meinen Platz zu Jon und Yve zurück. »Gut gemacht«, flüsterten sie, während sie mir aufmunternd die Hand drückten.

Nach der Mittagspause wurde der nächste Zeuge aufgerufen – mein Vater. Ich war entschlossen, ihm gefasst ins Gesicht zu sehen und mir Wort für Wort anzuhören, wie er Lügen über mich erzählte. Nachdem sein Einigungsversuch gescheitert war, hatte er sich in zwei Anklagepunkten schuldig bekannt. Er wusste jedoch, dass ihn das Tonband weitaus schwererer Vergehen überführte. Ich fand es zynisch, dass er mir bei dem Einigungsversuch ein Schuldeingeständnis in vier Punkten angeboten hatte, während er vor Gericht nur für zwei Fälle die Verantwortung übernahm. Und es ärgerte mich, dass ich keine Gelegenheit gehabt hatte, in meiner Aussage darauf hinzuweisen.

Als mein Vater im Zeugenstand Platz genommen hatte, bat man ihn zunächst um Angaben zur Person – Name, Anschrift und so weiter. Dann fragte man ihn, ob meine Schilderung des Verhaltens meiner Mutter angemessen und korrekt gewesen sei. Das konnte er nicht leugnen, erklärte ihre Zwänge allerdings abmildernd mit einer Stauballergie. Während seiner Aussage zupfte er sich beständig am Ohr. Ich war erstaunt über diesen nervösen Tick, der zeigte, wie wenig er sich in der Hand hatte. Dabei war ich fest davon überzeugt gewesen, dass er versuchen würde, die Geschworenen zu manipulieren. Nein, von seinem gewohnten Selbstbewusstsein war nichts mehr übrig, vielmehr zeigte sich nun der wahre Mann. Der Täter. Jemand, der log, um nicht ins Gefängnis zu müssen, der kämpfte, obwohl er auf verlorenem Posten stand. Auf viele Fragen erwiderte er: »Ehrlich, ich weiß nicht, wie ich das beantworten soll«, was mich an unser aufgezeichnetes Gespräch denken ließ.

Als man ihn nach den Vorfällen fragte, die er zugab, behauptete er, er habe mich nur zweimal berührt, und zwar, als ich seine Hand genommen und zwischen meine Beine gelegt hätte. Man könne ihm lediglich vorwerfen, dass er seine Hand dort länger liegen gelassen habe, als er sollte, und auf meine Avancen eingegangen sei. Fassungslos schnappte ich nach Luft. Wie brachte er das bloß über die Lippen? Mein Erstaunen blieb nicht unbemerkt. Man bat Jon und mich, uns an das andere Ende der Zuschauerbank zu setzen, wo die Geschworenen uns nicht sehen konnten.

Am folgenden Tag gaben Staatsanwalt und Verteidiger ihre Plädoyers ab. Der Staatsanwalt war, milde ausgedrückt, schon in fortgeschrittenem Alter, und ich kann nicht verhehlen, dass ich über seinen nüchternen Vortrag enttäuscht war. Umso imponierender war der Verteidiger meines Vaters. Er glühte bei seiner großartigen Verteidigungsrede für meinen Vater förmlich vor Leidenschaft. Er ließ kein Detail außer Acht, um mich als unglaubwürdige Zeugin darzustellen, da ich in der Vergangenheit meine Anschuldigungen widerrufen hätte. Selbst die Geschworenen schienen von seiner Darstellung beeindruckt, und mir sank der Mut. Da der Verteidiger sein Plädoyer als Letzter abgegeben hatte, würden sich die Geschworenen während der Beratung sicher noch gut an seine Worte erinnern.

Es war Freitag. Zum Glück beendete der Richter die Verhandlung für diesen Tag und berief die Geschworenen für den Montag wieder ein. Dann wollte er seine abschließenden Worte sprechen, ehe sie ihr Urteil fällten. Als wir an diesem Abend nach Hause fuhren, graute uns vor dem Wochenende. Und tatsächlich zogen sich die folgenden zwei Tage länger hin als alle anderen zuvor. Die Beweisaufnahme war beendet. Den Geschworenen war der Fall von beiden Seiten und aus allen Blickwinkeln vorgetragen worden. Ich fragte mich, was ihnen wohl durch den Kopf ging, während sie mit ihren Angehörigen das Wochenende verbrachten. Sie hatten die Macht, einen Mann ins Gefängnis zu schicken oder mit ihrem Urteil mein Leben mit einem Makel des Zweifels zu beflecken. Allmählich begann ich mich vor dem Montag und der Urteilsverkündung zu fürchten.

17

Das letzte Wort

Als ich am Montag aufwachte, war mir richtiggehend übel. Dies war unter Umständen der letzte Tag der Verhandlung, je nachdem, wie lange die Geschworenen brauchten, um zu einem Urteil zu gelangen. Als Jon und ich pünktlich bei Gericht eintrafen, waren die Juristen allerdings noch mit den Vorfällen beschäftigt, die sich während des Wochenendes ereignet hatten. Deshalb wurde unsere Verhandlung auf den späten Vormittag verschoben. Ich war fast ein wenig dankbar für diese Gnadenfrist. Je später wir den Gerichtssaal betraten, desto länger würde es dauern, bis mein ganzes Leben in Scherben lag.

Schließlich teilte uns John Holland mit, dass der Richter jetzt seine abschließenden Worte an die Jury richten wollte. Erneut nahmen wir unseren Platz auf der Zuschauerbank ein und hielten uns dabei fest an den Händen. Der Richter wandte sich an die Geschworenen und lenkte ihre Aufmerksamkeiten auf die Besonderheiten meines Falls, ehe er sie zur Beratung entließ. Als sie hinausgingen, sah ich jeden Einzelnen von ihnen an. Zugleich richtete ich einen stummen Schrei an sie: »Was ich gesagt habe, ist die Wahrheit! Bitte glaubt mir!« Als sie mich beim Hinausgehen anblickten, zwang ich mich zu einem matten Lächeln.

Jon und ich begaben uns in den Zeugenraum und richteten

uns auf eine möglicherweise lange Wartezeit ein. Die Geschworenen hatten viel zu bedenken, weshalb sie wahrscheinlich erst am folgenden Tag zu einem Urteil gelangen würden. In der Mittagspause machten wir einen kurzen Spaziergang in die Stadt. Da ich vor Nervosität keinen Bissen heruntergebracht hätte, schlenderten wir nur die Straße auf und ab und hofften, dass die Zeit möglichst rasch verging. Allerdings kehrten wir schon bald zum Justizgebäude zurück. Dabei wussten wir, dass die Gerichtsdiener erst um zwei Uhr aus ihrer Pause zurückkehren würden – früher war also auch nicht mit dem Urteil der Geschworenen zu rechnen. Und dies war noch die optimistischste Einschätzung; das Warten konnte weitaus länger dauern. Trotzdem wollte ich in der Nähe des Gerichtssaals bleiben, denn man wusste ja nie.

Es war gerade erst zwei, als John Holland in den Raum stürzte.

»Sie werden es nicht glauben – das Urteil steht!«, rief er.

Wir eilten durch die Gänge zum Verhandlungssaal, wo man uns einen Platz direkt vor den Geschworenen zuwies. Mein Herz schlug so rasch und so laut, dass ich meinte, es müsste für alle zu hören sein. Ich bekam keine Luft mehr. Verzweifelt versuchte ich, das Pochen in meiner Brust zu unterdrücken, denn ich fürchtete, das Urteil der Geschworenen zu verpassen. Der Richter bat den Obmann der Geschworenen, sich zu erheben. Eine Frau stand auf.

»Sind Sie zu einem einstimmigen Urteil gelangt?«

»Ja, Euer Ehren«, erwiderte sie.

O Gott, jetzt war es so weit. Ein einstimmiges Urteil. War es ein gutes oder ein schlechtes Zeichen, dass die Entscheidung so schnell gefallen war? Ich klammerte mich so fest an Jon, dass meine Finger ganz weiß wurden. Dies war der Augenblick, auf den wir in unseren acht gemeinsamen Jahren hingearbeitet hatten, und jetzt hatte ich schreckliche Angst, dass alles umsonst gewesen war. Doch ich riss mich zusammen und hielt erwartungsvoll die Luft an.

Der Gerichtsschreiber begann mit den Fragen.

»Der Angeklagte hat sich bereits in Punkt eins und zwei der Anklage wegen sexuellen Missbrauchs für schuldig erklärt. Jetzt frage ich Sie, wie befinden Sie über den Angeklagten in Punkt drei der Anklage wegen sexuellen Missbrauchs? Schuldig oder nicht schuldig?«

»Schuldig.«

Von Gefühlen überwältigt sank ich an Jons Brust. Ich begann hemmungslos zu weinen.

»Wie befinden Sie über den Angeklagten in Punkt vier der Anklage wegen sexuellen Missbrauchs? Schuldig oder nicht schuldig?«

»Schuldig.«

»Wie befinden Sie über den Angeklagten in Punkt fünf der Anklage wegen sexuellen Missbrauchs? Schuldig oder nicht schuldig?«

»Schuldig.«

Ich war außer mir. Von meiner beherrschten Haltung war nichts mehr übrig. Schluchzend schmiegte ich mich an Jon. Der hielt mich fest in seinem Arm.

»Wie befinden Sie über den Angeklagten in Punkt sechs der Anklage wegen schweren sexuellen Missbrauchs? Schuldig oder nicht schuldig?«

»Schuldig.«

»Wie befinden Sie über den Angeklagten in Punkt sieben der Anklage wegen schweren sexuellen Missbrauchs? Schuldig oder nicht schuldig?«

»Schuldig.«

»Wie befinden Sie über den Angeklagten in Punkt acht der Anklage wegen schweren sexuellen Missbrauchs? Schuldig oder nicht schuldig?«

»Schuldig.«

»Wie befinden Sie über den Angeklagten in Punkt neun der Anklage wegen schweren sexuellen Missbrauchs? Schuldig oder nicht schuldig?«

»Schuldig.«

»Punkt zehn der Anklage lautet auf versuchte Vergewaltigung. Wie befinden Sie über den Angeklagten? Schuldig oder nicht schuldig?«

Das war der schwerste Vorwurf von allen. Ich wusste, dass mein Vater das Urteil in diesem Punkt ganz besonders fürchtete. Rob hatte uns gesagt, dass ein Schuldspruch in diesem Punkt zwangsläufig eine Haftstrafe nach sich ziehen würde.

Irgendwie gelang es mir, meinen Kopf von Jons Schulter zu heben, obwohl mir nach wie vor die Tränen über die Wangen strömten. Ich blickte meinen Vater an. Ich wollte ihn beobachten, wollte sehen, wie er reagierte, wollte sein Gesicht betrachten, wenn er das Urteil der Geschworenen hörte. Und im Falle eines »nicht schuldig« wollte ich, dass er mein Gesicht sah. Er sollte zumindest selbst wissen, dass er schuldig war, auch wenn die Vertreter des Gesetzes dies nicht erkannt hatten. Ich hatte keine Angst mehr vor ihm. Ich hasste ihn für das, was er mir angetan hatte.

»Schuldig!«

Mein Vater ließ den Kopf sinken, und ich verlor nun vollends die Fassung. Schuldig in allen zehn Punkten der Anklage! Immer noch schluchzte ich haltlos und klammerte mich an Jons Hemd, um nicht völlig zusammenzubrechen. Innerlich hatte ich mich auf das Urteil »nicht schuldig« eingestellt, das hätte ich verkraftet. Ich hatte jedoch nicht erwartet, dass mich dieser Augenblick derart mitnehmen würde.

Niemand würde je wieder behaupten können, mein Vater sei unschuldig. Die zwölf Geschworenen hatten mir gerade etwas ungeheuer Kostbares zurückgegeben – mein Leben.

Man brachte uns in einen Nebenraum, damit wir uns beruhigen konnten. Mein Vater hingegen durfte nicht wie an den anderen Prozesstagen zu meiner Mutter und meinem Bruder zurückkehren, um mit ihnen ins Hotel zu fahren. Er wurde sogleich in Haft genommen. Alle möglichen Menschen kamen herein, um uns zu gratulieren, doch ich erinnere mich kaum noch, wer es war und was sie sagten. Aber als wir uns wieder gefasst hatten, empfanden wir tiefen inneren Frieden. Wir hatten einen Sieg erfochten, nicht nur für uns, sondern für all jene, die leiden mussten. Außerdem hatten wir gezeigt, was man erreichen kann, wenn man sich nicht von seinem Weg abbringen lässt und genügend Entschlossenheit zeigt.

Als wir an dem Raum vorbeikamen, in dem meine Mutter und mein Bruder saßen, blickte ich durchs Fenster. Meine Mutter weinte, und mein Bruder starrte verzweifelt auf den Boden. Ich empfand nichts.

Beim Hinausgehen trafen wir auf die Geschworenen, die sich auf den Heimweg machten. Als ich an ihnen vorüberging, blickte ich jeden Einzelnen von ihnen an und sagte stumm: »Danke!« Sie blieben stehen und sahen Jon und mir auf unserem Weg zum Auto mit mitfühlendem Lächeln nach. Unverzüglich riefen wir Freunde und Verwandte an, um unsere Freude mit ihnen zu teilen. Dann fuhren wir nach Emlyn, um unsere beiden Mädchen abzuholen und mit ihnen nach Hause zu fahren. Es war ein gutes Gefühl, dass sie nun vor meinem Vater ein für allemal sicher sein würden.

Die Urteilsverkündung war auf den 25. August festgesetzt. In der Zeit davor bekam ich zwei Briefe von meinem Vater. Im ersten stritt er die Vorwürfe gegen ihn weiter ab. Sie seien nicht wahr, und deshalb könne er auch nichts zugeben. Im zweiten hingegen wirkte er schon nachdenklicher.

Sonntag, der 21. August 2005

Liebe Julia,
du hast wahrscheinlich nicht erwartet, dass ich dir so bald schon wieder schreibe. Sollte mein Brief nicht willkommen sein, könnte ich es verstehen, wenn du ihn ungelesen fortwirfst.
Im Gefängnis hat man alle Zeit der Welt. Zeit zum Nachdenken, Zeit zum Überlegen und Zeit, um sich die Folgen seines Handelns auszumalen. Ich habe den Menschen, die ich liebe, wehgetan und daran viel zu lange festgehalten. Ich will dich nicht um Vergebung bitten. Gott wird mir vergeben, wenn er glaubt, dass meine Reue echt ist. Ich habe einige Stunden beim Gefängnispfarrer verbracht und viel in der Bibel gelesen. Das hilft mir, in mich hineinzuschauen und meinen Glauben und meine Gefühle zu überprüfen.
Julia, ich allein habe es nicht in der Hand, dich glücklich zu machen. Letztendlich habe ich dich und meine ganze Familie furchtbar unglücklich gemacht, doch ich möchte, dass eure Zukunft besser aussieht. Wenn ich leiden muss, damit ihr alle euren Frieden finden könnt, dann will ich leiden.
Du hast mit deiner Familie, die dich liebt, eine strahlende und glückliche Zukunft vor dir. Lass bitte nicht zu, dass die Vergangenheit und die Rolle, die ich darin gespielt habe, deinem Glück im Wege stehen.
Ich will dich nicht bitten, irgendetwas für mich zu tun, Julia.

Mir geht es nur um deine Zukunft und um die deiner Mutter, deiner Brüder und deiner Kinder. Lass in dir keine Bitterkeit und keinen Hass aufkommen, die dich am Weiterkommen hindern würden. Was geschehen ist, tut mir ehrlich leid. Ich kann nicht erwarten, dass du das annimmst, wenn deine Empfindungen anders aussehen, aber denke darüber nach. Meine Strafe und mein Leiden hätten keinen Sinn, wenn daraus nicht etwas Gutes erwachsen würde. Ich wünsche mir, dass du und alle meine anderen Angehörigen Schuldzuweisungen und Hass aufgeben und sich stattdessen der Hoffnung und der Liebe widmen.

Bitte antworte nicht. Ich habe hier keine Privatsphäre, und diese Gedanken sollen zwischen dir, mir und Gott bleiben.

Gott segne und beschütze dich und gebe dir Frieden und Kraft.

Papi

Einige Tage nachdem ich den Brief bekommen hatte, fuhren wir zur Urteilsverkündung. Ich wollte dabei sein, wollte mit ansehen, wie mein Vater das Ende seines Wegs erreichte. Es war ein eigenartiges Gefühl, in das Justizgebäude zurückzukehren. Als ich daran dachte, wie ich mich im vergangenen Monat gefühlt hatte, stürmten all die Erinnerungen und schmerzlichen Gefühle wieder auf mich ein. Diesmal aber war es anders. Wir wussten, dass mein Vater zu einer Haftstrafe verurteilt werden würde, nur deren Länge kannten wir noch nicht.

Im Gerichtssaal eingetroffen, nahmen wir unsere gewohnten Plätze ein. Dann wurde mein Vater zur Anklagebank geführt. Als er mich sah, fragte er stumm: »Alles in Ordnung?« Ich nickte, ehe ich mich erwartungsvoll dem Richter zuwandte. Unter Berufung auf bestimmte juristische Einzelheiten stellten der Staatsanwalt und der Verteidiger ihre Strafanträge. Schließlich wurde eine Haftstrafe von acht Jahren ausgesprochen.

Wir erhoben uns, um den Saal zu verlassen. Ich hatte das Gefühl, dass der Gerechtigkeit Genüge getan worden war. Trotz allem, was geschehen war, liebte ich meinen Vater, doch ich empfand nicht das geringste Bedauern darüber, dass er nun seine gerechte Strafe verbüßen musste. Hätte man mich noch einmal vor die Entscheidung gestellt, hätte ich das Gleiche getan.

Als wir das Staatsgericht von Swansea verließen, warf ich noch einen letzten Blick auf das bedrohlich wirkende Gebäude. Ich würde es nie vergessen. Es hatte meine Tränen und meine Verzweiflung gesehen, aber auch meine Hoffnung und meine Freude. Dort waren meine Kraft und Entschlossenheit wie nie zuvor auf die Probe gestellt worden, dort war ich körperlich und psychisch an meine Grenzen gestoßen. Dort war ich von einem verletzlichen Mädchen zu einer starken Frau geworden – der Frau, die ich heute bin. Ich hatte gewonnen. In einer Woche hatte ich dort mehr erreicht als in den vierundzwanzig Jahren zuvor. Und endlich, endlich war ich stolz auf mich.

Nun, da der Prozess zu Ende und das Urteil gesprochen war, konnte ich mich wirklich daran machen, mit meiner Vergangenheit abzuschließen. Langsam wurde mir klar, was wir erreicht hatten. Doch die Umstellung von der intensiven Vorbereitungszeit mit der ganzen Anspannung – es gab so viel zu bedenken, so viel zu befürchten – zu der völligen Ruhe, ja fast schon Leere in meinem Leben fiel mir nicht leicht. Zwar hatte ich alles, was ich mir wünschte – meine Kinder und meinen

Mann in meiner Nähe und keine Last mehr auf der Seele –, doch trotzdem fehlte mir ein Ziel, etwas, wofür ich mich einsetzen konnte.

Jon und ich hatten in den letzten Monaten so viel geleistet, und nun empfanden wir das Bedürfnis, weiterzumachen. So viele Menschen durchlitten das Gleiche wie ich in meiner Kindheit. Und da wir am eigenen Leibe erfahren hatten, wie schwer der Umgang damit sein kann, waren wir entschlossen, im Rahmen unserer Möglichkeiten anderen zu helfen. Wenn wir eine Gelegenheit fanden, unsere Geschichte zu erzählen und unsere Botschaft zu verbreiten, dann konnten unsere Erfahrungen vielleicht auch noch anderen nutzen.

Kindesmissbrauch rückt zunehmend ins Zentrum der öffentlichen Aufmerksamkeit. Dass er keine Seltenheit ist, ist inzwischen allgemein bekannt, dafür hat in Großbritannien zum Beispiel der Kinderschutzbund NSPCC mit seinem Notruftelefon »Childline« gesorgt. Jon und mir war allerdings klar, dass dieses Thema nach wie vor häufig totgeschwiegen wird, da niemand gerne darüber spricht. Viele Menschen haben auch falsche Vorstellungen von Missbrauch. In Bezug auf das Verhalten der Opfer hat die Gesellschaft bestimmte Erwartungen, die häufig mit der Realität nur wenig gemein haben. Oft genug hatten wir im Laufe der Jahre erlebt, dass unsere Vorwürfe angezweifelt wurden. Viele stellen sich unter einem Kinderschänder noch immer einen »alten Drecksack« aus einer sozial schwachen Gegend vor. Allzu oft wird ein Fall nicht untersucht, weil diese Kriterien auf den Täter nicht zutreffen oder weil die Kinder als promisk angesehen werden – obwohl sie dieses Verhalten nur aufgrund der in der Kindheit erfahrenen Prägung an den Tag legen. Oder es heißt, sie hätten sich ihre

Geschichte nur ausgedacht. Mit derartigen Fehleinschätzungen wollten wir aufräumen. Wir beschlossen, in der Öffentlichkeit Bewusstsein zu schaffen und unseren Beitrag dazu zu leisten, dass Kindesmissbrauch nicht mehr tabuisiert wird.

Wenn ich dadurch, dass ich über meinen Schatten sprang und meine Erfahrungen schilderte, auch nur einem einzigen Menschen half, hätte es sich schon gelohnt. Und so begann ich zu überlegen, was mir geholfen hätte, als ich klein war. Wodurch wäre mir klar geworden, was man mir antat?

Ich erkannte, dass ich einfach nur meine Geschichte erzählen musste. In Zusammenarbeit mit einer Journalistin schrieb ich daraufhin verschiedene Artikel und hatte Fernsehauftritte in *This Morning* sowie in einer Sondersendung von Trishia. Aber ich schickte auch eine E-Mail an den Kinderschutzbund und bot ihm jede mir mögliche Hilfe an. Trotzdem war ich überrascht, als ich von Belinda, der Pressereferentin der Außenstelle in Cardiff, eine Antwort erhielt. Sie bat um ein Treffen, um einige Projekte zu besprechen, zu denen ich eventuell einen Beitrag leisten konnte.

Unsere Begegnung verlief sehr fruchtbar. Belinda hatte sich überlegt, meine Geschichte im Zuge ihrer Medienkampagne gegen sexuellen Missbrauch im Mai 2006 einer breiteren Öffentlichkeit vorzustellen. Dazu müsste ich zu Rundfunk- und Fernsehaufzeichnungen bereit sein, die dann später ausgestrahlt würden. Vollauf begeistert versicherte ich ihr, dass ich gern bei der Kampagne mitarbeiten würde.

Einige Woche später bekam ich einen weiteren Anruf vom Kinderschutzbund NSPCC, diesmal allerdings aus der Zentrale in London. Dort hatte man eine Konferenz organisiert, auf der mit dem Leiter des Privatsenders ITV und verschiedenen anderen Produzenten und Programmleitern besprochen werden sollte, wie man das Thema Kindesmissbrauch aufbereiten konnte. Wenn ich dazu bereit sei, sollte ich teilnehmen und schildern, wie Missbrauch vom Opfer erlebt wird. Ich dürfe aber auch eigene Vorschläge unterbreiten, wie man die Öffentlichkeit besser erreichen und das Bewusstsein für entsprechende Probleme im eigenen Umfeld schärfen könnte. Ich sagte bereitwillig Ja.

Jon und ich wurden von den Medienvertretern in der Hauptgeschäftsstelle des Kinderschutzbundes empfangen. Gemeinsam fuhren wir dann zur Zentrale des Senders am Themseufer.

An dem Treffen nahmen etwa zwölf Personen teil. Nachdem wir an einem runden Tisch Platz genommen hatten, stellte sich jeder vor und beschrieb seine Funktion. Darauf war ich eigentlich nicht vorbereitet. Denn ich war einfach nur Julia, eine fünfundzwanzigjährige Mutter aus Bridgend. Als ich an der Reihe war, räusperte ich mich.

»Guten Tag! Ich heiße Julia und bin als Kind sexuell missbraucht worden. Heute bin ich hier, weil ich hoffe, Ihnen allen Einblick geben zu können, wie die Situation eines Missbrauchsopfers aussieht. Außerdem möchte ich Ihnen zu Bewusstsein bringen, dass nach wie vor Aufklärungsarbeit geleistet werden muss, um dieses Problem weltweit zu bekämpfen.«

Es war eine ganz besondere Erfahrung. Die Leute hörten mir zu. Sie interessierten sich wirklich für das, was ich zu sagen hatte. Ich berichtete von meinen Erlebnissen und beantwortete alle Fragen mit einer ungeschminkten Offenheit, die bei einem solchen Anlass, wie ich wusste, nur förderlich sein konnte.

Im Anschluss diskutierten sie über die verschiedensten Ideen zur filmischen Umsetzung. Als Jon und ich aufbrachen, fühlten wir uns geehrt, an einem solch wichtigen Treffen teilgenommen zu haben. Den Rest des Abends wollten wir allerdings genießen, und so schlenderten wir an Big Ben vorbei über den Trafalgar Square zum Leicester Square.

In einem ruhigen kleinen Restaurant führten wir uns bei einer Flasche Rotwein noch einmal vor Augen, was wir in den vergangenen Monaten erreicht hatten. Unglaublich, wie weit wir gekommen waren! Innerhalb eines Jahres hatte sich unser Leben von Grund auf verändert. Als wir, wie versprochen, Freunde und Angehörige anriefen, um ihnen von den Ereignissen des Tages zu berichten, waren auch sie voller Respekt und Bewunderung. Auf dem Rückweg zum Hotel wandte ich mich an Jon.

»Danke, dass du an mich geglaubt und zu mir gehalten hast. Du bist der einzige Mensch, der nie an mir gezweifelt hat, und ich verdanke es nur dir, dass ich heute die bin, die vor dir steht«, sagte ich.

Jon lächelte mich an. Sein Gesicht war voller Liebe.

»Du bist es wert«, erwiderte er. Hand in Hand gingen wir durch das geschäftige Treiben auf Londons Straßen – glücklich, dass wir einander hatten, und glücklich über die Wendung, die unser Leben genommen hatte.

Nach unserer Heimkehr beschäftigten wir uns wieder mit unserer Mission. Das Engagement für diese Sache war uns mittlerweile in Fleisch und Blut übergegangen. Ich hatte eine Bestandsaufnahme meines Lebens gemacht und für mein früheres und jetziges Handeln die Verantwortung übernommen. Nun entschloss ich mich, auch die Verletzungen aufzuarbeiten und mich dem Schmerz zu stellen, den ich schon viel zu lange mit mir herumtrug.

Ich griff zum Hörer und wählte eine Nummer, die mir noch immer allzu vertraut war.

»Hallo?«, fragte eine Stimme.

»Mami! Hier ist Julia.«

Ich hatte nicht vor, sie um Verzeihung zu bitten oder ihr wieder einen Platz in meinem Leben einzuräumen, um dort weiterzumachen, wo wir aufgehört hatten. Ich rief sie nur an, um ihr zu sagen, dass ich ihr verzieh. Der Hass, den ich auf sie empfand, tat mir weh. Wenn ich anderen helfen wollte, musste ich dafür sorgen, dass mein Verstand so klar und unbelastet wie möglich arbeiten konnte. Und dazu musste ich von meiner Mutter Abschied nehmen, obwohl sie in meinem jetzigen Leben keine Rolle mehr spielte und wir keinerlei Kontakt mehr zueinander hatten. Natürlich würde es immer eine gefühlsmäßige Mutter-Tochter-Bindung zwischen uns geben. In irgendeiner Weise würde ich meine Mutter auch weiterhin lieben, doch die Tatsache, dass ich so viel Groll gegen sie empfand und ihr vorwarf, den Missbrauch an mir nicht bemerkt zu haben, schadete mir selbst – mir allein. Sie war dadurch nach wie vor Teil meines Lebens, während es mir nur noch darum ging, innerlich weiterzukommen. In diesem Gespräch wollte ich ihr vergeben und das alles endlich hinter mir lassen.

Und so sagte ich ihr am Telefon, dass ich ihr verzieh, dass ich bereit sei, meine Wut darüber, dass sie mich nicht beschützt und unterstützt hatte, loszulassen. Ich hatte eigentlich erwartet, das sie mich anfahren würde, sie hätte sich nichts zuschulden kommen lassen, das verziehen werden musste. Ich kannte meine Mutter als eine Frau, die unerschütterlich daran festhielt, dass die Anschuldigungen gegen sie und meinen Vater ungerechtfertigt waren. Deshalb hatte ich nicht damit gerechnet, dass sie meine Vergebung annahm. Überraschenderweise aber sagte sie einfach nur: »Danke!«

Als ich auflegte, herrschte in mir eine ungeheuere Klarheit und Ruhe. Meine Wut war verschwunden, wie ich gehofft hatte, obwohl ich nicht mehr so naiv war zu glauben, ich könnte meine Mutter jemals zurückgewinnen. Ich wusste, dass der Bruch endgültig war, und ich war damit im Reinen. Sie hatte sich entschieden, auf welcher Seite sie stehen wollte, und ich hatte ihre Entscheidung endlich akzeptiert.

Meine Mutter und mein Bruder Paul können den Weg, den ich eingeschlagen habe, nicht nachvollziehen. Man hat mir Sensationslust vorgeworfen und mich beschuldigt, aus meiner Vergangenheit Profit zu schlagen. Aber alle, die mich wirklich kennen, wissen, dass mir nicht an materiellen Vorteilen gelegen ist.

Meine Arbeit für den Kinderschutzbund war rein ehrenamtlich und ohne jeden finanziellen Ausgleich. Ich habe einfach nur versucht, das Thema Kindesmissbrauch mit meinen persönlichen Erfahrungen zu veranschaulichen und damit ein tieferes Verstehen zu ermöglichen, als es reine Statistiken vermögen. Die Kampagne des Kinderschutzbundes hatte großen Erfolg, und ich werde stets stolz sein, dass ich dazu meinen Beitrag leisten konnte.

Manche Leute halten es nach wie vor für falsch, dass ich meine Anschuldigungen erhoben habe. Doch gerade diese Erwartung, dass ich die Vergangenheit artig unter den Teppich kehren sollte, bestätigt mich noch in meinem leidenschaftlichen Bestreben, die Wahrheit ans Licht zu bringen. Ich wurde missbraucht. Ich habe es überstanden. Und ich werde mich auch weiterhin mit meiner Vergangenheit auseinandersetzen, um noch stärker zu werden.

So, das also bin ich. Noch immer gerade mal sechsundzwanzig Jahre alt, verheiratet mit dem wunderbarsten Mann der Welt, Mutter von zwei hübschen Töchtern und einem neugeborenen Sohn, der unsere Familie vervollständigt hat. Ich weiß, dass ich noch vor vielen Hürden stehen werde, doch ich fühle mich stark und gut gerüstet für alles, was das Leben für mich bereithalten wird. Ich sehe mich selbst nicht als Opfer, ja nicht einmal als Überlebende. Ich bin einfach nur eine Frau, die ihr Schicksal so gut bewältigt hat, wie es ihr möglich war. Die Wahrheit hat mir Türen geöffnet, von deren Existenz ich früher nichts geahnt hatte. Ich bin stolz, so weit gekommen zu sein und den Kopf hoch tragen zu können. Ich bin einfach nur ich. Nichts mehr und nichts weniger. Einfach nur »Julia«.

Danksagung

Als ich mich auf den Weg machte, um Gerechtigkeit zu suchen und meine Vergangenheit zu bewältigen, habe ich von vielen Menschen Beistand erfahren. Einigen möchte ich persönlich für die Hilfe danken, die sie mir gewährt haben – zuallererst meinem Mann und seinen Angehörigen, die keinen Moment an mir gezweifelt haben. Ihr habt mich nie im Stich gelassen, selbst als wir schwere Zeiten hatten. Danke für eure Liebe und Unterstützung – ihr seid für mich zu meiner wahren Familie geworden. Ich danke Yvonne Bailey, die mir gezeigt hat, dass es im Leben mehr auf den Weg ankommt als auf das Ziel, für ihren Beistand während der Gerichtsverhandlung und für ihre Liebe und Freundschaft. Außerdem danke ich Robert Inkster, der sich auf außergewöhnliche Weise für meinen Fall eingesetzt hat. Von Anfang bis Ende warst du für Jon und mich da und hast uns Mut gemacht, als wir ihn schon verloren hatten. Du wirst stets unser Freund bleiben. Auch all die anderen, die für uns da waren, werden immer einen Platz in meinem Herzen haben.